三對外科醫師的手

南鄉泰

李序

本文原係李院長生前爲作者海月樓記之一、二所作之序，因感念院長道出作者寫作之心聲，特意保留爲本書用。

南鄉泰本名李泰雄，現任美國加州大學洛杉磯醫學院（UCLA）教授。

他是位臺大醫學院的傑出校友，文才並茂。這次爲紀念他的父親李祐告博士，將最近幾年來寫的幾篇文章，有些是曾登載於《景福醫訊》、《太平洋時報》、《國際日報》等以及一些尚未發表的作品，集成《海月樓記》。

李祐告博士是位曾在臺中開業的外科名醫，以「醫者佛心」的心腸，拯救無數病人，並對臺灣社會的關懷，出錢出力，受大家懷念的醫界前輩。

李泰雄醫師雖然出國多年，人在美國卻很痛惜臺灣，對臺灣有特厚的深情，關懷臺灣的現況及將來，我們研讀他的文品，由「兩岸問題」、「李登輝情結」到「選民萬歲」……等，不但幽默風趣、深知大義，感受動人，他主張一中一臺，臺灣申請加入聯合國，臺灣要建立一個主權獨立的國家。由他的神筆，借引用「摩西」與達賴喇嘛的對話，使臺灣政治形態靈活跳躍在讀者眼前，讓我們不能不為臺灣的未來擔心，同時也佩服他的至高見解。他俱言相勸李登輝，只要阿輝能夠接受他的觀點，我們的將來就有希望。

李醫師的文筆鋒利，會寫詩又會作詞，在最後幾篇「海月散記」、「海月抒懷」、「海月詩選」的文章及日記，他的文筆表現更上一層。

記述與他父親、妻子、兒女的對白思念，讓我們讀者身受其境，內心感觸極深，更了解他的禪與宇宙共存的思想。

中央研究院院士
前臺灣大學醫學院院長
李鎮源

賴序

一位讓我引以為榮的校友與學長

李泰雄教授是臺大醫學院醫科 1965 年畢業生，是高我四屆的學長。他在學生時代就是一位傳奇人物，風度翩翩的文藝青年，在學校的刊物《青杏雜誌》常常看到他的大作，也聽過許多有關他的多采多姿的故事。記得這幾屆的學長畢業後服役期滿就出國的相當多，但他是少數留在臺大醫院完成外科住院醫師訓練，升任臺大醫院「胸腔外科」主治醫師多年之後才去美國深造。而後聽說他在美國轉攻「重症醫學」，學有所成，在美國名醫學院當教授，在醫療專業上做得非常成功。在醫學上他橫跨內、外科，所從事的又都是具有高難度、充滿挑戰的醫療專業，更難得的是他還能繼續不斷發表文學藝術方面的創作，在散文、詩詞、繪畫方面大放異彩。我的多年好友紐約大學神經內科符傳孝教授，經常與我分享李教授的文藝作品，而我們都對他有說不出的敬佩。去年我在和信醫院的同事，也是他的同班同學莊伯祥教授與我分享李教授精心繪製的彭明敏教授畫像，當時彭教授正在我們醫院住院，我還記得彭教授看到這張畫得栩栩如生的肖像時，凝視良久，仿佛陷入沈思，他對李教授非常感激。

李教授最近返臺省親時，約莊伯祥教授與我一起在淡水一間小餐館有非常愉快的餐敘，想不到他居然出口邀我為他這本「創作集」作序，使我受寵若驚。我一方面感到非常榮幸，但另一方面也感到惶恐，不知自己是否有能力為這位多年來非常崇拜的學長寫序推薦。我一向秉持的原則是我一定要能從頭到尾把書看完而且看得懂，我才敢執筆，但我非常驚奇地發現自己在看完文稿以後，發覺自己才疏學淺，有不少地方我並未完全了解，然而我非但沒有因此而打退堂鼓，反而希望早日看到這本書的出版，我才有機會「複習」某些章節，彌補自己的不足。

這本書共分為「海月散記」、「海月抒懷」、「海月憶往」、「海月論述」、「海月詩選」五大部分，而李教授對父親的孺慕之思貫穿全書尤其令人感動，尤其是「海月散記」裡的〈三對外科醫師的手〉描述他父親的老師名古屋大學醫院的今永教授、他父親臺中名醫李祐吉醫師以及他自己之間非常感人的外科醫師代代相傳的情懷，令人十分感動。他在字裡行間流露出他與家人之間的愛，遠離家園的海外遊子對父母的懷念、與夫人又是夫妻愛、又是文學藝術的同好、與兒女之間的互相關愛都非常令人感動。

在「海月論述」這一部分，我看到李教授對國內政情的關心，尤其是〈認識李登輝〉一文，充分顯示出李教授對國內政情洶湧的深入了解以及他對臺灣政治的清晰態度，以一位長年旅居國外的醫療學者，對臺灣政治能夠有如此深入的認識，的確令人佩服。我也非常欣賞他能以尖酸刻薄的文筆揭露一些僞君子的惡行，讓人深感痛快淋漓。

在「海月詩選」我才見識到李教授詩詞的造詣，尤其是〈歐滋海默的遐思〉，將年老失智病人的苦痛描繪得如此細膩傳神，身爲神經內科醫師的我，也曾想過以詩的形式表達病人的無助與困惑，讓一般大眾或病人的家屬更了解病人內心所看到的世界。但今天看了李教授這首詩之後，也才知道自己的火候眞是小巫見大巫。

李教授以他行雲流水的文筆，抒發他的多愁善感，援引各種中外文獻典故，讓人不得不佩服他的博覽群書與超人記憶。同時他說故事的能力在全書第一篇文章〈一束劍蘭——「驚喜」〉也展露無遺，同時描述一對想念女兒的老夫妻突發奇想地由南加州出發前往西雅圖，以及思念雙親的女兒想給老人家意想不到的「驚喜」而離開西雅圖趕回南加州，在他的筆下寫出曲折離奇的故事，令人充分感受到一個溫馨的家庭可以是這麼的不一樣。

最後我忍不住要說：「李教授，你怎麼會這般得天獨厚，享有這麼精彩豐富的人生?你眞的是一位 renaissance man，你是一位讓我引以爲榮的校友與學長！」

和信治癌中心醫院神經內科主治醫師教授

賴其萬

莊序

南鄉泰，何許人也？南鄉泰是李泰雄醫師。李泰雄醫師，又是誰？李醫師是我醫學院的同學是旅居加州的名作家，是帥哥是網球選手，是詩人是畫家也是哲學家；是愛鄉愛土的臺灣人，是胸腔外科醫師也是critical care的專家。

大學時代因爲學號不很近，宿舍也不在一起，所以只在課外活動時看到他，尤其是在每年醫學院的班際球賽時節，記得他是很好的網球前排是班隊得分的要員。

醫學院畢業後，他留在臺大醫院學習胸腔外科。我則申請到新大陸從住院醫師開始，算是爲了「行萬里路」踏出第一步。

泰雄與我結緣是在畢業十二年之後，當時他已經是胸腔外科第一刀，這是根據我同學黃明和醫師的口述。我則在肯塔基大學當放射科血管攝影部主任——這已經是我的第五家醫院。

有一天半夜我突然接到李泰雄醫師的電話，他告訴我臺大醫院需要 Critical Care 的專家。這是一門當時剛開始不久的專業，我的大學有一位瑞典籍的教授是該行的頂尖人物，泰雄兄吩咐我替他申請研究生的資訊。隔年，他就光臨我們的大學城 Lexington 了。以他胸腔外科的基礎與經驗他很快成爲該部門的高手，不久就受聘成爲醫院的員工而後來成爲副主任，在美國只要肯用功努力一定是會出人頭地！

在肯塔基大學的幾年，記得他是感情豐富又多愁善感的開刀高手。他的文章偶而會在臺大醫學院的《青杏》雜誌看到。六年後他被加州大學挖角到洛杉磯的郡立醫院工作後才開始爆發他的寫作天賦。從美國的中文報紙屢次讀到他關心時事、愛鄉愛土的文章。不久，他出了兩本書《非異鄉人》及《李登輝，我受不了啦》就建立了他愛國作家的地位。

接下來幾年，在臺大醫師同學會裡，屢次聽他討論生與死及醫師醫德的問題，才瞭解他哲學家的一面。

1996 年年底我回臺灣工作，逢年過節偶而會收到他用筆名發表的文章，才逐漸體會到他充沛的文思及豐富的感情。直到去年他寄來一張巨人彭明敏教授的畫像我才知道他是一位有他自創風格的畫家，我有幸在彭教授生前幾週，把泰雄所畫的彭教授肖像轉交給在病房養病的彭教授本人，他看了又高興又驚喜，馬上要求畫家在畫作上補上簽名而好好珍藏起來。

李泰雄喜歡詩詞我早就知道，讀他的文章常感受到他博古通今，對詩詞的喜愛與研究不是我們常人可及，讀到他的絲路遊記才知道他是眞正的詩人。

前和信癌症醫院副院長
德州大學安德生癌症中心
放射診斷科教授介入醫學部主任
莊伯祥

自序

瞧！這個人。——尼采

剎那之間，幡然憬悟，深深感到既然緣起，就無法輕易緣滅。我乃一凡夫俗子，一生執著，往往囚牢自己於人性枷鎖之中，無法飄逸灑脫。也許，這就是我的人生吧！

家父仙逝之後，很想寫一點兒東西紀念他，十年過去，卻一直未能動筆。妻知我心思，經常鼓勵我把它寫出來。最後終於擠出了幾篇短文；情到深時，自己也不禁熱淚盈眶，畢竟了了一片心意。

從小除了喜歡神遊文學、哲學、詩詞之外，不知為什麼特別關注時事。報紙一天不看不行，有了電視之後，更是可以一臺接一臺看新聞報導，一連幾個小時。父親在時，最喜歡與我談論世局，每次休假回家，總是床邊暢談，往往直到深夜，經常意猶未盡。

來美之後，壞習慣仍然未改，妻揶揄我說花了那麼多的時間，眞是浪費，不如寫些評論。由於生平十分喜愛幽默、調侃、解嘲的文章，蘇東坡的談笑間，強虜灰飛煙滅的瀟灑，更令我嚮往不已。想想來到了言論自由的美國，常常有魚鯁在喉，不吐不快的感受，於是開始提筆，胡言亂語了。

1994 年，恰逢與妻結婚25週年，由於買不起大鑽戒，乃藉口不如送些更有意義的禮物。妻擅長於繪畫雕塑，於是決定加建一工作室，好讓她盡情發揮，也許一片愛心感動了妻，她說既然如此，在加蓋一新書房給我。就這樣花光了積蓄，終於各有一間。由於家位居臨太平洋的半島山丘之上，松林之中，特意取名爲松雲閣及海月樓。每當夜晚，海月映樓，松雲起舞之際，我讓自己享受臥擁松雲不燃燈，笑談海月盡是禪的滋味。

父親當年在日本留學，獲頒醫學博士學位時，因懷念遠在南方的故鄉心切，取名南鄉，以表難忘之情。如今自己在美多年，也十分感懷故土根源，乃以南鄉泰爲筆名，一方面紀念父親，一方面不忘臺灣。

此刻夜深人靜，孤燈獨醒，我卻心情起伏難定；有時紅塵遠隔，止觀靜思，有時雜思泉湧，心緒激盪，有時月光奏鳴，震撼心靈。我思我在，有我無我，我思我失，無我有我；面對著浩瀚銀海，眞有寄蜉蝣於天地，渺滄海之一粟的感嘆。耳際忽傳一陣松濤，咆哮而過，剎時騷動，迅歸沉寂，逝者如斯，不留跡痕。此時此景只覺吾心似秋月，皎潔映滄海，物換若星移，千載歲月流！每思及此，不盡慨然！

人生似幻化，終當歸空無。謹將幾篇拙文（部分散載於《景福醫訊》，太平洋時報的如是說所聞，國際日報的海月談笑），收成一集，自題爲海月樓記。僅此獻給賜給我生命，培育我成長的父母雙親，以及與我共度此生的妻，子女們。

本書中不少寓言撰構，有關政治人物調侃，僅供如是所聞，一笑置之而已。

1997 年中秋節於海月樓

（以上係前〈海月樓記〉自序文）

「曉夢初醒，一燈螢然，群動未起，萬籟無聲」，轉眼四分之一世紀悠忽過去，彷彿昨日。從志醫，學醫，習醫，爲醫，行醫，到休醫的過程中回顧人生體驗，思維感受，心靈境界，一切似夢卻非夢，令我慨然！如今進入衰年期，仍然嚮往「沾衣不濕杏花雨，吹面不寒楊柳風」的禪境。

有道是：人心惟危，道心惟微，全部都在一念之間。最近雖然有心想認眞追求修禪，顯然已經不只時不我與，況且心有餘而力不足，最多也只能做到靜思，斷念，忘我，無我；想進一步見性成佛，已經不可能了。盡頭已近，恐已永遠找不到眞吾，也就只好放下了。換句話說，可能此生永遠見不到眞我，或失之交臂，或走火入魔，或什麼都不是；如是說來忘我無我皆非我，也就是或許眞正的我並沒有來到這世界，這不也是十分荒謬而且有趣嗎？（是嗎？）

AI虛擬世代已正式來臨，讓我感覺到假若我眞的是不是我的我，哈！不必想太多，難怪，實相非相，風跡月影，船過水無痕；我抖一抖衣袖，來了等於沒來，何談走？只好硬著頭皮糊裡糊塗演完這一趟？！

南鄉泰

目錄 CONTENTS

CHAPTER 2 海月抒懷……135

CHAPTER 3 海月憶往 225

CHAPTER 1
海月散記

一束劍蘭——「驚喜」

七月底，天氣有些熱，泰與安夫妻兩人正在後山坡上的「牽手臺」觀賞落日。海風開始把雲霧從南方吹過來，慢慢形成一片雲海，染上些許金黃，一切顯得平靜安祥。

「謝謝你，爲我做了這個平臺，簡直像似人間仙境，眞舒服！」安坐在靠椅上，抬頭看著泰輕聲地說。

「老實說，我這輩子，沒有什麼成就，」泰遠眺著對面的小島，若有所思地說：「唯一留下的可能就是這山坡上的五個平臺……其中『思親臺』和這個『牽手臺』是我最驕傲的，可說是爲一生中影響我最大的兩位女人而建的傑作！」

「不要忘了，你還有第三個女人，你的寶貝女兒！」安提高了聲調，有意提醒。

「我怎麼會忘記，老實說，正想著她呢！」泰看著已經一半落入雲海中的紅日感嘆地說：「有時候，眞的想把她買回來！」視線移落到前面又開始開花的 LUPINE（羽扁豆），這些每年春天都會開得滿山遍野的紫色野花，現在正是今年第二批開花的時候。

「有沒有看到女兒前天 E-mail 過來的白色 LUPINE 的照片，沒想到阿拉斯加，也有 LUPINE，看起來，比我們這裡的還大呢！」

「唉，我們已經一年多沒看到她了，好像是好久，好久，也不知道她現在正在做什麼？是不是還常去老人院彈鋼琴？或是到成年學校教英文，還是在家畫畫？」

「也許去打太鼓或跳佛朗明哥（FLAMENCO）去了……唉，一個人，那麼遠，她一定很寂寞。」泰不覺又嘆了一口氣。

說著說著，感慨地伸手過去，握著妻的手，緊緊的，一陣子，兩人一時都沒有話說。泰心中想著很多的事，轉過頭去，發現安的眼角有些濕潤，正想開口說不要難過，我們飛去看看她就是。安突然站起來，對著面說：「我們明天就去阿拉斯加看她，讓她驚喜，反正你已經完全退休了，不受時間的限制。」

「好主意，我正這麼想，」泰很高興結婚四十年的安常常跟他想同樣的事，「我們上去吧，馬上買機票，走！」

***

君下班回家，天還是很亮，這個季節，在阿拉斯加，太陽要到十點多才會下山的。路上，聽到 NPR 的報導，又有一自殺炸彈在阿富汗首都爆炸，死傷二十二人，包括四名美軍在內。一時心中很不舒服，想到這些人的父母不知將如何承受得起這種殘忍的傷痛，「Stupid War 還要打多久？」順手關掉收音機，內心懣憤而難過。

天氣預報，明天起將一連五天下雨，雖然身心疲乏，到家之後，還是不得不提起精神推著笨重的割草機出去，花了整整兩個小時，才把前後院的草地解決。天還是亮的，君獨自一個人，不想做什麼，坐在後院的搖椅上休息。回想當初因爲不喜歡舊金山的都市生活，嚮往大自然才獨自決定跑到阿拉斯加當最高法院法官的助理，沒想到竟然愛上了這裡的生活環境。一年之後，轉往一家全國排名前端的大法律事務所工作。沒想到六個月前，因爲金融風暴，事務所突然宣布倒閉解散，一時失去工作，心中惶恐不已。幸虧憑自己的本事，被一家相當大公司聘請爲資深高級法律顧問，才又安定下來。想想這一段時間，自己一個人承受了巨大無比的心理折磨，沒有別人能眞正的知道其中滋味，眞希望從父母得到些慰藉。

這時候，一個人靜靜地欣賞自己親手開闢的花園，各種不同顏色的花盛開著，心想此刻假如父母在旁，該是多好？一方面自我欣慰自己辛勞的結果，一方面也感到沒有人同享的孤獨。忽然一股寂寞感襲上心頭，深刻地體會到父親曾經在電話中提到他在後山坡天天辛苦除草澆水，卻沒有人來分享他看到花草盛開的快樂。雖然主要是自得其樂，同時也有享受孤獨的機會；不過有的時候，難免會有這一切到底是「爲了什麼」的感受。看著眼前黃色、金色、紅色、粉紅色，還有紫色努力盛開的一群劍蘭，突然興起了一個念頭，既然這個時候不能在此同享，不如我明天就帶它們回去看看父母，讓他們驚喜一下。心意一決，於是馬上進入房內，上網訂票，不到半個鐘就一切搞定，明天一早，上飛機回加州去。想到父母親見面時不能相信的驚喜，心中立時感到一陣興奮異常。

***

機票已經訂購好，是阿拉斯加航空公司，6:10 從洛杉磯直飛安克拉志（Anchorage）的班機。安開始準備行李，一方面對著泰說：「女兒喜歡你做的油飯，我看我們帶油飯給她。」

「上次她不是把她自己的 RECIPE 登上雜誌嗎？她才不稀罕呢！」

「我們是道地的臺灣味，阿嬤祖傳的，她一定會喜歡的，」

「好吧，就這麼決定，對了，到底可以不可以帶上飛機？」

「我想應該沒有問題才對。假如眞的有問題，我們倆就在機場把它吃掉就是了。」安一向很有把握。

通常去機場都是走一號（PCH）公路，大約三、四十分鐘就可以到達。這次因爲準備油飯躭誤一些時間，泰認爲也許上高速公路比較妥當。沒想到上去不久竟是碰上塞車，因爲在 110 上有車禍而幾乎動彈不得，眼看班機趕不上，「可能泡湯了！」泰心急得很。最後好不容易到達 105 出口，趕快出去往西走，不到十分路就趕到了機場，但是班機早已滑離跑道起飛了。下次直飛的班機要到下午才有而且座位已滿，看樣子只有到西雅圖轉機才可以去成。還好下一班 7:20 的飛機還有座位，可以補位上去，於是順便辦好由西雅圖轉往安克拉志的機票。「這樣一來，我們必須在西雅圖機場停留大約兩個半鐘頭，不知道怎麼打發。」泰對著緊跟身旁的安說：「人算不如天算，我們沒有其他選擇，也許是天意，算了。」安表示沒有什麼大不了。

***

「嘿，是那個笨蛋送的，眞美！」經過安檢站時，身材矮胖，面帶笑容的黑女人羨慕地說，「你眞幸福！」君心想是嗎？只應一聲謝謝。通過檢查之後，很快地走到七號登機門上機，一邊打開手機向公司老闆留話請假，不管准不准，就是走定了。

「嘿，不要告訴我，我猜一定是男朋友送的。」坐在後座的一位白髮老太太伸過頭來，友善地問。

「不，你猜錯了。」

「未婚夫？」

「不。」心中想著要是這樣不是很美的事嗎？爸媽也會很高興。

「那麼，是你買來送給男朋友……」

「也不是，是我親自種的花。我一早剪下來準備送給我在洛杉機的媽媽的。」

「哇，千里送花！How wonderful！我要是有一個像妳的女兒該是多好！」老太太顯得很羨慕。

「是嗎？」想起住在南加州家鄉年紀已經不小的父母，君的淚水再度湧上，「為什麼是這麼多情善感？不少人以為她可以一個人，獨立生活，個性一定很堅強，怎麼能知道我是一個天生柔情似水，兒女情長的人。」今天清晨，為了盡量保持花朵新鮮艷麗，特地一早爬起到後院剪花時，想著這些自己親手種植長大，長在牆角，不知為誰盛放的花朵也是有生命的，實在不忍下手。但想到讓母親開心，也只好狠著心腸剪下去，自覺心情好像似花兒的謀殺者一般，竟然孤自啜泣落淚，心中自言自語，請花兒原諒。

一共剪下了四十多枝，很大把；只好一半放置盒子內塞在託運行李中，一半用透明塑膠紙包成一大束，隨身攜帶，以便小心保護。劍蘭在阿拉斯加必須每年挖種，需要九十天的培植才會開花。以前在臺灣，因為外公特別喜歡劍蘭，媽從小就經常到花店買回家中置放，這次希望給母親一個開心，代表做女兒的一片心意。

花了大約三個半鐘頭，飛機準時抵達西雅圖，在十號登機門下機，雖說經濟不景氣，旅客還是不少。君看了登機門附近的指示看板，往洛杉磯的班機是在D走廊的十八號機門。於是左手抱量花束，右手拖著行李趕往過去。走到C走廊盡頭再右轉入塗有長長壁畫的D走廊，一路上不時有人過問，好漂亮的花！誰送的？花名叫什麼？「連 Gladiolus 都不知道，美國人眞笨，我只知道喜愛鮮花藝術的媽看我不遠千里帶回親手種的劍蘭一定會很高興的。」想到這裡，心中有些得意。

***

泰與安好不容易坐上飛機之後，經過兩個多鐘頭的飛行，班機終於在 10:45 降落西雅圖。下機之後，從位於D走廊的十六號登機門出口，泰查看確定往安克拉志 AS136 號班機將於 13:10 起飛，在C走廊的三十二登機門轉機，還有大約兩個多鐘頭的時間。

這已經是第三次過境了，雖不很熟悉，泰知道機場內有一個可以吃東西又可以坐下來休息的地方。於是帶頭拖著小行李，沿著D長廊，按照指標往餐飲處走過去。平常喜愛藝術的倆人發現右邊牆壁，有一相當長的現代壁畫，看來好像是一幅連續魔術的表演。雖然不是怎麼高明的作品，他倆不覺放慢腳步，邊走邊看，反正有的是時間。

「咦，那不是小君嗎？」安突然叫出來。

泰回頭看那匆匆擦身而過，手中捧著大束花朵的女孩子一眼，身材大小，還有走路的樣子，確實有點兒像。「怎麼可能，小君是長頭髮，今天是禮拜一上班的日子，你也未免想念過頭了、馬上我們到安克拉志，就可以見到她了。看你急成樣，好像等不及似的。」泰笑著說。

「不曉得，我就是覺得她好像喔！」安還是相信自己的直覺。

「你連自己的女兒都不認得，真可笑！」

走道相當長，走了約十分鐘才到達吃的地方。

「想吃什麼？肚子餓不餓？」

「去麥當勞吃早點去。」安一向喜歡他們的早餐。走不到兩步，泰看到 Starbucks（星巴克咖啡）就在前面不遠的角落，突然改變主意。

「好不好這一次，我們去 Starbucks，它是西雅圖本地名產，我想喝杯卡布其諾熱咖啡、你可以點些蛋糕配綠茶，好好享受一下！」

安坐下來，喝著茶，看著來來往往的陌生面孔，心中仍在想那位抱花的小姐，「明明就是小君，怎麼可能不是？是我在作夢？或是老眼昏花？」

***

已經慢了四十五分鐘，為什麼還不起飛，君坐在飛機，焦急地等著空服人員關上機門。外面下雨、雲層低壓，但也不是什麼了不起的壞天氣，究竟是怎麼一回事。座位靠窗口，是很不錯，可以看看外面雲層。「每次飛行，我就是喜歡看雲層的變化，給我很多的幻想。上次返家，爸爸送給我，他在家後院山坡，面對卡塔麗娜（Catalina）的許多雲海的照片，朋友都以為是從飛機上照的，有一些景色實在太美了。這次回家，一定要幫爸爸整理，做成一套 DVD，配上我作的曲子，效果一定會很不錯。」正在胡思亂想中，突然傳來廣播聲：「對不起，各位旅客，因為機械故障的關係，本班飛機無法起飛，請大家下機，本公司另有安排別架飛機，一小時內會做宣布，請大家原諒，並請大家停留在登機門附近，以便隨時通知。」君心中想，怎麼這麼倒霉不順利，也只好跟著大家走下飛機；心中越是想早點兒到家，越是不如意，眞是好事多磨。早上一早就出發，來不及煮咖啡，現在有點兒睏，也許是需要一杯提神的時候，於是就往熟悉的星巴克咖啡店走去。一路上，還是有人問花的事，爲什麼有這麼多人好奇，大驚小怪，眞不明白，是嫉妒，還是羨慕？

＊＊＊

安因爲習慣，通常三點多就起床，寫字，整理廚房。今天早上也不例外，又加上幾個小時的旅途折騰，眞的累了。吃完蛋糕之後，看時間，還有一個半鐘頭多，心裡開始有些不耐煩。這時候，不知什麼原因，一下子湧進了不少人，而且陸續不斷，聽說似乎有班飛機誤點。「走吧，換個地方，這裡的人越來越多，太吵，我不喜歡。」安有些睏意。

「好吧，讓我再買一杯拿鐵，喝完再說，不要急。」泰很想同時享受不同咖啡的味道。剛說完，安就像往常坐上汽車外出一樣，閉上眼睛，很快地打起瞌睡，又睡著了。泰因不忍吵她，只好拿出電腦，利用時間，開始寫專欄文稿。

過了約一個小時，安醒過來，睜開眼睛，想知道是什麼時候，是不是該去上飛機了？卻發現一束劍蘭，就放在正前方角落的小桌上，「不就是她嗎？」桌旁短髮的少女戴著耳機，背著面坐著，好像在打電腦。「怎麼？她什麼時候也進來了……」再度端詳這位像似當年高中生的背影，「眞是的，要不是清湯掛麵的話，一定是小君了。」心中嘀咕，自言自語。「那是一束我最懷念的劍蘭呀，那麼多，」安靠身過去，對著埋頭寫稿的泰，在耳邊輕聲說著：「我眞想向她要一朵，不知她會不會答應……」

突然間，店裡一陣騷動。一位年輕、陸戰隊的黑人士官，推著輪椅進入已經相當擁擠的店內。輪椅上面坐著一位穿著野戰軍服，年紀不過二十左右，失去右下腿的金髮少女；臉色稍見蒼白，胸前戴有勳章，看來有些羞澀的樣子。顯然的，是在伊阿戰場受傷，準備回鄉的士兵。一時大家投以不同的眼光，有人好奇，有人同情，有人冷漠。

君從小就不喜歡戰爭，基本上是反戰的，對於軍人並沒有什麼特別的好感；但是對於退伍的傷兵卻一向有極大的同情與尊敬。這時候，無意之間抬起頭來，剛好接觸到這位比自己還年青的女兵有些茫然而帶點憂傷的眼神，看著她年紀輕輕就已經失去一腳，無法走路，內心爲之一震；「唉，多麼可憐！」惻隱之心油然而生。想到她們無可奈何地被送上沙場的命運與遭遇，爲這個大部分人民不管前線戰爭的國家做出了重大的犧牲，付出這麼慘重而且殘酷的代價，「實在不公平！」心情一陣激動而忍不住，不由得站了起來，拿著整束花朵，走到女兵的跟前，輕聲地說著，「這是送給你母親的！」說完就把整個花束送進少女的懷裡。女兵對她這一突來的動作先是怔了一下，迅即臉色從錯愕轉爲驚奇，帶著感激的眼色靦腆地說：「謝謝你！」

「不，謝謝你才對，這國家欠你……」君想說出心中的感受，卻發覺一時哽咽而硬是無法再說下去，只有伸出手來，輕拍女孩子的右手，想上前輕輕地抱擁她一下，表示心疼；這才發現原來她的右手竟是冷冰冰的假義肢，「我的天！」幾乎叫了出來；刹時再也忍不住一股上湧的心酸，卻又不想在眾人面前難堪掉淚，立即轉回頭，準備趕快離開這個令她傷痛而又尷尬的場合，於是抓起行李袋就走。這時候，看著整個過程，感動不已的安，突然看清了一下子擠到眼前的她。當四目相投的刹那，「小君！」「媽，你怎麼會在這裡……」幾乎不約而同地叫出來，「我的天!眞的是你?!」泰也從座位跳起靠過來，不敢相信，怎麼會這麼巧，眞是一場天大的驚喜。三個人興奮地擁抱在一起，「我們原想讓你驚喜的！」「我也是！」君終於讓淚水痛快地奔流出來。

「君，你怎麼把你漂亮的長髮剪掉了，害我們差點認不出你來！」君用手摸了一下頭髮，帶著微笑，淡淡地說：「一個禮拜前，我把它剪下來捐給那些因癌症化療而掉髮的小孩了。」

「唉，你這心地善良的孩子！」安心中即不捨又高興，把君抱著更緊，「對了，你可知道媽正要上前向妳要一枝劍蘭，你卻把整束花兒送給人家了。」

「媽，我還有一盒劍蘭在行李箱準備送給你的！」

泰抬起頭來仰望蒼空，心中不禁喃喃：「誰說西雅圖的天空總是陰霾一片！」

自畫像——實相無相？

四月中旬，因武漢肺炎疫情在家悶太久都快發霉了，女兒聽說梵谷來到洛城，決定招待全家做一次 van Gogh Experience 之旅。

這次展覽與以往傳統方式不同，主要的部分是在一大廳之中，利用光電音響把梵谷的作品有序列地投射在四面牆壁以及天花板和地上，像部電影讓你身歷其境，沐浴其中。對我而言，倒還算是一種嶄新的過程。因爲我們到過很多博物館，除了新的呈現技術之外，最令我印象深刻的還是剛進入會館之後，投射在畫廊牆壁上的巨幅梵谷（van Gogh）自畫像（圖一），他用新印象

圖一 Van Gogh 自畫像

派個人獨特的筆觸，簡潔卻很生動地畫出他內心的焦慮，那一付似乎「恨無知音賞」的表情，仍讓我震撼而深深感動。

吃完豐盛的海鮮午餐之後，大伙兒意猶未盡決定轉往巴莎麗娜（PASADENA）的 Norton Simon Museum 繼續藝術之旅。此博物館三十多年前曾經參觀過，記憶已經有些模糊了。除了院外的羅丹及摩爾兩位雕塑大師的作品陳列之外，院內收集不少自文藝復興以來的歐美藝術佳作，特以擁有百件以上 Degas 的芭蕾舞娘作品著名。我可能因爲年紀關係，體力明顯衰退，後頸突發僵硬，連在館內繞一圈都成問題，只好走馬看花邊看邊休息，最後停在一幅熟悉的臉孔之前，這不就是他嗎？我請兒子替我跟藍布蘭德（Rembrandt）的自畫像一起照相留念（圖二）。

圖二 Rembrandt 自畫像

回程中坐在車子後座，心滿意足，閉上眼睛休息，腦海中卻浮現起一幅幅過去看過他們兩人的自畫像，突然間讓我好奇爲什他們會畫這麼多的自畫像？該不是自憐甚或自戀情結作祟吧，難道他們想藉著不斷挖掘而發現自我，肯定自己？到底爲了什麼？也因此使我聯想到我自己的兩幅自畫像。

據說西洋畫史上第一幅自畫像出自 Jan van Eyck（1433），約兩百年後，藍布蘭德（1606–1669）畫了約40張，又約兩百年後梵谷（1853–1890）也畫了35幅，他們兩位可能是畫自畫像最多也是最有名的畫家。很多人想知道他們最初作畫自己的動機爲何？是神經失常？或是請不起模特兒？或想熟練自己繪畫技巧？或者想記錄自己外表的歲月刻痕或內心變化的心路歷程，或單純只是爲了藝術創作？

雖然他們各自的畫風獨特，筆觸截然不同，一細膩入微，一粗獷自如，但卻都能夠把他們自己的個性氣質，神情特徵表露無遺，十分了得，不愧是登峰造極留世之作，我想那應該就是自畫像存留下來的主要理由以及價值罷。從心理學的角度看來，一般認爲畫家本人透過肉眼心眼，該是最認識自己的人，不管是寫實、印象甚至抽象，或有意無意、美化、醜化、誇大，自畫像已成最能代表畫家個人認識自我，並表現自己外在形象以及內心情感各種特徵的藝術作品，可供觀賞者仔細解讀研究。尤其藍布蘭德與梵谷的自畫像可說是最出色的佼佼者，更是值得用心欣賞，品嘗玩味。六百年來，自畫像在西洋畫壇上已自成一格，相反地，在東方卻似乎仍然少見。不知是否因東西文化不同的差異而受到影響，這該是有趣而值得探討的題目。

其實，梵谷在寫給他弟的一封信中，曾透露他想要在畫中表現他內心深刻的焦慮，不只是情緒及悲傷發洩而已，他希望看到他的作品的人，會覺得作者的感受是如此敏銳而有深度。我想藍布蘭德也是一樣心情吧！畢竟有深度的藝術作品才能眞正令人激賞感動，流芳百世！回想當年第一次歐遊（1981），在荷蘭阿姆斯特丹參訪 Rijksmuseum 以及 van Gogh museum，流連忘返之景，彷如昨日。

正反思回味「其人雖已沒，千載有餘情」之時，自己突然想到一件事；因爲幾年之前爲了查尋當年李登輝總統的名言「我不是我的我」的源頭時，發現到一英文類似的句子：THE MEANING OF PROPOSITION A IS A IS REALIZED ONLY WHEN A IS NOT A. AND TO BE ITSELF IS TO BE NOT ITSELF。其中深奧禪意，使我感到好像再度被潑上一頭霧水，也因此讓我聯想到佛經所言「實相無相」的禪語論述，心中困惑再起，不禁或疑自畫像中的人物眞的是他們自己嗎？

佛教金剛經講的「緣起性空」指出一切現象都是因緣和合而起，緣聚則生，緣散則滅，因此諸法無自性，無實體而空。眞如空性則不生不滅，所以一切諸法即是實相，而實相無相，實相非相。換句話說，一如心經所言「色不異空，空不異色。色即是空，空即是色。」虛相眞如，亦是亦非，而凡是有像皆虛妄。實相無相指的是唯一不是因緣而生的絕對存在。又說，實相無相，實相空相，實相離相，眞象是無可描述或言喻，只能心悟，如人飲水，冷暖自知。

老實說，這是一禪機濃厚很有深度的爭論，對很多人來說是不容易理解或消化的。從科學及邏輯角度看來，要西方文明接受可能更難吧。禪希望人們能夠張開「第三個眼睛」去看那因爲自己的無知而從未想像到的境界。反過來說，假如世人所見，都是實相無相，實相非相，實像空相，那自畫像裡的人物到底是誰？如此一來，也難怪俗語說的「人不可貌相」了。因爲他看到的很可能不是眞正的他？旁觀者清？？

不管怎樣，1962 年我剛好 22 歲，醫四，獨自居住在長安東路小巷西式樓房之中，自覺自己是個即非叛逆亦非憤世但卻妄想迷失的年輕人。當時還算戰後不是很久的年代，存在主義的思潮瀰漫整個世界，齊克果、杜斯托也夫斯基、尼采、海德格、卡繆、沙特的名字一一出現，這世界似乎到處充滿非理性的荒謬（Absurdity），而懷疑自我的存有（Being），我雖涉獵不多，卻也多少受到影響。我好像一天到晚都在想，一方面好奇幻想，一方面憂慮亂想，到底在想什麼，我也不知道。只知道心事重重，什麼都是莫名其妙，心思總是雜亂而忐忑不安。

書桌上，一邊是托爾斯泰（圖三）另一邊是尼采（圖四）的畫像照片，看的是羅曼羅蘭的《約翰克利斯多夫》、鈴木大拙的《禪與生活》以及威廉杜蘭的《哲學的趣

圖三尼采（作者畫像）

圖四托爾斯泰（作者畫像）

味》，還有尼采的《蘇魯支語錄》以及白瑞德的《非理性的人》。書架上貼著兩句格言字條：一是齊克果的「設若永不糊塗，永不夢想，永遠清醒，豈不是墮落！」另一是尼采的「設若不焚化灰燼，又豈能獲得新生？」不知是否受到這些的影響，自己在理性與非理性之間，徘徊掙扎，由於缺乏足夠成熟的才智，經常在或此或彼，亦此亦彼，非此非彼的抉擇中徬徨，無所適從，弄得很累。

一天，已經不記得爲什麼，騎著腳踏車到醫學院學生宿舍，就在教育部前，常德街與中山南路交叉口處，一時恍神，不小心前輪掉進路邊水溝裡，沒想到是那麼深，一下子我的臉朝下直接碰撞到水泥地面，差點失去知覺，除了臉部挫傷之外還碰斷了我一顆門牙，已不記得怎麼被送到急診處的，只記得隔天上病理課時，因爲滿臉紅藥水，同學好奇的問怎麼搞的，我因失去了一顆牙不好啓口只好請假一週，不想見到任何人。這是記憶中生平第一次重大意外，一時感到自我生命的脆弱（在此之前養尊處優的我似乎從沒有眞正想到自身生死的問題），也不敢告知父母，獨自請假關在書房閉門思過，解剖自我。

那時候，只感到一片茫然失落！我到底是誰？我的存在該不是偶然吧！自己何以在此？Why? Why me? What for? For what? So what?……一連串的問題，一下子，千頭萬緒浮上心頭。靜坐默想之餘，我的存在到底有何意義？還是拋不開的老問題！怎樣才能突破迷惘，發現自己本來的面目，進而認識自我生命的意義。

事實上，早在兩千多年前，釋尊就說過：「天上天下，唯我獨尊。」蘇格拉底也強調世人應該：「認識你自己。」難道他們都認爲一般世人大部分都不知自己？近代，齊克果再度提醒：「人對他自己是個陌生人，像飄泊的遊魂，無家可歸。」看著尼采的畫像（圖三）忽然之間想起他的《瞧這個人》（Ecce Homo!）以及《蘇魯支語錄》（Thus spake Zarathustra）著作中，他指出：「到頭來，一個人只經歷到他自己。」又強調「但你遇到最強悍的敵人必始終是你自己」。兩句話點破困惑，一念之間，我因不知做什麼好於是抓起畫筆決定畫自己，看看到底自己是什麼模樣。到底我是誰？更希望認識一下「我最強悍的敵人」到底是什麼樣子？

當時只感到一方面千斤烏雲壓頂而透不過氣，另一方面內心浪潮洶湧，此起彼落捲起千堆雪，理性與非理性交織於疑惑與迷惘間，雜念叢生，有如一巨大蜘蛛織成的鋼絲鐵網連結心腦把我牢牢地困在其中，只覺得自己個性深沉悲觀，孤僻內向，自負自慢，成天妄想，憂鬱折磨，懊惱過去，惶恐未來，往往失魂落魄，焦慮不安，心煩不快，就像一隻迷航的沙鷗，不知何去何從。我好像命中注定思慮複雜，心裡充滿疑惑與矛盾。

自畫像（圖五）終於完成之後，不管他是誰？是我？是敵？總算好像對自己有個交代而鬆了一口氣。拉斐爾（Raphael）說他是以「心」而非以手作畫的。我想我也是。西哲休莫（Hume）認爲美不美，像不像並非事物本身的屬性，它只是存在於作畫者的心靈裡。我想我完全同意，藝術鑑賞，本來就是見仁見智。因此雖是粗糙不成熟的作品，我還是把它保存下來[註一]。如今看來，自畫像中的我是我嗎？或曾經是過？是眞如？或是幻相？或眞的只是因緣際會而並不存在？實相無相，畫像中的人到底是誰？是我自己還是另有其人？那又是誰呢？是我還是不是我的我？難道是個陌生人。六十年過後，實相非相，實相空相，進入有我有物而非我非物的境界；如莊子說：「是亦彼也，彼亦是也」，一切已無關重要了！

2016 年，我已經退休十年，開始進入衰年期，髮蒼蒼，視茫茫，耳聾聾，齒牙掉落，卻未能修性達到「忘我」進而「無我」的境界。人生快走到盡頭，難免想到李清照的詞句：「感月吟風多少事，如今老去無成！」自己感覺體力腦力已頻枯竭，抬頭凝視鏡中的自己只能慨嘆說：可憐的糟老頭子，只剩下「靜默的絕望」！加上外貌早已歪朽扭曲，想再自畫已覺沒有什麼可畫了。感慨之餘，突發奇想，想到自己百年之後會是什麼樣子？靈機一動，異想天開，一下子，Why not? 決定提筆畫百年之後的自畫像；當年沙特不是曾說過，人是荒謬的，而且沒有理性的，不是嗎？看來我還是沒有放過「我」！

圖五作者自畫像（1962）

考慮幾天之後，我決定以「UNIQUENESS」（獨一無二）爲題（曾經自以爲自己是），以心中的構想畫出自己百年之後的樣子。所謂藝術創作該是意在筆先，心在手前；我相信笛卡兒的「我思故我在」，也同意愛因斯坦的「思考決定一切」。一個人的存在完全因腦而異，腦在我在，腦亡我亡。生前只是因各人穿戴外表不一的面具，而有膚色臉龐不同之差別，百年之後只剩骷髏而與別人無異，也就無法分辨了。

畫上大腦，骷髏，以及黑、白、黃的面具之後，突然感覺有些不對，想到死後其實所有人只餘下一堆白骨罷了，實相眞的成空相，誰也分不出誰了。想起舜與白骨的典故，所謂「你是獨一無二的，就像所有一般人一樣」（YOU ARE UNIQUE, JUST LIKE EVERYONE ELSE.）無論生前如何顯赫或落寞，終於完全平等了，不是很可笑的諷刺嗎？更何況我早已火葬而灰飛煙滅，完全消失不存在了，不是嗎？加上始終擺脫不去的「實相無相」思考禪咒，畫了等於沒畫，何苦多此一舉，想到這裡再也畫不下去了。畫布上的我也就變成一幅未完成 Who's who? 的自畫像（圖六）！是我非我也已只是另一禪宗公案了！

圖六作者自畫像「UNIQUENESS」（2016）

風過疏竹，風過而竹不留聲，人來世間，人去而世不留影。實相無相是空相，自畫他畫皆幻畫！宋儒邵堯夫說得好：「昔日所云我，今日卻是伊，不知今日我，又屬後來誰？」也許早該丟棄「我執」才對。

想起蘇東坡的感嘆：「回首向來蕭瑟處，也無風雨也無晴！」就這樣糊裡糊塗過了一輩子，到頭來連自己都不認識，眞是空手走一趟，難怪就連老子都會感嘆說：「知我者希！」

註一：粗糙不成熟的畫，還好只是畫給自己看。老伴說它只會提醒她我的「壞」，不知爲什麼。

寶刀未老記

我本楚狂人，踏歌江湖行，
落魄一把刀，明日又天涯！

話說從妻情依咱（CHICH'ENITZ'A）回到坎昆（CHANCUN）已是夜晚八時半了，妻建議還是到老地方吃魚去。我們住的旅館 REGINA 距離市區最遠，雖然公共巴士十分方便，也要花個約一個鐘頭才能到達，我心裡頗不以爲然。儘管妻說明天就要回家，再也吃不到這麼便宜的大魚了，我因身疲心懶，仍然無動於衷。忽聞「長鋏歸來乎，食無魚！」她一再堅持，我心一軟，只好也就婦唱夫隨，勉強打起精神，抱著無可奈何的心情，再度整裝出發了。

一路上，海風拂面，夜涼如水。我自己覺得有如天涯倦客，卻因牽手相伴之情，只好披星戴月，捨命相陪。車行中途，不經意間，右手臂又開始陣陣發麻作痛。上週就診時，神經科醫師說，大概是神經病吧，也很可能是急速老化的徵兆。正思自己不只視茫茫，髮蒼蒼，而且腰酸背痛之際，看到一對剛上車的白髮夫婦，精神抖擻，興致勃勃的樣子，忽覺也許這主意還算不錯，對啊，芳華虛度，人生幾何？此刻若不秉燭夜遊，更待何時？心中不禁釋然，莞爾一笑，妻不知我爲什麼。

這次我因嚮往名列人類七大文明之一的馬雅文化，趁開會之便，特地前來此地探究。而妻則因連得兩屆全美麻醉學會雕塑冠軍之後，正在尋求創作靈感，我想也許古代馬雅雕刻可以幫忙啓發，所以鼓勵她一同前往。

***

今晨八時，我們由坎昆出發，西行約二百公里，經過三小時車程，終於抵達了舉世聞名的妻情依咱。這座建於公元五世紀，深埋於亞熱帶叢林中的馬雅廢墟，經過一段高度輝煌的文明之後，卻神祕地在十三世紀中期被遺棄了。多年嚮往，如今終於如願以償，興奮異常。

廢墟之中的庫卡兒坎（KUKULCAN）神廟，雖不如埃及金字塔高大宏偉，卻也建得巍巍壯觀。除了嘆爲觀止的精美設計之外，其四面各九十一級，階高一呎，寬不過半呎的階梯，遠遠望去，十分整齊引人。從塔底上望，其陡峭險峻的程度，卻令許多人望而卻步，不敢攀登。我心想當年馬雅人建築這高塔時，必定專爲年青力壯的勇士或魔力無邊的祭師設計的，要不然他們很可能只活到壯年爲止，否則年老者就是一爬一歇，也未必能登上塔頂。在未來此之前，我們原先就已計劃攀登此金字塔的，沒想到它竟會是如此險厄危艱，不禁令我有些畏縮。

前此我們曾經登上紐約的帝國大廈，巴黎的艾飛爾塔，聖路易的巨弧，多倫多的電塔，但這些都是十幾年前的事了，而且乘坐電梯上去的，毫不費力。去夏在羅馬梵岡的聖彼得教堂裡，我倆不自量力，跟隨大眾遊客，爬登由米開蘭基羅設計通往塔頂樓梯時，幾乎累死了，中途幾度叫停，嘗盡了山窮水盡疑無路，柳暗花明又一「梯」的艱辛，也深深地體會了年紀漸大，力不從心的無奈。事後，妻與我不約而同地決定，還是老命要緊，以後再也不敢領教了。如今眼看著妻躍躍欲試之景，著實令我擔心不已。萬一心臟病發，或是半途跌落，豈不喪命異域，嗚呼哀哉。正想以前車之鑑提醒，話未出口，妻道：「千里前來專爲此，不到黃河心不死！」說著就往上爬去。我只好硬著頭皮跟在後頭護駕上去了。

我們以「之」字型方式，斜線上爬。戰戰競競，爬爬歇歇，不敢回頭下望，因爲害怕可能會落得百年身。終於千辛萬苦，搖搖晃晃地到達了塔頂。只見妻氣喘如牛，滿臉通紅。她卻馬上海口自誇說：「眞是輕而易舉。」我只好也不甘示弱，即刻回答：「簡直易如反掌折枝！」說完只覺兩腿發軟，下氣接不了上氣，必須立刻坐下休息。當時情景，眞有如《蜀道難》詩中「捫參歷井仰脅息，以手撫膺坐長嘆！」眞是危乎高哉，一言道盡。其時，夕陽西沉，黃昏已近。享受了我最喜歡的居高臨下，振衣千仞的滋味之後，彼此才一方面承認歲月不饒人的眞實，一方面也慶幸難得這次老當益壯，完成壯舉，否則再過兩年，就是有心也將是無能爲力了。

***

「歲月無情催人老！」正在回味感慨之際，車已到站。妻有如識途老馬，不等我就逕自往餐店直奔過去。這已是連續第三夜了。自從第一天發現了此一掛名「大力水手」海鮮餐館之後，妻愛上了十元一盤的現烤呎長大魚。她因喜愛吃魚成性，常常自誇自己是隻貓。往往吃得一乾二淨，片甲不留。剩下的骨頭，就像博物館中的標本一樣。那胖圓的墨西哥老板看到我們，馬上笑臉迎上來，有如見到認識多年的老友一般。不待他開口，Big fish, as usual. 妻已點好了菜。我呢，因爲昨夜魚味猶存，怕久聞而不知其香，加以明日即將打道回鑾，於是點了大蝦與丁骨牛排，準備大快朵頤，享受一番。

餐館內，燈光微暗，緩緩旋動的電扇，配著情調浪漫的墨國音樂，氣氛有如海明威筆下的漁港小店。牆上到處掛滿了三、四十年前著名電影的廣告。諸如《碧血黃沙》，獨留青塚向黃昏，妾似朝陽又照君，《戰地鐘聲》、《戰地春夢》還有《老人與海》等等。海報上都是當年傲視影壇的巨星，包括泰隆鮑華、麗泰海華絲、埃洛弗林、愛娃嘉特娜、賈利古柏、英格烈褒曼、珍妮弗瓊絲、洛赫遜等等，個個英姿煥發，明麗迷人。回想當年學生時代，就因這些看來纏綿悱惻，哀艷動人的廣告，以及熠熠星光的吸引，我不知翹了多少次課。如今他們一個個都已作古離開了這個世間，而我，也從青少年，而中年，而步入老年了。昨日，爲了希望重新拾回些舊日美好的回憶，特意帶妻去觀賞多年想見的鬥牛。沒想到，臨場只覺除了血腥屠殺，野蠻殘忍之外，毫無意義，毫無美感可言，中途竟然因無法忍受下去而提前退出。終於盡興而去，敗興而歸。想起大江東去，淘盡多少風流人物，而歲月飛逝也改變了不少過去印象時，頓覺事如春夢，眞令人不勝噓唏。

此時，附近教堂突然響起一陣鐘聲，音迴盪氣，扣人心弦。想起長夜漫漫，鐘聲不知爲誰而鳴？不管怎樣，明日太陽也將再度升起，人生短暫，再多的感受情懷，也不過是過眼雲煙，愚者自愚，愁者自愁罷了。妻有心揶揄地說：「老年嘗盡愁滋味，我們該是強說歡，窮開心的時候了。來吧，千年事，都消一醉！」我正吃完大蝦，拿起刀來，準備切開牛排，隨口回應說：「抽刀斷水水更流，舉杯消愁愁更愁……君不見冠蓋滿京華，斯人獨憔悴。」話未說盡，忽覺有些異樣，情況不對。平時喜歡邊吃邊談的她，突然安靜下來，不僅停止了吃魚，而且一直猛啃吞嚥麵包。

「怎麼了？」我問。

她說：「等你吃完大排再說。」

當我以快刀斬亂麻似地割下丁骨，吃盡牛肉之後，不禁得意揚言：「妳看我這一對封刀多年的外科醫師的手，至少仍有如庖丁解牛，無厚入有間，乾淨俐落，遊刃有餘！」之時，妻才冷冷地說：「先別得意太早，但也不必 PANIC，告訴你，大事不妙，希望你眞的寶刀未老。」我追問到底什麼事，她才說：「魚鯁在喉，一言難盡！」言罷就說試與麵包呑下未成，必須上洗手間。

她走後，我一個人呆坐等候，開始心想，此豈非天意也哉。前日妻見了我寫的「拔劍四顧心茫然，地老天荒故將閒」之後，曾戲言說：「昔時傲笑中原數一劍，如今落魄江湖一把刀，算了吧，認命吧，少吹牛。」今天我可大展身手，印證薑老更辣，功夫仍在。假若連這雞毛蒜皮之事都沒辦法 HANDLE，豈不貽笑江湖，無顏回見江東老？

過了一段時候，一直未見妻出來，心情開始焦慮緊張，漸漸像是熱鍋上的螞蟻；是否情況相當嚴重？爲什麼還不出來？我該怎麼辦？假使到時看不到什麼怎麼辦？看到卻拿不到或拿不出來又該怎麼辦？假使弄傷流血怎麼辦？越陷越深怎麼辦？該怎麼收拾？本來想是兵來將擋，水來土掩，何足懼哉的事，突然間竟有這麼一大堆的問號。開始懷疑，也許不該想由自己來動手解決，萬一弄巧成拙，豈不終生遺憾？一下子，就像歌譜中的休止符，所有興致異念，驟然消失了。TO BE OR NOT TO BE？爲了一根魚刺我竟如此哈姆雷特一般，開始了錯綜複雜的心路歷程。心想此處人生地不熟，打九一一吧，恐怕遠水救不了近火。想大聲呼救，又怕洋相出盡；報告警察，則未免驚天動地；送急診處，更是勞師動眾，還有麻醉、手術、併發症、我的天……正思忖間，妻已再度出現眼前，沙啞地說：「不行，喀出血來，刺卻仍在。只有看你的了，我要你幫我拿出來，不成再說。」我可以感到她對我並沒有很大的信心，只不過是蜀中無大將，只好請我廖化做先鋒罷了。既然如此，恭敬不如從命，只好立即收拾行囊，打道回去。

趕往公車站時，腦海中突然浮起宮本武藏以筷子夾殺飛蠅的一幕，對呀！何不如法泡製，況且工欲善其事，必先利其器，否則既使巧婦亦難爲無米之炊呢。於是立即轉往對街超級市場去，希望能找到SOMETHING。上窮碧落下黃泉，踏破鐵鞋無覓處，不知爲什麼，老墨這麼落後，連一把筷子都沒有。此刻店已打烊，準備關門，正心急時分，卻見妻迎面而來，手中拿著一把拔眉毛的小夾子，以及一把電工匠所用夾切兩用的尖頂虎頭鉗，說著：「走吧，再拖下去後果將不堪設想。」

坐上巴士已是十時許，面對此一情況，我心潮起伏，七上八下。左思右想，千頭萬緒。轉頭正想談計劃如何之際，卻見妻已呼然入睡。這是她坐車的習慣，往往車一開，就睡著了，不知她如何強忍疼痛，一定是太累了。

***

下午在神廟塔頂，由上往下看著坡度大過六十度的階梯，直衝地面，令我頭暈目眩，眞是心驚膽戰落九天，上山容易下山難。看著年輕人瀟灑地飛步下去，眞是又羨又妒，時不我與奈何如！我倆正苦思如何下臺之時，妻若有所悟地說：「逞能雖能快一時，但是生命價更高，我們還是用爬的下去罷。」一句話正中下懷，及時解除了我心中的憂慮。「不用害怕，有我在，陪你慢慢下去。」我馬上又顯出了英雄護美的氣概。於是決定由西方階梯下塔。心思識時勢者爲英豪，韓信即能忍受胯下之辱，我也顧不得堂堂大丈夫的尊嚴了。我倆用手抓著階梯中央爲安全設計的鐵鏈，返老還童似的，一上一下，就像嬰孩一般，一步步用屁股後退下爬方式，沿階而下，好不容易，返抵地面，終於鬆了一口氣，但是「畢竟老了！」的念頭再度襲上心頭。不敢相信自己不久即將垂垂老矣！時已日暮，塔影更長，一片悵惘，不禁慨然，心裡想著，夕陽未必無限好，但是黃昏已到卻是殘酷的事實了。

＊＊＊

車行甚速，這時候，窗外月明星稀，夜已深沉。該快到了吧！妻依然緊靠著肩頭，熟睡不已。只見一群群年輕小伙們陸續擠上車來，個個紅顏慘綠，快樂喧嘩。他們正是今年歡笑復明年的時期，看起來！似乎是無憂無慮，青春永在。我們自己卻已是暮去朝來顏色故，只感到過氣英雄悲白髮，不堪回首聽虛擲！眞是天若有情天亦老，更何況人乎。

回到旅館之後，立刻展開布局。先是把買來的工具打開，拔毛器顯然太小，不能適用。虎頭鉗原來還是 MIT 的，一下子使我信心大增，臺灣人用臺灣產品，該是駕輕就熟，此天助我也。只見吋餘長的鐵色尖端，配著綠色的把柄，比一般手術鉗粗重好幾倍，而且沒有手指頭可扣控的小圈，看來極其笨裡笨氣的，很不安全。只是手中無利器，濫芋也只好充數了。用肥皂洗去了保護油脂之後，再用白蘭地酒浸過一陣。燈光照明可是個大問題。當時已是深夜十一時許，無法借到手電筒。房間的檯燈燈光，由於設計柔和，叫妻靠近張口幾次，都不管用。只好把燈罩取下，可是怎麼挪動移近都沒法看清楚，而自己的眼睛卻被強光刺射得金星亂冒而受不了。總不能這麼樣就放棄了吧！妻已開始不耐煩，必須想辦法解決，否則出身未捷身先退，一世英名豈不付之東流？心想馬蓋仙能我何不能？於是調屏氣息，利用禪家靜坐工夫，把一時紊亂的心緒平靜下來。果然計上心頭，即時叫妻坐下沙發，靠背半躺下來，雙手抱著檯燈，隨時依我的指示而調換其位置，終於解決了照明的問題。

***

妻忍痛張口幾次，視野仍然有限。只好利用牙刷把柄充當壓舌板，經過三、四次張口檢視，才好不容易地發現了一條白線貫穿上下，就在左邊扁桃腺之後咽後壁之內。大概不會錯吧，我不是剛誇口，只要看得到，就拿得到嗎？可是操作虎頭鉗在櫻桃小口之內，拔除寬不到一毫米的魚刺，確實不容易。每次幾乎靠近時，突覺老眼昏花，手腳發軟，冷汗直流。手雖沒顫抖，也不聽話了。幾次試探，總不敢下手而退回，越是想集中眼力，越覺吃力異常，視線模糊，眼花撩亂。「老了，老了！」心想不服氣，也無可奈何地自言自語，而臉頰則被燈光燒烤得灼痛難受，幾乎就想作罷放棄、休息一陣再來。

***

妻說：「你不是說過及鋒而試嗎？總不能功敗垂成吧。」只好再度鼓起勇氣，抱著不成功，便成仁的決心，準備孤注一擲。一時心神貫注，屏住呼吸，只覺得心脈加速，怦動欲出。腦海一閃，上天助我，最後一瞬，幾乎是盲目一挾，狠心一抓，大膽一拔。說時遲，那時快，在我尚未看清楚究竟之前，妻已推燈躍起，有如銀瓶乍破水漿迸，大叫：「YOU GOT IT! YOU GOT IT! 眞厲害……」定眼一看，赫然一根吋長魚骨，被我抓個正著。還好沒跟麵包吞下去，否則誰知不會來個食道破裂或胃穿孔？天啊，我眞是狗運！卻看妻子愁何在，雀躍飛舞喜欲狂！她並不知道我是如何緊張萬分，幾乎是破釜沉舟，背水一戰的。我雖如釋重負仍因驚魂未定，正癱瘓在沙發上，試著弄清我的頭腦，甦醒過來。只見妻已從浴室嗽完口出來，輕哼著 WHAT WILLBE WILL BE 的曲子，對著我說：「謝謝你，果然寶刀未老，不費吹灰之力，一氣呵成……」，我說：「子非余（魚），安知……」一聽到魚，她馬上接著過去：「對了，以後出外旅行，一定記著隨身攜帶一把鉗子、一隻手電筒，以防萬一…長鋏歸來乎，食豈可無魚也！」

欲知後事如何，請看下回分解。

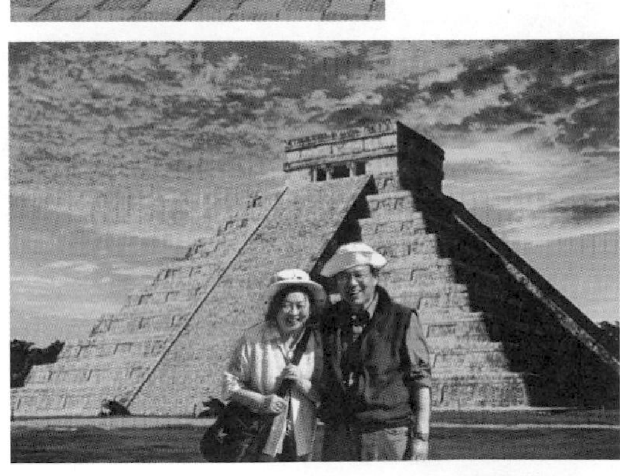

非異鄉人

昨日深夜甫抵家門，今晨因時差之異一早即起。推窗遠眺，但見大樓幢幢，擋住眼前，雖身在十二樓頂，昔時環繞臺中盆地四周的青綠山頭，已再也看不見了。變了！還是清晨時分，街上早已傳來震聾的機車爆音，不絕於耳。「吵死了！」我因感窒悶得很，深深吸了一口氣，卻覺不是味道，此地空氣污染的程度，似乎更甚於洛城。心裡想著：「難道眞的不再可愛了？一如舊友信中所言！」

一早，三表姊來約母親同去買粽子，見我在，便邀我一同前往。我想是個好主意，一方面可以陪伴年邁的母親，一方面也可以讓小女兒認識祖國故鄉的風土人情，於是叫醒她，大夥兒一起去。

計程車上，司機聽到小女兒用英語向我發問時，竟然開始干涉起來，並以充滿責怪的語氣教訓我們：「怎麼可以不教她講母語？怎麼可以忘本——不知道自己是臺灣人？……」我一時臉紅耳熱，答不出話來。即感慚愧，又覺受辱委屈。雖然自己認同關心臺灣的程度，自信遠勝於很多很多只會掛在嘴巴的人。就在回家的前夕，我還用自己的雙手，在家後院的山坡上，在兒女的幫助之下，完成了堆建三個多月，幾乎是一個羽毛球場大小的臺灣島平臺，只爲了希望他們不要忘記自己的根源——臺灣呢！

也許是我的不對，在這方面還是努力不夠。記得昨夜從桃園返回臺中時，計程車司機滔滔不絕的批評這個，不滿那個，舉凡內政、外交、軍事、社會以至於兩岸問題，無所不批。還說依他看，應該怎麼樣、怎麼樣的情景，大有誰也不怕誰、誰也不服誰，唯我獨尊的氣勢，眞是可愛又是可怕，而大言不慚，咄咄逼人的態度更令人有啼笑皆非之感。

還好不久即抵達南臺中市場，結束了一場尷尬的局面。走到賣粽子的地方，但見一群人們喧嚷地圍著一方桌，只見老板娘聳聳肩，搖著頭，攤開雙手說：「已經被拿光了，下一批大概半個鐘頭會到，請大家稍候。」說罷就拖著木屐走向對街店面打電話催促去。

三姊想既然還要半個鐘頭就對歐巴桑說：「我姑母年紀大，八十多歲了，好不容易特地趕來，請妳多加照顧，我有事必須先走，到時請留下三十顆粽子給她，拜託啦！」不待歐巴桑回答，轉身就走。臨行回過頭來對我說，不妨帶小君在附近菜市場逛逛，讓她見識一下。我覺得也對，於是找個凳子擠在最靠桌邊的位置讓母親坐下，便對母親說我們去走走看看，很快就回來。

帶著女兒走入市場的心臟地帶，路面到處濕漉漉的。我忙著指東指西，向女兒說這是鮮肉攤，這是海鮮攤、雞肉攤，那是蜜豆冰、仙草冰……記得小時候，跟著母親逛逛老家附近的第二市場時，到處有人叫喊：「先生娘，要不要買……」童年記憶中，攤販們似乎個個勤奮打拚，人人和氣有禮，市井小民的生活寫照，令我印象深刻難忘。眼前情景，似曾相識，雖然幾十年過去，還是有些古老的景況流傳下來，一股親切感油然而生。現在的市場環境顯然比從前整潔多了，然而看慣超市的女兒，似乎覺得有些地方髒亂而不可思議。我心想爲什麼個性極爲像我的女兒，因爲後天環境因素的影響，對於同一事情的看法會是如此不同？看著她不很自在的表情，我只好對她說：「這當然不能怪妳，這些妳並沒有經歷過，但卻是我從前小時候成長過程的一部分。對我而言，一切都是那麼自然，而我也覺得很自在。我曾經屬於這裡的一部分。」我眞希望她能分享故鄉可愛的地方。

不到十分鐘我們便返回粽子攤前，只見母親孤零零的，表情落寞，傻楞楞地站在一旁。看到我們時一臉責怪地說：「怎麼搞的，到現在才回來，粽子早就被搶光了，我差點兒被推倒呢。」原來兩分鐘前，粽子一到，大夥一搶而光，一哄而散。竟然沒有人幫高齡的母親留下一些，令我十分懊惱。

女兒頗感不平地說：「為什麼沒有人替祖母著想，讓她老人家辛苦等候，卻什麼都沒有，怎麼可以這樣？」還好母親沒有受傷，我卻是愧疚不已，自己怎麼能疏忽至此，貿然走開，丟下老人家一人，還以為別人會因尊老而特加照顧的。一時羞愧惱怒交集，心中感到不忍而難過，於是決定叫女兒帶著母親先行回家休息，由我一人來處理這件事。

看著她們祖孫倆離去的背影，想起當年年幼，陪著祖母去戲院觀賞歌仔戲時，到處受到禮遇的情景，頓覺時異境遷，大有今非昔比之感，心中一陣難受，難道當時的民風比較憨厚、純樸，民心比較善良？當年因為父親是位頗有名氣的外科醫師，故鄉小鎮上幾乎無人不認識「先生媽」，如今父親去世已經多年，而自己不只遠居海外，而且藉藉無名，可憐母親的「先生娘」的稱呼也隨著歲月而無情地消失了。難道當年所受的禮遇原來都是出自勢利的眼光而已，並非人性人情的自然流露？也許太天眞了，竟然爲了失去過去擁有的特權而不快。今昔之別，是變了還是沒變？或只不過是我自己個人認知的錯覺而已。想到這裡，感受陡然失去了那份親切，而感覺也變得又近又遠，自己也開始不自在而踱起步來。

這時候，除了我之外，空無一人，我是第一位的，只要耐心等候該沒有什麼問題才對。我深深地吸了口氣，眼光掃過並街而立的店面，終於停佇在通道的盡頭，特別醒目的「阿鴻檳榔」四個大字，兀自刺入眼底深處，昨夜飛航途中的一幕，不覺浮上心頭。

＊＊＊

「爸爸，到底什麼是族群？什麼是認同？」坐在身旁的女兒指著中文報上的社論標題：「族群分裂、認同危機」問我。就讀普林斯頓大學的她知道分裂與危機的意思。爲了讓她能夠了解，我試著解釋目前臺灣面臨的最大問題，不在於中共的演習、飛彈恫嚇，也不是中共喜歡不喜歡，或者甚至於對臺灣使用武力，而是臺灣人民並沒有團結一起，一致對外，爲臺灣而奮戰、犧牲的決心與勇氣。其中最重要的原因是對「臺灣」缺乏眞正的共識，對「臺灣」的看法與感受不一樣，在種族與國家的認同上產生混亂。有人主張統一，有人主張獨立，有人主張維持現況，坐以待斃。最惡毒者，是那些偏激、自私、有野心的政客，故意煽動，挑撥離間，造成不同族群的對立。而政府似是而非，互相矛盾的統一政策，更弄得人民無所適從，爭論不斷，社會動亂，人心不安。現在就連國家定位，國號稱呼都成了問題。這個問題若不能儘快解決的話，臺灣是沒有前途的。

女兒聽了一頭霧水似的說：「我不懂，我不能了解這麼小的一個地方，卻有這麼複雜的問題。事實上我覺得，像加拿大魁北克一樣，來一次公民投票，不就解決了嗎？李總統不是說過『民之所欲，長在我心』嗎？看看到底人民的眞正希望是什麼，不是很簡單嗎？」我一時也說不清爲何執政黨一直有辦法老死抵制公民投票，而老百姓也不積極奮鬥努力爭取的理由。多年來我一直認爲人民假若沒有公民投票的權利，就不是眞正的民主。女兒一語道破，讓我十分高興，畢竟「有其父必有其女」，不是嗎？

過了一會兒，正準備喝口咖啡時，女兒突然拿下耳機，轉過頭來，在耳邊輕聲地說：「爸爸，你至少做對了一件事，謝謝你把我帶到美國，讓我在美國成長受教育，我喜歡美國甚於臺灣！」女兒這一突來的心聲，讓我一時驚愣住：「爲什麼妳會有這樣的想法？」我幾乎不敢相信自己的耳朵。

「爸爸，你想想看，電視、報紙上面的臺灣，實在太髒、太亂。更差勁的是一切都顯得太沒有格調！尤其最近國會再度鬧出男女武打的場面，成什麼體統，算什麼議員，簡直是一堆流氓。那姓什麼周謝的惡相，就像潑婦罵街的鏡頭，讓我羞愧死了，難道在臺灣的女人都是這麼兇狠？嚇死人！他們到底有沒有受過教育？因爲這樣，我寧願一直留在美國！」

聽著令我感到一陣難受，一時不知如何回應。只好試著解釋這只是少數人的行爲，而教育與教養是兩回事。教育只能增長知識，教養才能明辨是非，行爲有分寸。有教育並不一定有教養，顯然地，女兒並不滿意我的說法，又隨手塞給我副刊說：「你再看看這些！」原來，副刊中有一篇討論〈何謂臺灣文化〉的文章。作者開始以嚴謹的態度探討整理之後，無法提出答案。他認爲除了少許個人的特出成就之外，光復以來，就臺灣整體而言，假如有代表時代的文化的話，那就是：「奴役殖民文化」、「三字經文化」、「戒嚴文化」、「白色恐怖文化」、「紅包文化」、「黃色文化」、「炒地皮股票文化」、「暴發戶向錢看文化」、「大家樂六合彩文化」、「貪婪金權文化」、「賄選黑道文化」、「卡拉OK文化」、「抹黑文化」，還有與世聞名的「檳榔文化」等等。我的天，確實一點兒也沒有過分，沒想到原來是這麼樣。眞是針針見血，慘不忍讀。一時有如當頭棒喝，萬箭穿心。仔細想想，怎不令人心灰意冷，爲之汗顏！難道我出生成長的地方，只有這些令人羞愧可恥，而毫無任何值得驕傲，羨慕的文明可言？才不久前的一份雜誌上，一位他國的政治家說過：「希望有一天，外國人看著我說，眞希望我們的國家像你們的國家一樣。」不錯，自己有時也會這麼想，假若無法建立一個更美好、更文明的社會，那麼就是獨立建國又有何意義？臺灣！我的故鄉，什麼時候才能達到那種境地呢？

可嘆的是，資訊的發達，教育的普及，卻造成更多沒有教養的人。難怪一位知心的舊友最近來信言及：「這十幾年來，所謂臺灣經驗，雖然帶來了財富，但也贏得了貪婪之島，垃圾之國的惡名，尤有甚者，最可怕的是人心不古，人性醜惡，亂象之極，讓我深深地感到臺彎變了，變成不再可愛了！」眞的是這樣嗎？我不禁自忖。事實上，我也感覺到臺灣目前狀況可用「亂」一字來代表。到底是誰之過，人民？抑或政府？有云：「有什麼樣的人民，就有什麼樣的政府。」反過來說：「有什麼樣的政府，就有什麼樣的人民。」惡性循環的結果，造成今日病入膏肓的臺灣。想到這裡，不禁爲之扼腕而嘆！孩子的直覺感受與自己的迷惑矛盾，成爲強烈的對比。

身爲一個臺灣人，對於自己心愛的故鄉，我不願承認接受，但也無法否認這些事實。我必須往好的方面去想，否則我會承受不了。記得約翰克利斯多夫回到巴黎時，對當時的社會文藝界感到極端失望，幻滅憤怒之際，羅曼羅蘭藉著知友奧里維之口，提醒他所看到的墮落、混亂、財慾橫流的社會，還有一批批的政客、奸商、浪子、廢物、暴發戶都不是眞正的法國人，他應該接觸的是尋常一般百姓，市井小民，才能體驗眞正的法國所在。這些年來，臺灣的亂象已經達到令人憂心如焚的地步，但是我還是試圖說服自己，希望這只不過是臺灣命脈巨流中的少許表面騷動的浪花而已。「臺灣，加油！臺灣！」心中不禁地吶喊著。

這時候，女兒戴著耳機，閉上眼睛，似乎已經睡著了。面對著純潔無邪的臉孔，想起美國的種種問題，特別是種族歧視，內心矛盾掙扎的說著：「孩子，帶妳到美國，我實在不知是對是錯，你長大了，就會知道！」我想一方面自認能了解她的心境，除非是個忘恩負義的人，都會熱愛培育自己成長經歷的地方，美國於她就如臺灣於我一樣，如同自己的父母一般，不管是對是錯，是好是壞，應該關愛自己的根源故鄉，這也正是這次全家返臺的目的之一呢。我常覺得來到了美國我獲得了自由，但卻失去了自在。而今回去故鄉，不正是可以享受既自由又自在的滋味嗎？

***

正恍惚間，突覺身後被猛推一下，幾乎站不穩而跌倒。這才發覺自己早已淹沒在紛雜鼎沸的人聲裡。原來周圍已經擠滿了人群。我原先是最早的一位，如今除了其他二位男士之外，還有十幾位女士。從穿著表情看起來就像以前病人的家屬一樣。大家七嘴八舌，喧譁交談。我雖然覺得不很習慣，卻也不感拘束，只是有些異常的感受，讓我始終無法與大家混在一起。人群越聚越多，你推我擠，沒有人排隊，大家四方圍上，試圖搶占桌前的位置。很快地，我發覺自己已經失去了原先第一名的優勢。

「還要等多久？」有人不耐煩的吵。歐巴桑只好說再去打電話催催。我看情勢不妙，心中盤算，他們一次送貨最也不過七、八把粽子，只夠三四個顧客的需要。這種情況下，雖然等了這麼久，到時可能還是拿不到。大家爲什麼不拿號碼排隊，像在美國一樣，不是公平、方便、有秩序嗎？我要怎麼樣才能讓人家知道我是第一位的？

這時歐巴桑打了電話回來說：「對不起，因爲有人直接到家中取貨所以耽誤，不過也快來了。」眞是的，我己經等了一個半鐘頭了，怎麼可以這樣呢。

「嘿！老板娘，我們是一早從霧峰特地坐計程車遠路趕來的，一定要給我們留三十個喔！」一對剛到達不久的銀髮阿公阿婆靦腆地說著，希望博取大家的同情。我想想幾乎脫口而出，要比的話，我是今天半夜凌晨才從美國洛杉磯坐飛機趕回來的。大概沒有人會相信吧，每次欲開口，總是不好意思地吞了下去。這時才發覺已經不是認同不認同，而是不知何故，再也無法眞正地打成一片了。

眼前有這麼多人的人，看樣子，機會越來越少。打量四周的男女老少，看起來自己似乎是受最高教育的，但是目前已非面子的問題，而是拿不到怎麼辦？如何向母親交代。一方面又絕不願意再等下一批，因爲還是會一樣的情況，沒有辦法的。我慢慢地開始擔心起來，心知除非動用肢體力量，我很可能十有八九是拿不到的。可是如此一來，我不是羞愧死了嗎？自己畢竟還算是一位高級知識份子，而且大男人一個，更何況自認爲有教養的，怎麼可以動粗呢？我該怎麼辦才好？該怎辦才對？再想下去，這個任務不是幾乎變成MISSIONIMPOSSIBLE了嗎？

就在這個時候，一部速克達機車急速開到，直衝桌前。「這一定就是了！」腦海一閃，母親落寞的神情再度浮現。已經不是該不該的理性判斷，而是拿得到拿不到的殘酷事實了。一下子心動，立即起了君子當仁不讓，捷足先登的念頭，決心先下手爲強。於是不待機車完全熄火停止，急衝過去，管它對不對，該不該。自己有如餓虎撲羊，黑豹偷心，兩手抓將下去。一時怒目睜眉，臉色一沉，由紅而紫，由紫而黑，反正沒人認得，悍勇如張飛於亂軍之中探囊取物，顧不得粽子還是剛出鍋燙熱騰騰的，抓到三把，用力一提，高手出招，疾如閃電，半分不到，果如所料，早已一搶而光，不見「粽」影了。我正得意之際，冷不防身後闖出一位女士拿著剪刀，一言不發，抓了幾個猛然剪走了大半。另一位歐巴桑說什麼住很遠、等很久央求我分給她幾個。我即是氣憤填膺，又是於心不忍，正在左右爲難之時，幸而旁邊一位說我是等了最久的人而幫我解了圍。我想想此乃是非之地，豈可長待，還是早離爲妙。既然感到自己理不直氣不壯，趕忙來個白鶴展翅，雙手一提，飛步離去，留下了一堆仍然哄吵不停的人群。

走出了市場，只見艷陽高照，路上已經十分熱鬧，車水馬龍。心中即高興任務終於達成，一方面卻又深感慚愧而自責不已。雖然沒有人眞的責怪我不該，但是我想我必須懲罰自己，於是決定在炎日之下，接受炙烤的折磨，提著粽子，走路回去。就在這個時候忽覺手指頭隱約發痛，這才發覺已經燙傷起泡，原來我早已付出了代價。一時想起了馬克伯斯的悔嘆：「縱傾所有海洋的水，也難洗淨我這雙手！」也許是活該的。

驕陽更加炎熱了，把我曬得昏沉沉的，走在斑馬線上，雖然我一直比劃著手勢，口中唸著：HEY, I HAVE THE RIGHT OF WAY，DAMN YOU! 黃色的計程車還是對著我直衝過來。忽然間，感覺有如卡繆筆下莫名其妙的異鄉人，一切都顯得面熟而又陌生，不可愛而又可愛，荒謬極了！（一九九四）

三對外科醫師的手

金劍已沉埋，壯氣蒿萊，
五十功名塵與土，八萬里路雲和月，
江山代有才人出，至今猶憶李將軍。

去年八月打網球時，不慎摔斷左手。雖說名醫該有其肱三折之體驗，整整一年多了，最近晨起常覺手骨僵硬得很，似乎是身體逐漸老化的徵兆。今晨醒來無事，對著鏡子試著用右手扭動左手腕關節之際，一時驚覺於歲月之殘酷，並慨然於自我之一事無成。正茫然間，忽覺鏡中的雙手如是熟悉，似曾相識。只見那厚實的手掌上刻劃著掙扎延續的生命線紋，而褪化了的繭跡仍然依稀可尋；不長不短的手指，配著修得短淨的指甲；手背上的靜脈青筋則勾出了清晰而成熟的輪廓。線條之美有如米開蘭基羅的雕像。

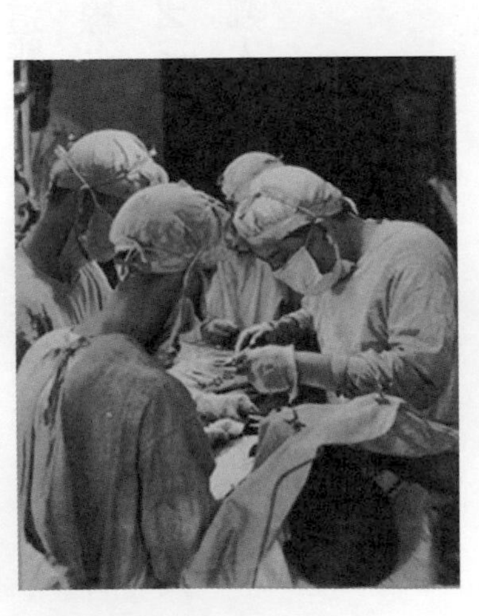

雖然歷經滄桑歲月，整個雙手仍然光滑有力、血色生動、活氣十足。原來，在鏡中我這雙手，竟然是小時候記憶中父親的手；更驚奇的是似乎也像是父親的老師今永教授之手，莫非因緣注定？彷彿之間，墜入時光隧道。腦海中的影像，由模糊的記憶中逐漸浮現眼前，已經是二十多年前的事了。

那年冬天，在我當完總住院醫師之後不久，有一機會赴日主修胸腔外科。父親一定要我去拜訪他的老師今永教授，因此在完訓前一個月，我特地從東京獨自前往名古屋一趟。當時今永教授已經從大學退休，轉任愛知癌中心院長之職。他盛情地接待我。只記得第二天，剛好有一門脈壓亢進症的手術。當時他已很少開刀，爲了我，他決定做個示範，親自動手，並要我洗手參加開刀做第一助手。

就在刷手之際，我忽然發現他的雙手與父親的雙手竟是如此相似。當時他年近七十，有些重聽，開刀卻仍然簡潔明快，乾淨俐落。他說做爲一外科醫生，他很感謝上蒼賜給他一對銳利鷹眼以及靈巧、敏感、而且穩重的雙手。手術完了之後，他對我說：「很好，你有一對跟你父親一樣的雙手，但願你好自爲之。」當時，我只覺得受寵若驚，我怎能跟父親相比。私底下心裡卻是很高興聽他這麼說。返臺之後向父親報告經過，父親聽了十分開心，似乎是欣慰於總算接棒有人了。

「家財萬貫，不如一技在身。」父親常以此諺語提醒我們兄弟。

從有記憶開始，父親就是整天忙碌於病人的事。上午門診、下午開刀、早晚病房回診二次，除了晚餐之外，很少有在一起的時候。父親可以說是天生的外科醫生；身體魁梧、膽大心細，頭腦清晰冷靜、手藝高巧靈活。早年留學日本，就讀九州熊本醫科大學。畢業之後繼續在今永教授門下進修外科。得醫學博士學位之後，被留下來擔任講師。當時正是二次世界大戰後期，戰火正殷，臺灣已經開始遭受盟軍空襲，不少百姓遭殃。父親於是接受推薦，返臺就任南部海軍基地醫院外科部長之職。當年岡山大空襲，我們全家連夜往大岡山逃難，父親以職責在身，留院坐鎮。傷患大批擁入，連續三天三夜開刀不斷，中間不得休息，最多只能在手術房的地上躺睡片刻。開刀房因爲曾經一度遭到掃射，一名助手不幸當場中彈死亡，槍林彈雨中，只好被迫搬離才能繼續。母親帶著我們東藏西躲，幸虧得到父親以前的病人的照顧與幫忙，大約失散一週之後，才與父親重聚。回到家中，但見父親睡臥在前廳的榻榻米上，滿面鬍鬚、消瘦不少。醒來第一件事，就是要求熱水浴。這次空襲相當猛烈；我們住家附近的十字路口被炸了一大坑，家中亦有彈片掉落。父親後來回憶這次空襲說，他也記不得開了多少刀，只感到憑他那雙手搶救了不少的傷患，是他這輩子中值得興奮與驕傲的事。

父親工作的時候十分嚴肅認眞。開刀時，尤其全神貫注，手術房中總是氣氛緊張，絲毫不能有任何差錯。一不滿意就會大發脾氣，有如山洪暴發、天崩地裂。其雷霆萬鈞之勢，連鬼神均爲之喪膽。父親偶爾會提及岡山大空襲時的一段插曲：當時有一臺灣傷兵，因爲彈片嵌在大動脈附近，父親決定將其取出以絕後患。開刀中，每次幾乎要抓到彈片之際，一連多次總是有個頭鑽了進來，擋住視線。父親氣惱之下，怒不可遏。拿起手中的手術鉗，迎頭痛擊並大罵滾你的頭去時，才發覺原來是憲兵隊長前來探視。平日揚威跋扈的他，也被父親的威勢嚇呆了，不敢應聲而退出。手術後，還到辦公室向父親道歉。父親手藝高超，救人無數，其敬業的精神與負責的態度，極得病人之信任與敬重。因此名遐遠外，譽滿全島，病人來自各地，包括當年偏遠的花蓮、澎湖。

小時候，不知怎的，總喜歡躲在開刀房窗外窺視手術。只見房內經常刷洗得一塵不染、光亮無比。父親對於洗手消毒，要求十分嚴格徹底，再也沒有看見指甲修剪得那麼乾淨的了。在沒有塑膠手套之前，父親總是花上十五至二十分鐘刷手。刷了再沖、沖了再刷，至少反覆三次以上，直到雙手通紅為止。開刀房中，父親就像主宰全局的統帥，除了開刀之外，還須注意麻醉、點滴、輸血等等。父親認為病人的安危全在他個人身上。每逢重要地方，他都親自綁剪，絕不疏忽。當時還沒有冷氣設備，魁壯的父親經常汗流浹背、滿頭大汗；必須有人在旁，隨時替他擦拭。後來年紀漸大，幾個刀開下來，也會感到酸累。手術後一大杯冰咖啡以及一枝香菸，幾乎是必然的事。外科醫師的辛勞與憂心，若非親身體驗，有時無法讓外人所能眞正了解與同情的。

作爲外科醫生，父親最不喜歡什麼都不懂卻只會吹噓之人。就如史懷哲說，他自己之所以選擇外科，是因爲希望工作時，不需要張嘴說話。在這領域中，常常是動手不動口。雖然外科開刀是父親的拿手，但他一直認爲更重要的是腦與心。博學、深思、細心、明斷是外科醫生應該必備的，否則，做了錯誤的判斷或手術而不自覺，再多的經驗也只不過是錯誤經驗的累積，是沒有什麼用的。家中，病人贈送的匾額很多：諸如「外科聖手」、「術精華陀」等等。但父親最喜愛的是掛在前廳近門上方的「佛心」兩字。

他認爲做一個外科醫生，最重要的不只是自己的眞如佛心而已。對於受難病人應該以慈悲爲懷；抱著菩薩心腸，一切以解除病人之病痛，苦難爲前提，全力以赴。處處爲病人著想，所以決不做不必要的開刀。

一九六〇年代起，一些年輕開業醫師，爲了爭取病人，或爲賺錢，採取所謂商業經營方式而不擇手段；開始收買三輪車伕、計程車司機，並以官商勾結，壟斷勞保，做假報虛。臺灣的醫療開始變質，醫生之倫理觀念，也逐漸褪色。一時傳聞：上腹痛割胃、下腹痛割盲腸，全腹痛買一送一，眞是無法無天，令人痛心。可憐不識時勢，不跟潮流者，就只有被淘汰了。父親行醫四十年，歷盡杏林滄桑，深痛於醫德之淪喪以及病人態度之轉變，也就決定提前退休了。我自己原來亦有返鄉開業，接替父親的念頭。但是因爲社會價値觀念的轉變，雖然我自信可以成爲很好的醫生，但我也知道，自己沒有辦法適應這種潮流與環境，也只有放棄了。

「師者所以授業，傳道，解惑也。」從小父親就以尊師重道，耳提面命。不時提及他的恩師今永教授的學問與爲人。特別是他並不因父親是臺灣人而有歧視；相反的，由於父親表現出類拔萃，努力向上，而另眼看待，鼓勵有加。期望他有一天，在臺灣外科有所貢獻，父親果然不負所望。終於有一天，今永教授接受父親的邀請來臺，順便做了全島巡迴講演，我才有機會一睹盧山眞面目。他老人家舉止風度，寧拙不巧，氣質談吐，大智若愚。態度嚴肅認眞，卻不失慈祥幽默。處處典範流露，令人高山仰止，果然是理想中典型的學者教授。父親敬他如師尊，待他如父兄，他們之間亦師亦友，心同父子，情同手足。心靈默契，互相感應。只記得，在一歡迎的宴會中，父親以一只「春風化雨，技驚華陀」的銀盤相贈紀念之時，我從相機中，看到兩雙充滿信心與成就的手，象徵著外科世代的交替與延續。想到他們各自運用雙手，成功地開創事業生涯時，極爲嚮往。就在那時候，在自己的心田裡，已經默默地埋下了他日走向外科的種子。

今永教授極其喜愛中國文化，特別要求安排到霧峰故宮博物院參觀。他老人流賞一整天，不想離去。印象最深刻的是，他在一書法字幅「人心惟危，道心惟微，惟精惟一，允執厥中」之前停佇良久。最後，似乎景仰於博大精深的中國思想；他感嘆地說：「一個外科醫生，必是先得心，而後才能應手。修心，的確是最重要的。有仁心，才能有仁術。惟有行仁術者，才能算是眞正的外科醫師。」離臺返日不久，就聽說他被選爲日本外科學會會長。以他的學識修養，德高望重，坐上外科第一把交椅，是理所當然的事。我們也深深以他爲榮。他的專長是肝臟與門脈疾病之外科治療。在這方面，他可以說著作等身，經驗豐富。有名的 CHILD 氏分類，事實上幾乎就是他的分類之英文版。

一九七〇年名古屋之行，他很高興我能夠來看他。一見面，就詳細詢問父親近況。走進他的辦公室，我立刻被一掛在中央上方的「診而斷」的匾額所吸引。他特地對我解釋說，作爲外科醫師，最大的挑戰，還是在於診斷；其他熟能生巧，不足掛齒。當年的外科醫生，對於腹腔疾患的診斷，多半依賴手診。訓練與經驗是十分重要的，敏銳與否，可以分出外科醫師的高下。但是，今永教授認爲，再好的手診畢竟仍然是半盲目的。臨床判斷固然是最基本，但是由於科技進展，月新日異，他預測不久將來定會有更好，更精確的方法；而外科的觀念與技術，也將有所改變。他語重心長的提醒我，除非繼續努力，學習跟上時代；否則，外科醫生光靠手技，很容易淪爲工匠一般，也就沒有什麼值得驕傲的了。

過了緊湊而愉快的兩天之後臨去，他老人家堅持親自到車站送行。那年，他已上了年紀，鬢髮蒼皤，脊骨微曲，開始有點兒老態龍鍾了。他卻不厭其苦，上下樓梯，陪我走過月臺。一路上，不停地告訴我說，我有一位眞正值得驕傲的父親，並且說父親對我期待之殷切，要我好好努力，希望有一天能像父親一樣。在月臺候車之際，我倆似祖孫一般，我想，他把我當成了三十年前的父親，兩天匆匆短聚，不知何時再見，心中難受，可想而知。不久，新幹線火車開了進來，他老人家竟是淚眼盈眶，輕輕拍著我的肩膀說聲保重，我也難過得勉強道出了再見。看著他眼角的淚水，想起朱自清的文章「背影」，車一走，我的眼淚也不禁奪眶而出了。他轉過頭來，戴上那灰色的呢帽，站在那兒，一直揮著手。看著他的身影逐漸遠去而終於消失，腦海中卻抹不去那不停揮動的雙手；想起一代外科醫生的老去凋落，心中無限感慨，希望有一天能夠有所成就，接下棒子。

日後，他曾到東京出面替我申請延長受訓，準備轉往女子醫大進修心臟外科。一切手續都已辦妥，我卻因岳父突然去世，只好束裝返國。

他與父親之間，經常書信往來，幾十年持續不斷。彼此從來不會忘記年節相互致意。父親去世前一年，也許預知可能是最後一次，曾經又一度去日本拜訪他，真是做到一日爲師，終身爲父之禮。他從父親處知道我到美國進修，曾經來信勉勵，而我過了幾年之後，竟停止繼續寫信，實在慚愧。父親去世之後，他很感傷，來信提及十分難過。

他說再沒有像父親這樣的學生了，父親是眞正的一等人物，要我們兄弟以父親爲榮、爲傲。數年之後，他老人家專程獨自來臺，拜祭父親。據母親說，他在墓園徘徊許久，看著我替父親撰寫的墓誌銘，哀痛不已。

今年年初，我特地返臺與母親過年。有一天，帶著大兒子到母校臺大醫院舊地重遊。路過中央走廊，正思風景依舊，而人物已非之時，忽聽有人叫我李醫師；回頭見到一熟悉的面孔，卻一時也想不出是誰。「李醫師，我是許××，還記得嗎？」他興奮地握緊我的雙手，「二十年前，您替我做了肺葉切除手術。」喔，原來如此。看著他現在健康，好好的樣子，以及一付感激的神情，令我一時心情激盪，感慨萬千。二十年了嗎？眞不敢相信！二十年，一轉眼，多少回憶，多少往事，多少空白。「您可不可以替我哥哥開刀？」他還不知道我不只早已遠離了手術，遠離了家鄉，也遠離了這裡的一切！

從我第一年當住院醫師起，父親就經常提醒我，當外科醫生腦比手重要，而心比腦更重要的道理。記得當年，曾經聽過人家以羨慕的眼光，稱說外科醫生的手爲百萬金手。我聽了只覺眞是可笑，難道做外科醫師只爲了這些？這次回國，又聽聞曾有總住院醫師因爲握有決定住院之職權而賺取大樓之事。心裡難過之至，但願全係惡意謠傳而已。否則這種敗類，心狠手辣，根本不夠格當外科醫生，早該被開除的。

一九七七年，輪到NIH進修機會。經過一番思考之後，決定於肺癌免疫學及臨床呼吸生理學，兩者之中選擇其一。由於外科問題往往出在手術後的照顧，有時因爲嚴重併發症而束手無策，坐視病人走向死亡。於是決定選擇臨床呼吸加護醫療之路來美進修。一年過後，因爲科主任強留，所以寫信請求延長進修。當時許主任回信說，他認爲我正當外科醫師之黃金年齡，應該速回發展才對。可惜，我並沒有接受勸告。兩三年間，猶豫不決。後來，當自己感覺更有資格、更適合當外科醫生時，可笑的是，已經沒有人要了。就這樣，與手術告別，從此封刀而洗手不幹了。

回想當年醫學院學生時代，曾一度以「磨勵以須，問天下頭臚幾許？及鋒而試，看老夫手段如何」自許。一九六七年某夜，值班急診處時，正爲一本生活雜誌所吸引。其內刊登著當年美國兩位最著名的心臟外科醫師庫里及戴柏基令人嚮往的事蹟。然而另一件消息卻自地球的另一端傳來，南非四十歲的巴納德醫師，已成功地完成了世界第一個人類心臟移植手術。一時心潮洶湧，看著自己的雙手，不覺摩拳擦掌，憧憬著將來有一天，大丈夫當如是也。

「拔劍四顧心茫然，地老天荒故將閒！」一轉眼間，幾十年就過去了。外科醫學之進展，亦今非昔比。如今，父親見背也已十年，而今永教授在家手植的鐵樹，也因醫院改建成大廈而不知去向了。撫今思昔，感慨萬千！「典型在夙昔，古道照顏色」，他們先輩所留下的教誨與風範，仍常令我耿耿於懷，感念難忘。自己有些時候，也會因爲未能接下棒子，心中難免有些愧疚與遺憾。

羅曼羅蘭說：「一個人，必須成爲天生應該成爲的；天賦的債，須償還。」也許是命運吧，這些年來，由於留在教學醫院，自己也已經變成了動口不動手的人。此刻，反覆端詳著自己這一對曾經是外科醫生的手，心裡不禁自問：「廉頗老矣，尚能飯否？」

西西法斯的迷思

後院山坡海映天　雜草野花亂處飛
可憐長工拔不盡　周而復始又春回
吳剛伐桂遭天譴　夸父追日又何爲？
西西法斯徒勞累　孤獨荒謬異鄉人！

一直想做西西法斯的塑像（圖一），矗置在山坡上，以達成我的心願。但是不知如何去做他那壓擠在石頭上的臉龐表情：是快樂、喜悅、滿足或者是哀傷、憤怒還是無奈。日子一天天過去，我知道這輩子不可能了，我投降。昨日，從山坡下爬上來，胸悶心急氣喘，幾乎上氣接不了下氣，兩腳酸軟無力，我不得不停下來，調整呼吸與腳步；體力好像一天不如一天，越來越難了，眞不知還能撐多久。

圖一：西西法斯的迷思

此刻，我獨自坐在「思親臺」上，藍天碧海，松青雲白，海風颯颯，略有寒意。自己感覺是多麼孤獨，內心在想什麼，只有上帝和我自己知道。這世界上，沒有人眞正地認識我，知道我在想什麼。從這角度看來，雖然已經存活這麼多年，更是不久即將離開這世界的人，自己常常覺得仍是不折不扣的異鄉人，這不是很荒謬嗎？最近，也許是晚年自閉症吧，不知不覺變成「宅老」一個，天天想著 SO WHAT？心裡覺得既然自己沒有什麼社交的興趣，就讓自己過著半隱居的生活，逐漸變成被世間遺忘的人吧。大概是年齡的關係，自己也開始感受到「採菊東籬下，悠然見南山」的心境，嚮往「倚杖柴門外，臨風聽暮蟬」的情懷，也會羨慕「終日昏昏醉夢間，忽聞春盡強登山，因過竹院逢僧話，又得浮生半日閒」的逍遙。

家，位於半島西南方鄉下，海拔約一千英呎，坐南朝北，後院直接面對太平洋，風景宜人。說實話，不知自己何德何能，竟然會定居在這氣候宜人、風光明媚的地方（圖二），想想，大概就是所謂因緣際遇，命中注定吧。當年找房子，一看，就被那一百八十度寬闊無邊的視野，以及湛藍無比的海景所吸引，遠遠眺望過去，超越正前方卡達麗娜島，似乎隱約可以看到故鄉——臺灣，也許也算是一個理由吧。

回顧過往，自己出生於日本熊本，四歲返臺之後，小住岡山一二年。終戰之後，回到老家鄉——臺中，經歷中小學教育成長，然後到臺北完成大學，以及住院醫師訓練。當完臺大胸腔外科總住院醫師之後，開始主治醫師生涯，結婚得子，前後長達十八年之久。曾一度自以爲，臺北就是這輩子老死之地了。沒想到，一九七七年決定出國來美，

圖二：面對太平洋的卡達麗娜島

圖三：雲海湧入

圖四：作者在牽手台上

先在肯塔基六年，才搬到加州此地落居，一晃就是三十年過去，這個地方大概將是我終身之處了。

後面山坡是我最愛，斜約三十度。住家界線一直延伸下去，到達底下公共保留區的邊緣。再過去，平地延伸，然後再往下掉落，到達太平洋邊。剛搬來時，山坡有經過整理植被之處，約只三十英尺左右，我決定把它延伸下去。抱著愚公移山的幻想，自以爲是薛仁貴的化身，力大無比，氣壯如牛，傻瓜似地開墾下去。幾年來，下班後一有空，就獨自往山坡下去，年復一年，日復一日。有一段時間，曾經以家裡的長工自喻，自居；也是自吹、自豪、或是自嘲？拔草、澆水、挖地、種花、修枝剪樹、搬石塊、做平臺，樣樣自己來，最有本事的時候，可以同時背上兩個堆滿雜草落葉斷枝的大桶，一口氣爬上來而不覺吃力。幾年過去，山坡上的一草一木幾乎全數是我親手種植或移植，小徑通路都是我安排鋪建。尤其五個平臺，臺灣島、落日岩、望鄉臺、思親臺，還有牽手臺，更是我自己無中生有、設計、拼築的作品。

眼前山坡下方的保留地，綠草如茵，到處點綴著遍野的黃、白，還有紫色的野花，一直延伸下去，越過小陵丘，直到海岸邊。更前方的太平洋，湛藍一片，平靜無波。海岸線從右方的海洋世界，葡萄牙灣，經阿巴隆海灘，接上左南邊的川普高爾夫球場，宛轉延伸，風景絕佳。靜寂的時候，偶爾還可以聽到海浪拍岸聲。

有時雲海浮現眼前（圖三），蜂鳥出沒戲水，老鷹遨翔天際，自是一幅「地老天荒雲自閒，野鳥無機來作伴」的畫面。

空閒時，我也常常喜歡到山坡下面走走看看。除了欣賞風景花木，享受清新空氣之外，也算是一種健康身體的方法。做工之餘，獨自到最下面的牽手臺上（圖四），頭上有樹蔭擋著驕陽，四周鮮花環綴，視野無邊，海天一色，空無人影；自己斜坐在躺椅上，安靜地欣賞景色，那種閒雲野鶴，幾乎與世隔絕，自得其樂的情境，眞有世外桃源的感受。有些時候，載上耳機帶著 iPad，聽聽音樂寫寫文章更是一種超美好的享受。於是打算這將是我晚年退休後金色生活的寫照。

可惜人算往往不如天算，問題出在年齡和體力上。每一年，山坡上都會長出各種不同的雜草之外，還有很多各色各樣的野花，我必須在它們結籽之前拔除，否則的話，除了到時枯槁黃黑，難看難堪之外，隔年將會很快地擴散，而無法控制。剛開始的幾年，我認爲除草清理，理所當然，任勞任怨，不覺怎樣，何況自己是家中的唯一長工，無法逃避。因此每年春天，有時候，事忙沒空，雖然不是心甘情願，我還是必須下定決心，孤單一人，下山坡去拔除。老實說，是一件不管怎樣，必須限時完成的苦差事，況且防火規定需求無法逃避。問題是，野草拔不盡，春風吹又生。每次拔完之後，隔年全部又長回，一切必須重新開始，重覆拔草的工作，周而復始，年又一年。拔草成爲看不到盡頭，且沒有完結了斷的工作，想來這一切辛勞，不都等於白費了嗎？想想既然還會長回來，又何必辛辛苦苦地去拔除，自討苦吃？

不過，幾年下來，也頗有心得。漸漸地，知道什麼樣的草需要先拔，怎麼拔最有效率等等。我也自嘲，變成了「拔草達人」而得意。甚至於想到，山坡拔草是件手腦並用，健康身體，修心養性，一舉數得的工作。將來也許可以開班收費，不止治療憂鬱症，也可以避免痴呆呢。

話雖如此，六十歲之後，體力日衰，開始有些力不從心了。烈日之下，汗流口乾，更容易疲累不堪。尤其孤自一人，加上腰酸背痛，老是沒完沒了的感覺，還有不知何時才能完工的壓力，難免襲上心頭。不時的挫折感，使我不禁質疑自己到底在幹什麼，傻傻地一個老頭子，在這曠野無人的山坡上爬上爬下，辛苦地彎腰拔草，這一切到底爲了什麼？除了浪費時間之外，尤其明明知道每年還是一樣，無法一勞永逸。這項拔草的工作顯然的是重覆不斷而無止境的。有一天，突然想起我那可憐的朋友「西西法斯」，彷彿之間，看見滿臉皺紋、銀髮白鬍、老邁乾瘦、汗流浹背的他，正從山底下，使勁全身所有的力氣，一步一步十分艱辛地往上推動那幾乎就要壓扁他的巨石，刹那間，腦海浮現自己在後山坡的年年爬上爬下，孤單拔草的影像，讓我感覺自己就像西西法斯一樣，每年不也是重覆地做同樣的徒勞無功的傻事？

神話中，西西法斯因觸犯天條，接受天神給予最嚴厲的制裁：那是一種絕對徒勞無功而又毫無指望的苦役。除了不死之外，他必須日以繼夜，不眠不休地推滾巨石上山；而每當到達山頂的刹那，巨石即時滾落山底，他必須隨即下山，一切重新開始，繼續重覆推石上山的工作。這種懲罰讓他用盡全力卻是完全白費而毫無成就。根據卡繆的說法，西西法斯是因爲對生命與塵世的熱愛以及仇恨死亡，他決定蔑視荒謬而付出代價，接受永無結束的酷刑。這樣做眞的值得？眞的有意義？我不禁自問。

我始終懷疑在天神威權之下，他爲何選擇服從而非拒絕合作甚或反抗的理由，是否因爲已經完全喪失意識而無思考的能力，否則難道只要一息尚存，活著就好？？存在重於一切？另一方面，我無法同意，卡繆最後的推論竟然認爲西西法斯應當是快樂的。事實上，西西法斯眞正的感受如何，不是只有他自己知道嗎？我個人則絕對不相信他是快樂的。也許剛開始的時候還有可能，經過這麼多年的折磨，他應該早已從當初的蔑視、傲氣、愉快，轉變成後來的失望、憤怒、自卑而無奈。我想像他已經變成目光呆滯，生不如死的機器人，早已忘記自己是誰了。

我認爲既然是徒勞無功，又毫無指望，毫無意義，說是反抗荒謬也好，與其承受這種重複不斷地折磨，西西法斯啊，既然終將一死，存在有何意義？你爲什麼不自殺了斷呢？這塵世還有什麼讓你留戀？是否還是因爲內心畏懼，或無法忍受眞正的死亡？否則永遠不變，毫無意義的生存不也等於永遠死亡嗎？更何況承受永續不斷的折磨！既然這種永生等於永死，我想人類之所以仍懼怕死亡只是因爲他還活著。卡繆問得好；假若我們被迫注定去做一種毫無止盡的苦差事，人生是否値得過活？與其苟且偷生，或麻木不仁，不如一了百了，不是嗎？也許在那一刻，我想西西法斯應該可以頓悟生命的意義原來也不過如此。本來無一物，何事惹塵埃！難道他也還在等待果陀（Godot）？

回過頭來，還好我自己拔草的歷程，與西西法斯的推石並不完全一樣。除了我是自願而他是被懲罰的之外，主要是當他千辛萬苦把巨石推到山頂時，石頭即時滾落。可憐的他別無選擇，必須拖著極其疲累的身體，隨即跟著下山，連片刻停下來休息喘氣，放眼塵世的機會都沒有，更談不上回復意識，思索、感受了。我，還算幸運，至少辛苦過後，有幾乎半年多剩餘的時間讓自己休息放鬆享受山坡美景，而無從眞正產生完全徒勞無功，白費力氣的感覺；尤其比較年輕的時候，自己應付綽綽有餘。相反地，每當完成部份或全部的時刻，心中有種欣慰，甚至少許快樂得意，甚或驕傲。雖然辛苦，付出了代價，畢竟完成了一件事而有成就的感受。話雖如此，年年拔草的工作，後來卻因年事漸高，體力日衰也慢慢演變成為尾大不掉的負擔，像似無形的枷鎖，自我脅迫綁架，也是始料未及的事。

根據卡繆的自序，他說整個西西法斯的神話，原來是對於人生意義的懷疑。我自己則認為除了蔑視並接受人生的荒謬之外，它倒是也可以用來比喻人類生死循環的必然宿命，同時也點出了人類企望永生之徒然與荒謬；顯然每一生命到達其個別的頂峰之際，掉落死亡是必然的命運，就像樹葉飄落一樣。原來，在這世界上，所有生物的設計藍圖，原本來就是如此，世代交替，無恆無常，生生不息，死死不斷，說它是荒謬，也是荒謬，說不荒謬，也是不荒謬，原來不過如此而已。THAT'S THE WAY IT IS. SO? SO WHAT?

再說石頭千辛萬苦被推上山頂時，就像個自人生一輩子歷練成長達到天命的頂點之際，瞬間陡然往下掉落，宛如生命的死亡一般，不管生前如何學習奮鬥，所有的辛苦付出累積的知識，技能，成就等等，都在剎那之間抹滅轉眼成空，化爲烏有，一切必須重新重頭開始。那種一筆勾消，白忙白費，徒勞空無的感受，不是一場玩笑，十分荒謬嗎？世間上，我想再也沒有更殘酷且誇張的處罰了。因此從另一個角度看來，也許沒有片刻讓西西法斯回復意識，沒有機會知覺思索，而感受到這一切周而復始、永無止境、毫無指望的折磨，對他而言是好的。經過這麼多年，我們幾乎可以確定西西法斯已經變成機械人一樣，毫無知覺、思考，更根本談不上痛苦，荒謬的感受了。

有人說世界上最大的貧窮是孤獨；但是有時候相反地，我想，孤獨也可以算是世界上最大的財富。因爲可以有機會，無限幻想與思索，感受與承擔，也因此見證人生眞正的意義：認識自我，而能眞正嚐到從痛苦到狂歡 FROM AGONY TO ECSTASY 的滋味！

如同中國神話中不停追日的夸父，或是不斷伐桂的吳剛，假如說西西法斯神話具有悲劇隱喻的話，我認為他們都陷於孤獨的狀況，卻被剝奪意識而毫無片刻思索的機會，才是眞正的悲劇所在；對我而言，其感受之深更甚於徒勞的苦役。除非當他下山之際，可以慢下腳步，像現實世界中，海明威筆下的捕魚的老人，雖然疲累不堪，神志不清之際，仍有斷續回復意識的剎那，開始有了思索，想知道這一切的承受，到底為了什麼？也只有瞭解眞相之後，而不願又不得不認命接受荒謬之際，才會產生無奈的折磨帶來的悲劇感受。西西法斯沒有能力改變他的命運，他面對荒謬，不尋自殺而以反抗對之？他不是悲劇英雄，卻成為戰勝荒謬的偶像人物，這不是更荒謬嗎！

想想普天之下，有多少人，過著西西法斯式的生活，為了各自的石頭雜草，日以繼夜，重覆相同的工作，或奮鬥不已，或無可奈何，疲於奔命，而懵然不覺；誰是快樂，誰是痛苦，是否值得，不得而知。只要不回復意識，認眞思考，荒謬與否，一切只有天知道。事實上，也無關緊要了。莊子說，彼亦是也，是亦彼也，想太多都是自找麻煩罷了。還好，我年年山坡除草，重覆，徒勞，困惑的苦役，雖然有些類似，但畢竟我始終意識清醒，擁有自我選擇的空間，我是凡夫俗子，隨時可以放棄；比起他來，我還是幸運多了。

退休之後，黃昏到來，晚鐘響起，暮鼓頻催；好像必須完成什麼，卻又做不出什麼的感覺。每天無所事事，終日惶惶昏昏，眞的快成爲所謂的「三等國民」了。可笑的是，有時候，竟然會懷念起西西法斯，至少他還有工作，不會無聊？

這時候，雲淡風輕，極目遠眺，聽著 Bryn Terfel 唱 Dvorak 的〈回故鄉〉。「它不遠，就在近旁，只要穿過一道門。母親在那兒期待著我，父親也在等候我，還有一堆人，聚集在那兒，都是我認識的老朋友……」那渾厚的歌聲，感傷的歌詞，不只撥動我老朽的心弦，更是丟石於我腦中古井，攪亂一切。

心裡明白，終有一天，當我心疲力盡，再也推不動那塊巨石的時候，巨石的重量將會往下滾動而壓埋我在它的底下。從有心有力，到有心無力，進而無心也無力；知道自己心力，體力有限，再過四年，我假如還在的話，就是八十歲了，難道我還能在這山坡爬上爬下？在「望鄉臺」與「思親臺」之間，孤單地拖著蹣跚的步履，踽踽而行，仍然擺脫不了 TO BE OR NOT TO BE…? 西西法斯永不放棄的精神毅力，固然値得敬佩，但他被判不死，沒有生命期間的底限，而我的時光已經不多，不想繼續被綁架下去。年年再生的野草，就像西西法斯的老是滾落山底的石頭一樣；今天，我決定向巨石說再見，讓野草回歸自然，自生自滅，一切隨風而逝。

I sat there waiting — waiting for nothing
Enjoying, beyond good and evil, now.
The light, now the shade, there was only.
The day, the lake, the noon, time without end.
Then, my friend, suddenly one became two.
And Zarathustra passed by me. —— Thus Spake Zarathustra, 1883

山坡與我，相對無言。

「歲月坐中忘，無人空夕陽。」

心中知道，幾年之後，人物已非，山坡依舊，只是風華不再了。

浮雲遊子意，落日故人情

近日因爲武漢病毒疫情的關係，心情十分鬱悶，像似被迫躲在防空洞裡，等不到解除警報，眞想吐一口氣！每天一早醒來，就走出戶外，尋找雲的蹤影，就如每次飛越太平洋，心中總是想著，我還能有幾次看到它們（圖1），我這些默默無語徘徊人世間的好友們！

么兒學的是美術設計，自從洛杉磯 ART CENTER 畢業之後，最近因爲工作關係移居荷蘭阿姆斯特丹，三不五時就會傳來該城上空雲朵的照片（圖2）。大概是有其父必有其子吧，我們似乎不約而同地對雲有特殊的情感與幻想。就如我當年在〈但去莫復問，白雲無盡時〉一文中，最後提到白

右｜圖1太平洋上空之雲朵，我的好友們
左｜圖2阿姆斯特丹的雲

雲蒼狗浮映在該城運河中的無限感傷與懷念。也難怪當年會有那麼多在地的畫家，把這海港城市不同世代的雲霞塗鴨在他們的畫布上。相對的，中國唐代詩人則以詩代畫，也留下不少描述對於當時天空裡的雲彩有關的幻想與感觸所作的詩詞。我在唐詩三百首中，共找到九十七個「雲」字，比「風」（84）的字數多一點，其中白居易在《長恨歌》中，提到六次；李白在《夢遊天姥吟留別》，王維在《桃源行》中各四次，算是最多的了。我想雲一定給他們帶來很多的靈感，和無限的遐思與感受吧。如今受困在家，無事可做。千百年過後，除了看雲之外，有幸重新翻讀，回顧欣賞這些歷史藝術名作，畫與詩各有千秋，都是了不起而且值得一再品味的經典創作。我因爲發現自己愛上了雲，特意找出一些自己多年來有關雲的感受與唐詩的聯結，並透過詩、畫以及照片，呈現個人的心路歷程分享給有心的前後輩校友。

自己從小喜歡詩畫藝術，卻總是心有餘而力不逮。往往讀到好詩詞時，腦海中馬上浮現一幅圖畫意象，讓我心動不已。有時候，心中偶爾有些感觸；但就如黃庭堅所說，（雖）詩意無窮，（但）才華有限，始終無法下筆成詩或成畫。蘇軾在《韓幹畫馬詩》中寫著：「少陵翰墨無形畫，韓幹丹青不語詩」，也就是說，詩爲無形畫，畫爲不語詩，彼此相得益彰。古人說，詩中有畫，畫中有詩，文字意象，詩畫一體，感受如一，吟詩畫自現，畫畢詩自成，所謂詩情畫意應該就是如此吧。換句話說，作畫也等於寫詩一樣，因此，我認為詩畫不管是景象意象抑是心境情懷都可以說是，客觀的移情，主觀的抒懷，情感引發思緒，進而思緒找到了文字圖畫，有我無我，始於靈感，經由意識創作，而終於智慧，才能完成蘊涵深度的作品。譬如秦觀的「自在飛花輕似夢，無邊絲雨細如愁」《浣溪沙》，許渾的「溪雲初起口沈閣，山雨欲來風滿樓」《咸陽城東樓》都是如詩如畫，如畫如詩的寫照，令人印象深刻，回味無窮。我自己除了喜歡打油詩之外，也曾嘗試過中西畫作，但始終未能滿意入門，譬如柳宗元的《寒江獨釣》，在我心目中是最高，也是最喜愛的詩畫境界。可惜只試畫了千山鳥飛絕，而始終無法完成全部。（圖3）自知慧根不夠，眼高手低，感嘆之餘，有時候，只好加油加醋，畫蛇添足，擅自撰改前人詩句以自娛。例如：柳宗元的《江

圖 3 千山鳥飛絕

雪》：「千山不語鳥飛絕，萬徑無跡人蹤滅，孤舟殘影簑笠翁，獨釣寒江昨夜雪。」又如張籍的《楓橋夜泊》：「寒山拾得烏月愁，千載還君楓漁情，瀰天飛雪漫飄落，鐘聲無語爲誰鳴。」最近則更是越老越懶，也越不想提筆，剛好科技進步，改用照相或手機，直接了當，特別喜歡以拼貼照片，加強趣味和效果。有時資料正好，構思剛巧，也可以抓住情趣與心境，神妙表達，不亦樂乎。

十九世紀初期，英國詩人華滋渥斯（William Wordsworth）在 Giencoyne Bat 附近森林散心，清風拂面而過，眼前景緻情境，觸動靈感，寫下了一首在英語文學史上著名的詩句 I wandered lonely as a cloud.（我孤獨徜徉像一朵浮雲。）其心靈境界，神韻情趣帶給世人難忘的驚艷與欣喜！徐志摩當年到劍橋留學，想必多少受到影響，也寫下膾炙人口的《我是天空裡的一片雲》，雖說白雲千載，我想該不可能是同樣的那片雲吧，不過雲彩感動詩人的情懷卻是一樣。顯然地，雲的出現，可以提供思路源泉，引燃詩人無窮的想像空間，觸發無限的腦力激盪！愛因斯坦曾經說過，想像力比智識更重要（Imagination is more important than knowledge）。詩人與藝術家多屬想像力豐富的一群，難怪會找上雲。

雲，本身變化無窮，多彩多姿，令人捉摸不定，也因而成爲詩人畫家移情寄物的媒介對象。說起來，除了不說話之外，雲倒也很像人類，有不同族群，不同色彩，不同形象，不同姿態。有趣的是，兩者同是天涯淪落人，到頭來都是世間過客，說來就來，說走就走，有時想想，眞也是相逢何必曾相識！雲飛雲去，它們就像人來人往，但卻來去無蹤，雲過天無痕，沒有特定的路線，也不留下任何痕跡，有時孤單，有時擁擠，有時急急忙忙，有時悠哉悠哉，有時更是懶洋洋，動又不動，似乎有不同的個性呈現，也因而反映或影射出各式各樣的形態意象與情緒感受，令人幻想遐思；白雲蒼狗，滄桑歲月，悲歡離合，喜怒哀樂，異想天開，隨人而異。（圖4）雲彩有如花朵，都是自然的產物，無論是抒景寫意，或移情寄物，不管是「春城無處不飛花」，或是「岩上無心雲相逐」（柳宗元），雲和花各有千秋。雲起雲散，花開花謝，存不存在，往往來自人們的意識感受。例如：山空花自

圖 4. 千斤烏雲壓頂來，萬縷心絲亂如麻

舞，雲去人不留；又如：無語問白雲，花落知多少？眞有意思。再說，雲無心猶出岫，花不語自凋落，它們似乎有很多話要說，卻往往默默無語。因而有時根本無人在意，沒人欣賞；無人花自開，山空雲自飄，它們往往也就黯然地消失了，想起來，也很可惜！

不過，詩人卻情有獨鍾，想想看「雲峰隔水深」、「白雲抱幽石」，多麼美妙。「不覺碧山暮，秋雲暗幾重。」（李白《聽蜀僧濬彈琴》）又是何等情境！雲不像林間松韻，石上泉聲，幾乎無聲無息，來去無蹤。雲中世界，隔層面紗，似乎充滿靈氣神祕，令人感到「只在此山中，雲深不知處」（賈島）（圖5）。

難怪有所謂竹窗雲影，枕書高臥，有如仙境，臥雲弄月，絕俗超塵，不似凡間的描繪。想像中，從無中生有到雲聚雲湧，從雲來雲去到卷舒自如，從過而不留到無影無蹤，像由心生，像也隨心滅。

看來雲與詩詞，自古結緣，由來良久。岳武穆的「八千里路雲和月」，張先的「雲破月

圖 6「雲破月來花弄影」

來花弄影」（圖6），都是千古絕句，點出移情畫境，深遠情懷。簡短幾字，卻令人共鳴而會意無窮。溫庭筠的「雲邊雁斷胡天月，隴上羊歸塞草煙」，李白的「明月出天山，蒼茫雲海間」，王之渙的「黃河遠上白雲間，一片孤城萬仞山」，一幅淒美塞外風光，李陵蘇武能不吞淚？原來，雲如日月，雖同是宇宙現象，但卻躲躲藏藏，時有時無，千變萬化，點綴世間，耐人尋味。有時候，畫龍點睛，譬如蘇軾的「黑雲翻墨未遮山，白雨跳珠亂入船」，聶夷平的「雲容四野合，日色歛光華，一夜寒生骨，滿天風散花」，正是錦上添花，更爲生動；令人眼亮而憧憬無限。原來這世界還有如此美好的虛實意境，一輩子不一定可以身歷其境或親眼目睹，但卻經由詩畫，在腦海中，在心湖裡不時飄浮，此起彼落，不斷呈現，自我欣賞享受，而自得其樂，美不勝收，好不痛快哉！

王維的「行到水窮處，坐看雲起時」（圖7），則更上一層，由觀賞而會心，由腦動進入心動，雲我合一，融通自在，心生心滅，來去自如，讓你遐思冥想，天馬行空，無窮無盡，墜入抽象；而有滾滾紅塵雲散去，悟破天機見眞如（圖8）之境界。禪心頓悟之餘，進而有「但去莫復問，白雲無盡時」（圖9）之悠悠，悲愴，與悵然！

圖 7 坐看雲起時

圖 8 滾滾紅塵雲散去

圖 9「但去莫復聞，悟破天機見真如。白雲無盡時」

詩人除了肉眼之外，用冷眼、心眼、慧眼，甚至道眼、佛眼觀察事物的實情虛象，除了描畫景緻心境之外，更有很多超脫凡塵的情懷意境，細膩入微的念頭感受，湧進浮現。譬如唐代崔峒在崇福寺禪院所題的「身心塵外遠，歲月坐中忘，向晚禪堂掩，無人空夕陽。」（圖 10）更是流露心靈錘錬，匠心獨具，點到心頭深處，不禁有筆落驚風雨，詩成泣鬼神的感嘆，往往渺渺禪機，可以帶來會心之悅，而夕可死矣！

退休幾年，逐日老衰，還好隱居半島村野中，有時感覺與世隔絕，宛如生活在世外桃源。我常常跟孩子們說，我現在，頭腦退化到只剩 IG，已經失去敏銳反應，只能萬事皆緣，隨遇而安了。

圖 10「歲月坐中忘，無人空夕陽」

菜根譚中的「閒看庭前花開花謝，漫隨天外雲卷雲舒」（圖11），正是我現在退休生活的寫照。最近自己常喜歡坐在後山坡的「思親臺」上，面對太平洋，仰視浮雲白，獨自享受身歷「坐看雲起時」的情趣。看海觀雲的日子（圖12），有閒雲作伴，一點兒也不覺寂寞；一方面深深體會到李白月下獨酌的瀟灑情懷。他可以一個人變成三，毫不孤單，最後且要「永結無情遊，相期邈雲漢」，眞是天來神筆，千古奇句！正是I'm alone，but not lonely. 有時候，偶爾更有「野鳥忘機來作伴，白雲無語漫相留」！難怪古人認爲閒中觀雲，其樂無窮，是乾坤最上文章。

眼前天際，視野寬闊，變化多端。或海天一色，或晴空萬里，或雲淡風輕，或纖雲四捲，或風起雲湧，或烏雲

圖 11「漫隨天外雲卷雲舒」

圖 12 閒中觀雲

密布亂雲壓頂。有如心境起伏，瞬息萬變，莫測高深，撲朔迷離，捉摸不定；我常有意放鬆自己，讓我這八十老朽胡思亂想，也因此難免觸動傷感心境，引發無限懷思想念的情懷。

近年來不少同學老友一個個走了，「浮雲一別後，流水十年間」（韋應物），只能慨嘆歲月無情，彷彿隔世。「浮雲終日行，遊子久不至」（杜甫《天末懷李白》）懷念之深，不言而喻。

尤其每當落日時分，「浮雲遊子意，落日故人情」（李白《送友人》）（圖13）很自然地想起久未音訊的知友，更是無盡的思念與期盼！

冥想之間，雲來遮日，想起李白《登金陵鳳凰臺》，「總爲浮雲能蔽日，長安不見使人愁」（圖14），遙想隔洋千里之外的故鄉，「積雪浮雲端」（祖詠《終南望餘雪》

圖 13 浮雲遊子意

圖 14 總為浮雲能蔽日

的玉山夜景（圖15），記起當年返臺旅遊寫下的詩句：「碧潭深處浮白雲，淡水盡頭落紅日，欲窺眞情臺灣魂，玉山峰頂窮老目。」

累了，閉目養神，戴上耳機，聽貝多芬的田園交響曲，隨著音樂描繪的自然景色變化，心曠神怡，自比雲遊隱士，與閒雲爲友，以風月爲家，修習淨化心靈，美化氣質。偶爾睜開眼睛，見到一群海鷗飛向落日，心想「眾鳥高飛盡，孤雲獨去閒」（圖16）。想像李白獨坐敬亭山的情景，淡泊豁達，仙風道骨，豪邁飄逸……不禁叫出老子也姓李！

圖 15 積雪浮雲端/玉山夜景（2015 作）

圖 16「衆鳥高飛盡，孤雲獨去閒」

由於半島山坡位置特殊，雖海拔不很高，卻常常可以看到雲海奇景。看著日落雲海的美景，自己寫下「簇擁雲浪競相逐，奔騰萬馬蓋地來」。（圖17）還有「日落雲海別紅塵，空遺長恨留世間」。（圖18）的詩句，而自得其樂。另外，因爲心想印證「日既暮而猶煙霞絢爛」，強作老當益壯的心境，我特意畫下家居不遠的燈塔晚霞景色

圖 17 簇擁雲浪競相逐

圖 18 日落雲海別紅塵，奔騰萬馬蓋地來。空遺長恨留世間。（雲海快速形成如海）

圖 19 亂雲火紅連天起，怒潮洶湧翻海來

圖 20「莫道桑榆晚，為霞尚滿天」

（圖19），並自題「亂雲火紅連天起，怒潮洶湧翻海來！」面對著彩霞滿天，想到劉禹錫的詩句：「莫道桑榆晚，爲霞尚滿天」（圖20）；我們都知道，不到黃昏時刻，無法親歷晚霞落日之美，換句話說，也只有年老才會有機會感受到金色年華美好的一面，而能欣然接受黃昏是生命另一新頁開始的現實，也許還值得逗留。當「生命之旅」快到終點之際，感受更加深刻；也許爲什麼有人說人生幸福與否要看後半截，良有以也！

想起中年時，因爲杜甫的「旅夜書懷」深得我心，讓我常自比爲是天地一沙鷗（圖21），獨自翱翔曠野上空而有冷眼（observe）旁觀世間的意味，退休之後，年紀大了，漸漸愛上了雲，開始喜歡隨風浮舞，而有隨心所欲觀賞（appreciate）人世的自由自在。我愛「飄飄何所似」，

圖 21「飄飄何所似，天地一沙鷗」

也愛「孤雲將野鶴，豈向人間住」。（劉長卿《送上人》）從冷眼觀世態，到慧眼任隨緣，從天地一沙鷗到飄浮一朵雲，放任自己 Drifting，漂泊，漂流，漂游，飄浮，飄蕩，飄逸，直到隨風飄逝（GONE WITH THE WIND）。

說來說去，心裡明白，不管是飄浮天際自在欣賞的一片孤雲，或是獨來獨往冷眼旁觀的一隻沙鷗，都是天涯過客，有一天會完全消失，而無影無蹤。只覺得不管人世間多少情愁思念，悲歡留戀，也只能感嘆，「別後雲行緣已淡，天涯只覺舊情深！」看著雲朵漸漸遠離而去，越飄越遠，終於消失天邊。從此「揮手自茲去，蕭蕭班馬鳴」……宛如「咸陽古道，灞陵傷別，西風殘照，漢家陵闕」，多麼淒美！再多的感傷也只能慨嘆說，煙消雲也散，緣盡情亦了，人生如夢！

原來，這一切都是過眼雲煙，千百年之後，崔顥再世，雲遊到此，看見白雲猶在，卻找不到我的海月樓了，只好嘆口氣：「開玩笑！」然後，搖搖頭，提起筆來，在天穹再度寫下：「黃鶴一去不復返，白雲千載空悠悠」！

十三怒漢

一九九×年八月十三日，星期五，氣溫華氏九十九度。洛城歷經 KING 暴亂事件，損失億萬後約已一年，陪審團正集會於聯邦法院大廈頂樓會議室內討論。

大廈外面廣場充滿著人群。有示威的、有看熱鬧的，還有來自世界各地的電視、報紙記者。已經是第五天了，大家在熱天之下似乎都已等得不耐煩了。會議室內的冷氣突然壞了，雖然打開所有的窗戶，仍覺悶熱得很。

A（白男，五十三歲），微禿稍胖，站起來，一面擦汗說：「好了，好了，謝謝大家的好意，可是我只當過下水道清潔隊的領班工頭（FOREMAN）怎麼能勝任陪審長（FOREMAN）的重任呢？此 FOREMAN 畢竟非彼 FOREMAN 呢？」

B（白男，二十歲），光頭，帶著不高興的臉色說：「別再囉嗦了，爲了選出主席，我們已經花掉那麼多的時間，無法達成共識。FOREMAN還是FOREMAN，都是一樣，你一定可以駕輕就熟，不用裝客氣了。」

A：「也好，反正至少我們之間，沒有教授，沒有醫師、律師，也沒有那些缺乏常識的所謂蛋頭學者專家。我最看不慣那些有專門知識的，他們往往只知其一，而不知其二，只會吹噓唬人，其實法院裁決，該是頭腦越簡單越好，像我們一樣，才不會去鑽牛角尖，到時候會而不決，決而不斷，人家會說都是一群笨蛋。」

C（白女，五十六歲）舉手發言，向大家提醒：「對了，已經是第五天了，我們光吃喝，不討論決定，再拖下去，外面的人都會懷疑我們到底懂不懂法官、律師的話，有沒有能力判斷。等不耐煩，可能會出事，我怕有人會殺了進來。」

D（黑男，三十八歲）搖頭不同意說：「誰敢？讓我們再多拖幾天，反正我們大多數不是JOBLESS就是HOMELESS，有好旅館住，有免費飯吃，何樂不爲？讓我們再聊聊，幹啥認眞討論？」

E（白男，四十四歲）戴上金絲眼鏡，得意地說：「你們知道嗎？以前我每次被叫當陪審員時，都想盡辦法推卸掉，這一次總算是大好機會，我只好裝說我沒有看過暴行的電視鏡頭，天曉得，他們竟然相信，讓我當了。審訊過程雖然沉悶無聊得很，令我打瞌睡很多次，但是想到事過後，我可以大出風頭一番，說不定會讓我從此翻身轉運呢！」

F（西裔男，二十九歲），矮胖短髮，抓抓自己的頭說：「我從來沒當過陪審員，我不知道這次爲什麼會選上我？難道看我笨裡笨氣的，什麼都不懂，容易受騙的樣子，可以任由他們擺布？」

G（白男，七十五歲），滿臉皺紋，兩眼老花，接下去說：「我跟你們完全不一樣，我當陪審員這已經是第六次，可以說是職業陪審員了，這眞是很好的經驗。尤其這一次，可將是一舉成名天下知。全世界都在注目，歷史上我也可以留下名字。根據我個人的經驗，我們最好是拖越長越好，不要馬上裁決，即使大家意見一致，我們可以故作懸宕，讓此事結尾，更加戲劇化。我想我們不要輕易放過這個千載難逢的大好機會，想想看，多少電視、報紙、雜誌都會來訪問我們，到時身價百倍。我已決定請人寫書，說不是我還可以賺個百萬元，你們說是不是？」

H（黑女，二十八歲），咬著指頭，很興奮地說：「對呀，你們有沒有聽說，那兩位因販毒被抓而最近被泰皇特赦放出的英國女犯，在電視上很神氣地賣了故事版權，賺了一大筆錢，有錢可賺，何樂不爲？」

I（黑女，四十六歲），身胖如桶，氣呼呼地說：「是呀，我們要聰明一點，如何把握這機會。只要這一次，就像那些出盡風頭的律師們一樣，一輩子吃喝不盡。那些傢伙除了顚倒是非的本事之外，憑什麼可以要那麼高的費用。要不是我們做決定，哼，他們一毛錢都休想。假如他們拿百分之六十，我們至少可以平分百分之三十才對。你看那些趾高氣揚，一臉壞蛋樣子的律師，眞想給他們顏色看看，看看到底誰才是老闆。」

J（白男，三十歲），一臉正經地說：「老實說，他們也眞會鬼扯，說得天花亂墜，常常使我不知到底誰在撒謊，眞傷腦筋。眞希望我自己有足夠的法律常識，才不會被律師牽著鼻子走。像我這種人，老實說，全憑律師怎麼說了。不知誰是對，誰是錯，誰是被迫害者。」

A：「好了，讓我們言歸正傳，討論案情。我個人認爲KING是個緩刑犯，吃藥、醉酒開車，又是抗拒逮捕，不聽話，被打是活該，反正不是什麼好東西，否則撞死人，才更慘呢！」

D很不高興地拍桌叫嚷著：「這完全是你們白人優越感太重，有強烈的種族歧視作祟，才會這樣殘忍地對付我們非裔美國人。」

G立刻反擊：「是誰有種族歧視？你們動不動就以種族歧視來解釋一切，不管誰是誰非。你們黑人才是自卑感太大，而且是真正具有種族歧視的觀念與想法。想想看，我們都是美國人，你們一定要把自己分別出來，強調是非裔美國人，另一方面又不喜歡『黑人』這個名稱。」

D：「是你們有種族歧視，還要反咬我們一口，什麼人憑良心，說個公道話！」

K（亞裔男，四十歲），鬚髮半白，很不自在地開了口：「想想看，你們對白人DENNY被打的案子，很多黑人，包括出現在電視上的牧師、黑人領袖、甚至警察，竟然公開推崇這些目無法紀，幾乎殺人致死的黑人是英雄人物，並且示威說，只有無條件釋放，才是正義，才有和平。眞是可怕又可憐。對於一個完全無辜的人，殘忍謀殺的行爲，怎麼可以說是無罪呢？你們完全是非不顧，只因被打的不是黑人而是白人，就有不同解釋的方式。這種態度不是種族歧視是什麼？你們心目中只有黑白，沒有對錯！」

Ｉ大聲說：「誰叫白人警察先暴打黑人。他們只是執行正義報復而已，讓白人知道遭受欺負暴打的滋味。怎麼樣，白人不能被打，黑人活該挨奏，眞是豈有此理！」

Ｌ（韓裔，四十歲），憤恨地指著Ｉ說：「我眞不明白你們的看法。照你說來，每當有白人被黑人打，白人是否也就可以隨便打殺一個無辜的黑人來報復？而聲稱是正義的報復完全無罪？或每當有亞裔人被黑人槍殺，是否也一樣可以打殺任一無辜的黑人做爲報復而宣稱無罪？你可知道過去一個月中，在南加州其共有十一名無辜亞裔人被殺？這成什麼世界，簡直無法無天！我請問你爲什麼暴動、放火、槍殺都是你們黑人，難道這也是歸咎於種族歧視？不要老怪別人！」

Ｄ斬釘截鐵地搶著回應：「一點兒也沒錯，這完全是種族歧視的結果。我問你們，你們自己有沒有嚐試過種族歧視的滋味？」

Ｋ說：「有是有，甚至於省籍歧視的滋味也不好受。」

I說：「那算什麼？就只不過二十多年前，我自己還親自嚐受被黑白分隔的痛苦，這個車廂不能進去，這個餐廳、那個廁所不准進入。我祖父母、父母都沒有受過教育，除了做苦力、清潔工人之外，什麼都沒有。我叔父被白人光天化日之下打死，投屍河裡，三K黨還燒掉他的房子，法官仍然判決無罪。而我呢，也只能進當地最差的學校，住在最差的環境，一輩子只能做清掃公共廁所的工作。想想二百多年來，我們黑人被你們白人踩踏腳底的奴役日子，牛馬不如的生活，積怨之深，你們大概無法眞正體會瞭解的。冰凍三尺絕非一日之寒。眼睜睜地看到自己的同胞，不管他對錯，被白人禽獸不如地毒打，而那些白人漢子被判無罪，怎能不叫人怒火中燒，惡從膽邊生呢？他們白人不懂，不會懂，或裝不懂，因爲他們從來不把我們當人看待，你們『外國人』也不懂深深刻印在我們內心的歷史創痛與深仇大恨，而只會膚淺地隨便下判斷評語，發表高論，請看深一層吧！」

K一時沒有話講。

E以一付不屑的表情說：「別以爲我們不懂歷史，你們黑人天性就是殘忍野蠻，想想看，已經是廿世紀末的今天，索馬利亞、蘇丹、安喀拉，因爲饑荒已經死了那麼多的人了，還要一天到晚革命，互相殺來殺去，都不停下來想想看，一點兒文明都沒有。」

D反唇相譏說：「不要以爲你們白人就比較文明，你不看就在今天波士尼亞，自相殘殺的程度跟赤柬有何區別，說實話，各色人種都差不多，毒殺千萬人也只有白人才做得出的！」

F搖著雙手，站了起來：「好了，好了，讓我說一些公道話，我原先有志於做公路警察的，你們都知道在這個國家做警察多神氣，搖搖擺擺。我個人很不喜歡任何危害社會安全的人，他們太不顧無辜的人們。我自己也不知道，假使當時是我的話，會不會也棒打兩下。但是絕不可能死打活打的，老實說，除非他是個白人。不過打白人的話，罪是定了，而且將是重罪。除非像上次在費城，一群黑人追打一個白人女子，一樣地被攝影起來播於電視上。但是那群黑人後來被判無罪，因爲所有陪審員清一色都是的黑人，眞是可笑。像這種的陪審制度，簡直開玩笑！你說你們沒有種族歧視麼？騙人！我從什麼地方去找十二個墨裔人？假若你是亞裔人的話，更是活該，只有啞巴吃黃蓮的份了。」

G倚老賣老很神氣地插口說：「怎麼搞的，越扯越遠了。這麼雞毛蒜皮之事，竟會搞得天翻地覆。我們以前在陸戰隊就是這樣被打出來的。人性本惡，犯錯就該打，才有今天的紀律。什麼人權不人權，簡直放屁，先團體，才個人，要是放著他酒醉撞死人，才是要命，我認爲打他完全是對的。打，打，打，不打不成器！」

H反問：「假若KING是白人呢？你還打嗎？」

G說：「這就要看情況了，至少白人有教養、有知識、有地位！」

D不服氣，馬上反駁說：「放你的狗屁，我們黑人一點兒也不輸你們，你看電影歌劇界、體育界的明星，多少是黑人，他們每年賺的錢還不是很多名列前茅，比白人總統多，比那些得什麼諾貝爾獎金的人多得多，黑人市長、議員更是比比皆是……。」

E有點揶揄：「有什麼用，光是有錢，有地位，也不會領導你們脫出困境，有些傢伙還只會一天到晚作秀享受，有時甚至於挑撥是非，唯恐天下不亂，自己種族不爭氣，卻全都抱怨到白人頭上。你們的州長、眾議員還說什麼這個國家虧欠他們很多很多，在國會提案要國家拿出四兆億美金賠償所有國內黑人，眞是毫無羞恥。你看看吧，在各行各業、各個領域，假若沒有白人，美國那有今天的成就？」

D說：「笑話，假若我們來換個位置，要是你們世世代代被剝奪了接受教育以及工作的機會，整整二百年，看看今天是你們白人還是我們黑人的天下？文明是教育出來的，那些受過高等教育的黑人，一點兒也不輸給你們，每想到這段慘痛歷史，我就會恨你們白人入骨！」

B舉起拳頭，幌了幾下說：「不對，我們書上明明說白人是最優秀的人種，沒有話講。你們看新納粹已再度崛起，不久我們將再度稱雄於世。有些人在說夢話，說什麼二十一世紀是中國人的世紀，有機會，我們將會給他們顏色看看。白人打黑人有什麼不對，三十年前司空見慣，打死了也沒有人敢講話，都是那些在華府的老朽惹的禍，要不然也不會落成今天這樣。這個保障，那個優先，我們白人的忍耐已經到達極點，最好把所有其他的人種全部趕出去。打幾下算什麼，我也曾經打過黑傢伙，眞是過癮極了！我認爲……」

L不讓他繼續說下去，狠狠地說：「你這亂臭未乾的小子，沒有見過世面的井底之蛙，你不要以爲美國什麼都是世界第一，白人最了不起，你應該出國看看，不要說日本人看不起你們，就連中共也不把你放在眼裡，我看你，連飛機票都買不起！」

C：「好了，不要再火上加油了。」感到一股火藥味，擔心情況惡化：「我本人並無絲毫種族歧視的想法，我有很多黑人朋友，他們都是很好的人。可是我不能不承認，我在黑人群中會有強烈地被壓迫感，不能自在。尤其那些沒有教養，自以爲是、動不動就顯露兇相，隨便動槍刀的幫派傢伙。我眞希望這件事完全沒有發生過，我眞不敢相信我的眼睛，看到一個人就像畜牲一般被人暴打成傷。我實在沒有辦法想像要是那被打的傢伙是白人的話，情況又如何，眞想不通。人類竟然會是如此殘忍，眞叫我傷心落淚。」

E接著說：「想不到的事才多呢，你們可知道KING已控告洛郡政府，要求賠償二千萬元，眞是獅子大開口，一個屢次犯法的緩刑犯，眞不知廉恥。看樣子他會勝訴。他顯然把這次挨打當成了發財捷徑，一定又是那些鬼律師的主意，平白至少一千萬會到他的荷包裡去，什麼正義不正義，還不是死要錢，人權人權多少罪惡假汝名而行。」

K感嘆地說：「你說得對極了，我們辛苦納稅的錢，竟如此輕易的被送進律師和緩刑犯的手中。而我們社會卻因經費不足而關閉學校、圖書館、醫院。許多老師被解雇，想想看這二千萬元可以雇用多少教師？可以醫治多少病人？眞是不公平，簡直是個大諷刺。這眞是個神經病的國家，很多人不知底細，受律師之騙，只會慷他人之慨步入陷阱而不自知。美國人民一輩子受到律師及保險業的控制、利用與威脅，這是什麼樣的社會？」

L跟著說：「莫名其妙的社會呀！我的看法是，在美國，律師與保險業是相互利用來吃人的集團，沒有他們，也許我們也不會生活在一種永遠負債的威脅中。據說美國平均每年花用在法律訴訟及賠償金額高達八百億元，遠超過國家教育經費，想想看，這個國家不衰落才怪！」

F也不甘寂寞：「我想我們的賠審員制度有問題，也是原因之一，你們有沒有看到這段新聞，讓我唸給大家聽聽，標題是這樣的，『青年殺人獲判無罪，英國輿論群起攻擊』。倫敦十日電：英國一名青年破壞鄰居汽車的輪胎，引起爭執，在糾紛間用刀刺死鄰居，竟在週二獲判無罪釋放。此事引起國會議員和輿論界的猛烈抨擊。保守黨議員丁金斯週三說：「陪審員制度不再發揮應有的作用，智能低下的人也當上陪審員，在許多案件中，他們根本不瞭解法庭上發生的是什麼事」。想想看我們的案子，我雖不是笨蛋，但是對法律完全外行，一切由律師的表現所左右。公說公有理，婆說婆有理，老實說，我一會兒想這邊對，一會兒又覺得那邊有理，眞是拿不定主意。這麼重大的案件，竟要我這外行人來參與決定，眞是開玩笑。既然如此，醫療會診不也請我們這些外行人去決定診斷就夠了，爲什麼還需要那些專家呢？」

C：「是呀！你說得對，假若那些是密醫的話，我們不就是密律師，或密法官了嗎？假如外行人可以充內行，只爲了旁觀者清，那麼爲什麼我們的最高法院不也是採取陪審制度呢？」

A看著時鐘，趕快見風轉舵地說：「不合理而且矛盾的事多的是，我們既然無法改變它們，只好學著去適應就是了。讓我們再回到有沒有種族歧視的問題上，你們亞裔人的看法如何？」

K看著L不說話，就開口說：「我們的孔子說過，人必自侮而後人侮之。要他人尊敬尊重，必須靠自己去贏取，而非依賴政府或別人。自己沒法搞好，老是埋怨他人是不對的。上次暴動，除了有些黑人洩憤之外，許多人趁火打劫，我不能明白爲什麼西裔人士也跟隨暴亂而爲非作歹？電視上，只見黑人及西裔人公然搶劫，我自己是亞裔商人，事實上亞裔人只是受害者，受欺負者……」

D站了起來，打斷了K的發言，手指著K及L大聲地說：「哼，你們這些醜惡的黃種人，除了一天到晚想賺錢之外，還會什麼。尤其中國人，聽說你們都是向錢看的，爲了錢，不要命，個個像暴發戶一樣，而且有錢唯恐人不知、住大廈、開名牌車、到處炫燿。就連那些從未自食其力，乳臭未乾的小孩也一樣，你們自以爲很了不起是嗎？神氣什麼？」

J也跟看著附和地說：「老實說，我們白人厭惡你們更甚於黑人，至少黑人跟我們相處了這麼久，好歹也習慣了。而你們來了之後，就像蝗蟲一般，到處經濟侵略，到處買這買那，每個人都好像有大把鈔票可花，享受豪華之程度，我們要奮鬥一輩子也未必能達到的。不僅如此，你們又搶走了我們的工作，我們的飯碗。一方面，又濫用了社會資源，像社會福利、免費教育等等，卻沒有回饋心理與作法。有些臭錢就自以爲了不起，我討厭你們，看不起你們！我寧願與黑人共處，也不要這些黃臉孔！」

F向著兩邊看看說：「這也難怪他們，因爲無論他們來這國家多久，再怎麼樣，皮膚還是黃的、眼睛小小的、個子矮矮的，目標極顯明，是這裡的外人。白人看不起，黑人也看不起。再加上了嫉妒，變成了仇視心理。其實黑人怕白人怕得要命，黑人恨白人歧視，自己卻又強烈地歧視亞裔人士。也知道亞裔有錢，可以欺負。一天到晚打亞裔主意，搶殺不斷。好像成了風氣，也沒有人出來制止，你們的態度，還不是強欺弱，大欺小！」

K因不想引起吵架，趕忙低聲下氣地說：「老實說，我們既然來到這個國家，成爲公民，也很想跟你們打成一片的。但是常常因爲對方的敵意而心懷恐懼，保持距離。常覺在此十分自由，但卻無法自在。尤其工作機會的不平等待遇，常感到自己是三等國民，你們吵架是你們的事，只要不波及我們就好。反正我們也起不了作用的，隨你們怎麼看、怎麼講、怎麼做。我們不像韓裔人，韓國人性格剛猛強悍，明知山有虎，偏向虎山行……」

L輕蔑地說：「好一個沒有志氣膽小鬼，人家日本人就不會把黑白放在眼裡。我聽他們說過，日本人有的是錢，只要錢能夠解決的，最好不要鬧事而破壞形象。他們來此購地產、投資，他們認爲是來此做老闆的，看這些黑人、白人敢怎麼樣，再過一段時候，全部洛城都將屬於他們的。有錢眞好，它可以使鬼也推磨。那些自以爲是的白黑傢伙，看在錢的面上，對他們也只好唯唯是諾，白人不甘心地稱他們爲經濟動物，自己卻連動物都不如。日本人批評他們不知天高地厚、工作效率差、懶散，而法律規定如牛，喜歡告來告去，開會討論，浪費大部份國家精力資源在不事生產的事情上，自我吹噓、自我陶醉、老實說，我們亞裔人假如不再團結站在一起，保護我們自己的權益，白人寧要黑人，黑人寧要白人，我們亞裔將是俎上的肥肉，令人宰割！」

Ｊ面有怒色，很不高興地指責說：「好一個新族裔主義！說來說去，原來你們才是有強烈種族主義者，你們自稱是受欺負的少數民族，你們想聯合起來是不是？像黑人一般，要求的不是平等待遇，而是補償性不平等的特權，用來補償『過去』的種族歧視，你說是公平嗎？特別是我們『這一代』的白人。難怪自從民權法案通過以來，根據最近調查結果，美國人民並沒眞正地更了解或更尊重黑人。事實上，在某一方面，種族關係似乎有日見退步惡化的跡象。以新的不平等取代舊的不平等是沒有用的，只讓敵意加深，關係更趨緊張。種族歧視、偏見，相互猜忌仍然是活生生的大問題，無法裝著視而不見的！」

Ｃ希望大家平靜下來，說道：「好了，不要再討論下去了，幾百年都沒有辦法解決的問題，不要以爲我們十二個人坐下來談談就可以解決的。到今天，所謂大熔爐的理想，似乎越來越像一場空夢罷了。重視種族問題是沒有錯，但是過分強調族裔而爭取特殊權益，只有把我們更像似一盤沙拉一樣，各加其色彩，卻毫無混合的可能了。老實說，除非我們經過教育，戴上色盲的眼鏡，否則搞不好，會比較蘇俄四分五裂更慘，波士尼亞的互相殘殺更是一個明顯的例子。」

Ｌ：「是呀，回想上次大暴亂，直是可怕極了，損失多麼驚人，但是似乎還有很多人並沒有學到教訓。這次警察軍隊，實槍實彈，嚴陣已待，該是沒有問題了吧！」

Ａ（主席）接著說：「想想看，我們是世界上唯一沒有槍枝管制的國家，假如大家沒有槍枝的話，也就沒有那麼多的槍殺案件，特別是無辜的人們，也不致於冤死。我們也不需要那麼多的警察人員，像最近總統、市長要求的。社會可以省下很多財力人力，做一些有意義、有建設的事。」他看著掛鐘然後轉向大家說：「今天我們的責任重大，大家好好地想想，我們是應該依法或依理，或依情，或依政治情況裁決才對呢？好吧，差五分鐘就要散會了，讓我們來表決吧！不能在拖……」

主席話未說完，突然間，大門被撞開，闖進了一個手持AK自動步槍的蒙面人，帶著手套，全身包裹得密密實實，不見膚色，大喊著：「人權萬歲！」然後不分青紅皀白，瘋狂地對著在每一個人開槍掃射，噠噠噠……就在那一刻，一聲爆炸巨響，整個聯邦大廈就在瞬間垮塌下去。所有在大廈前等候最後判決結果的人群都被埋葬了。大火延燒三天三夜，一切焚化灰燼。

五天過後，**FBI** 宣布發現十三具屍體在會議室內。多出一具，不知何故。全部體無完膚，無法辨認身分。一週後，又宣布抓到爆炸嫌疑犯，係屬於國外恐怖組織的激進份子。據嫌犯自稱他是爲了國際正義而幹的。

後記：據稱，有三位家屬，包括K的在內，分別向 **FBI** 提出要求，堅持做基因鑑定驗證屍體，因爲他們無法接受異族進入他們家族的墓園。

CHAPTER 2
海月抒懷

憶先父

花非花，霧非霧，
人生似虛幻，無所從來。
敢問死？
子曰：「不知生，焉知死！」
山是山，水是水，
人死確眞實，無所從去。
敢問生？
我嘆：「不知死，焉知生！」

懷念

松下問童子，言師採藥去，只覺此山中，雲深不知處。

正當黃昏日暮，晚霞滿天之際，我獨自佇立在家後院的觀海亭中，腳底下朦朧的霧氣漫然飄入，須臾間迷失了岸邊的帆影，也吞沒了近前的幽谷。極目遠眺，只見金黃雲海，延伸萬里，堆疊簇擁，綿綿不絕。正對面，浮沉著那令人著迷的卡塔麗娜，就如傳聞中的蓬萊仙島，金碧輝煌地反射著仍然耀眼的落日。卻見一失群的海鷗孤自地往西南翱翔，忽隱忽現，終於消失於染遍焚紅的天際。

這時松風驟止，雲霧不驚，遠處浪聲傳來，一時紅塵遠隔，景色意境，靜美至極。忽覺跟前一切眞眞幻幻，有如天上人間，但願從此到永恆。然而，「心知所見皆虛幻」，難怪千年前，豪情寫下「赤壁賦」的蘇東坡也會擲筆而嘆：幾萬年之後，是否海天仍然，風光依舊？想起自己已年過半百，心境充滿一片無奈與慨然，不禁有夕陽無限好，而天地悠悠的感傷。

心裡想著這裡該是新大陸最靠近臺灣的地方吧！此刻，要是先父能在此一起欣賞、享受這一切，該是多麼美好。記得先父在世之時，我多麼希望總有一天能夠父子兩人單獨一起，暢敘人生的一切：多麼希望讓他知道我是多麼的像他，也許我們有很多相同的想法、相同的感受，我們之間不該存有隔閡，多麼希望讓他知道我內心對他的敬愛與關懷，最重要的是想讓他知道我能了解，並也能分享他的心境與感受。父親驟然去世、永遠再沒有這個機會了，想起來，眞是令我終生遺憾。

轉眼父親見背已是十年，身爲人子再不寫些紀念自己的父親，將是多麼慚愧。不管怎麼說，生命對我而言，受之父母，很簡單，沒有父母就沒有我，更何況多年培育之恩。記得當年上大一時，自己因爲一度醉心於唐詩宋詞，有一天跟父親敘談之際，無意間嘆說：「我認爲中國的詩詞是世界上最美的文章！」父親回答：「也許是吧，但也可能是因爲你不懂其他語言之故。」他特地提醒我，孟子盡心篇中的一段：「孔子登東山而小魯，登泰山而小天下，故觀於海者難爲水，遊於聖人之門者難爲言。」眞是一針見血。來加州之後，特將後院小亭命名「觀海亭」，以爲紀念；並以勉勵下一代，希望他們不致成爲井底之蛙。

父親一生好學，嗜讀成性，博覽群書，手不釋卷。一有空就是看書，晚息之前，總是一書在手，直到半夜。我自己升入醫科後，一時功課加緊，卻仍喜愛流覽其他課外書籍，舉凡哲學、文學、歷史、小說、時事、政治、軍事、傳記等等。因而曾經與父親討論，感嘆於除了課堂之書之外，有那麼多的書想讀；爲了準備考試而沒有時間去盡情享受時，父親說一生讀書，可惜的是有如用雙手撈起海洋之水，到時留下的只不過是手掌上的幾滴而已。雖然如此，但他說重要的是當時享受神遊的快樂，冷暖只有自知的感受，是別人所沒能經歷體驗的。父親鼓勵我應該多讀多思，並以文正家書中「非有專精則不能實有之於已，非有涉獵則無以博達而旁通也。」時時提醒。晚年偏愛菜根譚，處世漸以萬事皆緣，隨遇而安。父親常以君子氣質與紳士風度勉勵我們，但他始終認爲前者遠比後者更爲重要。他說君子做人誠摯坦蕩，處世落花流水。有所爲、有所不爲，有所好，有所惡。寧默勿燥，寧拙勿巧，寧無不有。

當年父親東瀛學醫歸來，曾有意任教大學，但終選上開業之路，大概除了服務桑梓之外，與我們兄弟姊妹共有七人，家計負擔沉重有關吧。父親雖非臺大畢業，但卻對臺大頗具偏愛。除了因爲我出身臺大之外，一方面，有一些他所敬重的同學朋友在臺大當教授，另一方面他在地方上提攜了不少臺大畢業而在中部開業的醫生。他認爲由於環境特殊，臺大自然形成一些（雖不是全部）眞正臺灣知識菁英聚集之所。有時也難免有愛深責切之時，他認爲臺大雖遭受政府極端不公平的待遇，仍然應該可以更好，領導臺灣醫界，但卻固步自封，各立門戶，自成派系，十分可惜。當年他來參加我的畢業典禮時，十分喜愛楓城舊貌，滄桑意境。他語重心長的說，好好珍惜這些，以後不管緣盡，或情淡，有一天也只能回憶懷念了。他一生最後的時刻是在臺大醫院度過的，只可惜我已經離開了臺大。

想起緣起緣滅，一切該是命中注定，不是嗎？此時夜幕已落，萬籟漸寂，天穹孤月高懸，微星點點，海上浮雲散盡，波光粼粼，猶然記得：「星垂原野闊，月湧大江流，飄飄何所似，天地一沙鷗」是父親與我共同喜愛，欣賞的意境，此景此刻不知他老人家身魂何處？禪言風動疏竹，雁渡寒潭，風過雁去固然不著色象，不留聲影，但人間至情卻往往緣盡而心不滅，海似親情永懷難忘！

父親的信

亂山殘雪夜，孤燭異鄉人。

（父親日文造詣很好，但中文則完全自學，相反的我們只懂中文，故書信不多，這是我來美之後的第一封信。）

今天讀你的信，看起來一個人很寂寞的樣子，可能是因爲你從來沒有只有你一個人的生活經驗所致（其實父親忘記我在一九六九年曾經到日本、東京六個月接受胸腔外科訓練）。這也是一個好經驗：（一）可以好好進修；（二）可以靜思過去將來；（三）你已做了父親，一定要想家族、孩子的將來；（四）三十年代是人生之黃金時代，應該好好利用。這些機會很難得，男兒壯志四海，人生本來就是如此。

離開父母膝下，有時候檢討自己，批評自己，想想你的來源，以及下一代的事。我自十歲即離家負笈，眞正離開父母膝下是十九歲。爾後去日本留學，比較你們寂寞的程度，大概淺一點罷。學生時代和朋友常常請教授談禪，所以對佛學很有興趣。往往一個人，雖不是正式坐禪，但也學得止觀、靜思、開悟的道理。所以自己個性雖然強烈，行動有時粗魯，但經常自省自檢，憐憫感受的心情，比一般人多且深。老到現在甚至小小事情都會讓我傷情掉淚。我知道你也是個多情善感的人，須知兒女情長，英雄氣短，希望你能知道如何平衡理性與感情，有所作爲。

我想，作爲外科醫生，你的手技訓練已經足夠，這次留美應該是多多充實腦力學識，才不致淪爲工匠一般，爲人恥笑。不過多年來的醫生生涯，讓我深深地感覺到除非有顆悲天憫人的心腸，是無法成爲眞正的醫生的。

我自己生在日本殖民時代，在我自己心裡每天都和日本人競爭，而以行動來表現，總是不認輸。所以經常都有競爭的對手，十分痛快。我的想法是：生在日本殖民地，臺灣人當然被日本人看不起，很多臺灣人都是被日本人所奴用。但是有些人根本不知恥而以此爲榮。我是相反的，我深信只有自己努力才能出頭天。在日本當外科講師時，總讓那些年輕日本醫生吃些苦頭。當我在海軍基地當外科部長時，不少日本人對我唯唯是諾，所以到大戰結束爲止，老實說我每天都很愉快。就是三十到四十五歲人生的黃金時代，我在臺灣開業外科也是做得轟轟烈烈的。現在臺灣醫療已經變質，經營生意化，社會價值的變遷，醫生倫理觀念的喪失，實令我灰心而決定提前退休。以我們成長的背景，我是無法同流合污，適應潮流；恐怕你也一樣，像我們這種人早晚會被淘汰的，但是我始終認爲一個人應該有所不爲。

洋人，特別是美國人，對人種差別感很深，這是我環遊世界一週後的感覺。無論怎樣不要忘記你自己的膚色，經常警醒。當然，第二代假如沒有努力成功的話，就會像黑人一般過日子，到時怨天尤人是沒有用的。

其實你也不必有「虎落平陽被犬欺」的氣憤，你要知道就是龍擱淺灘亦會遭蝦戲。一切靠努力，天外有天，人上有人。記得嗎？歸去來辭中的「雲無心而出岫，鳥倦飛而知返。」，當然你這次出國是有心進修的，好好把握，但是不要忘記飲水思源，落葉歸根。我愛臺灣，臺灣才是我們的故鄉。

日記二則——之一

和風甘露，烈日秋霜，霽日青天，疾風怒雨。

（父親鼓勵我能夠的話，記下自己心靈的感受，沒想到斷續寫了八年的日記，包括大學七年。）

日期：一九六二・八・二〇

昨日因爲父親華誕而北上至法光寺敬拜天公，願父親福如東海，壽比南山，身體健康，日月同光。

當晚又與父親趕回臺中。原欲多留一天以期會見朋友，但是父親因爲叔姑們沒有來慶賀而生氣之情景，使我想起世態炎涼，人情淡薄。父親的辛苦與失望，讓我難過。我不忍父親孤獨一人回臺中，因此決定陪同父親回去。

一路上，父親一語不發，時而閉上雙眼，時而凝視窗外，實不知他心裡想些什麼。是痛苦？是失望？是覺悟？是感慨？是傷心？是悵惘？是心灰？是意冷？以父親倔強的個性，他一定是無法忍受別人沒有能做到他認爲理所當然，應該做到的事。我希望這只是個誤會，但是對父親的打擊實在太大了。對一個從來不會低頭讓步的人，沒有比自尊心遭受喃喃地吐出了一句話：「這樣也好！」讓我感到就像克利斯多夫憤怒地叫喊著：「好吧，敲再重些，讓它敲個粉碎，一乾二淨！」我不知道這一刻劃心靈上的傷痕能否一天復元？

回到家裡，父親讓我感覺到他並不需要我在身旁。他是個強者，他並不需要任何人，他需要的是孤獨，我好像是多餘的，而且令人討厭。爲什麼要回來呢？我也有些後悔。然而，如今冷靜下來，想想自己，想想父親，爲人兒子，能有今天都是父親賜給我的，我怎能不犧牲自己，這一趟是値得的。我想父親此刻需要我的關懷與敬愛，我只有忍受、忍耐，不管怎樣。多少次我想安慰父親，卻始終吐不出一字，深怕我想的不是他想的，豈不更糟！我想叔姑們不管是有心或無意，就是有再多的理由也不該如此對待父親才對。我自己相信，我們兄弟是靠得住的，因爲我們是一群善良的人們。

日記二則——之二

日期：一九六八・八・廿三

爸爸，今天是您的華誕生日，每年當八月二十三日悄悄來臨時，至少有幾個不同的心靈，遍布於這遙廣的世界，記起今天在他們心坎上的意義。也許他們並沒有特別的慶賀表現，讓感情吐露，然而您也許可以知道他們心中充滿著一片關懷、感激、與默默的祈禱，以及遙遠的祝福，願父親健康、愉快。

回想多年來，爸爸的心緒有如萬千氣象，捉摸不定。或而晴空萬里，或而白雲朵朵，或而晚霞燦爛，或而雲破月來，或而烏雲馳湧，或而狂風暴雨，或而雷霆怒吼，天崩地裂。我們有如地上的小草，有時爲之陶醉，有時爲之顫慄。每次我上月臺迎送父親的時候，眞是感懷萬千。每次火車進站，每次火車遠離，均帶給我多少心靈的激動，或歡欣，或難過。偶而見到父親眼神裡充滿著光輝，微笑飛上雙頰之時，刹那間，無可言喻的欣慰，透過全身，竟使我不禁想多喝一口，默默地感激這噴泉般可貴的幸福，就是那麼短暫也是值得一切！

有些時候，我自己也感到遺憾，爲什麼我們父子之間，個性是那麼相近，但卻因爲一些因素，彼此又似乎遠隔千里，無法共鳴。每次總覺得無法說出心中眞正的感受與想法，深怕會有不愉快的結果。父親也許有他自己不同的感受與作法，也有他何以如此的理由，他嘗說：「你長大了就會知道」。他的意思大概是我不能了解，說也沒用。身爲人子，除了體諒、忍受之外還能怎樣呢？亞里斯多德說：「聰明的人不在尋求快樂，而只是期望免除煩憂與苦痛。」眞的快樂總是那麼短暫，而苦痛卻是繼續不斷！也許我並不聰明，往往過分冀求快樂的人生，而希望有人能分享我心靈上的快樂與幸福，因此也經常折磨了自己，失望乃至於難過，顯然地，我不容易控制自己。

上次回家，父母親之愛護更使我難過。他們對我的事隻字不提，是否怕我會怎麼樣之故，他們實在太偉大了，竟然這麼樣地容忍我。我誠何幸，又誠何辜？爲什麼上天要使我命運中背上這麼多的人情債？又憑什麼讓那些關愛我的人們因我而受到傷害呢？又爲什麼我所遇到的都是這麼樣的善良而對我如此寬宏？難道我忍心要他們其中任何一人因我而傷悲？實在太不公平了，我又怎樣才能公平呢？命運不該作弄我。假若父親是我，不知道他會怎麼做？

因爲一些理由，使我終於放棄了猶豫不決返家祝壽的理由，心中歉甚，敬請父親原諒，謹此遙寄祝福的心情，願父親萬壽無疆。

來世再見了，父親

緣盡情未了，缺憾還天地。

（父親突然仙逝，由美國趕回幾天中記下的。）

爸爸，您走了！您靜悄悄地走了，什麼也不等，什麼也不說，就這樣離開了我們。您是不是生氣了？因爲爲了等孩兒回來，辛苦支撐著那麼久，孩兒還是沒有趕回來，所以您才決定走了，永遠離開了我們；讓孩兒一輩子愧疚後悔，終生遺憾。爸爸，我難過極了。

當噩耗隔洋傳來的時候，孩兒剛下班回來，心裡正感覺有點不對勁，是立安接的電話，我聽到她說我怎麼告訴泰雄呢！刹那之間，不祥之感，湧上心頭。我接過電話，果然是多年來最害怕聽到的消息，怎麼能相信呢？一下子天旋地轉，爸爸，孩兒跪在地上嚎啕痛哭，不能自己。源德兄說對不起，沒有能做到所託付的，孩兒怎能怪他呢？（孩兒事後心裡許久總不能釋懷，爸爸一定會責怪孩兒不是，請原諒，孩兒就是不能忍受您的突然離去），原以爲當我回來跟您相聚之時，您也許會說還好你有這麼好的同學照顧我，而孩兒也會因爲把您託付對了人而感到心安的。

偉光哭了，哭得很傷心，他知道阿公是最疼他的。偉君在旁說著我沒有阿公了，怎麼辦？可憐偉元太小，阿公是什麼樣子都不知道。爸爸，您還問過我什麼時候把他帶回來給您看看的。唉！誰知道有這麼突然的一天，他連護照都沒有，很可能趕不上入殮告別了，爸爸，孩兒眞對不起您，請原諒。

「樹欲靜而風不止，子欲養而親不在。」雖然心裡明白這天終必降臨，沒有人能逃得過的；但是多年來總不願想這些，而寧願昏沌地接受可長共而相保的幻夢。一些認識的老一輩都已經走了，對我只不過是短暫的感傷而已，到底不是我們自己。面對著靈堂上端的掛像，不敢相信是爸爸，爸爸怎麼會輪到您了呢？腦海中的印象，彷彿就在前夜，不是還在一起嗎？爸爸，您是否剛好出去一下，現在不在，等會兒就會回來的，是嗎？爸爸，您在那兒？凝視著您略帶責怪的眼神，心裡雖然明白再也見不到，聽不到，摸不到您了，卻仍然不願接受這一切，唉！真是音容宛在，幻夢已過，如今而後，永別天人，想到這些怎不令人哀痛欲絕呢？但願因緣未了，來世再聚了。

孩兒出國回國，不像其他兄弟，爸爸從來沒有接送過。孩兒心裡雖然有些失望，然而從來沒有埋怨過。孩兒心裡明白：爸爸年紀已大，勞動您老人家的身體與健康，怎能令我心安呢？每次分離，都是那麼難過。記得前年，最後一次向爸爸道別時，在您的臥房裡，您我默然無語，許久不能相對，眼淚卻一直奪眶而出，奔泉似湧。面對著滿臉淚痕的您，孩兒竟是說不出道別，連一絲安慰的話都想不出來。那段片刻，您我相連一起，您知我感，孩兒畢竟是您的部分，血流汩汩，點滴心頭，生離宛若死別。

時刻到了，孩兒只有提起勇氣拍按您的肩膀，勉強擠出一句話：「爸爸，請多多保重！」多麼希望爸爸能抱擁著我，讓我盡情地痛哭一下，或摸摸孩兒的頭安慰我兩句。爸爸只扶著孩兒的肩，連頭也沒有抬起，嗯嗯而已。記不得是如何走出了房間，只想著留下背後年邁日衰的父親，狠心地踏上了行程。一路上，有如刀割心頭，久久無法自己。飛航途中，孩兒熱淚不盡地流，沒有人知道孩兒愛您多深啊！爸爸您知否？回想起來，若是早知道那是最後一次您我單獨相聚，孩兒應該下跪請教，也許會決定留下陪侍晚年。爸爸，您總是那麼樣倔強，一絲兒軟弱都不肯顯露。孩兒身上流著您的血，其實又是何等的脆弱。近年來那道矗立您我之間的心牆，雖然矮短了不少，卻始終相隔我們，孩兒不願也不敢退讓袒露，因爲心裡害怕，害怕發覺您並非與孩兒完全相同感受；多年來苦心拚築於內心深處的影像，豈不毀裂一旦？也許太像您了，孩兒嘗自認是最能了解您的人，而能忍受其他兄弟不願忍受的事，但卻沒有勇氣承受自己判斷錯誤的可能性。可憐、虛假的自尊，使您我父子之間無法更拉近一步，現在，唉！一切都已太遲了。

媽媽打電話來說您近況很弱，而且近日來連連有心臟發麻的現象。孩兒連夜電話找源德兄，希望能安排入院診治。（源德兄曾於前年我臨別前夕，應我要求特地趕往臺中，爲家父診治照顧。）他說您的身體似乎有些惡化，宜勸住院治療，並爲安排病房。於是孩兒再打電話給媽媽要爸爸住院，然後通知我們兄弟們。當夜又因不安，再打電話，鈴響良久，卻無人接聽，孩兒心裡極爲不安。今天才知道，原來媽媽外出買豆漿卻反鎖門外，爸爸衰弱得無法起身接聽電話。唉！孩兒竟然不知病情是如此嚴重，孩兒眞是該死。以後連續幾天與源德兄通電話，告知情況已趨穩定，尙無趕回家之必要。楊院長亦來電話說情況還好，並問要不要回臺大服務之事。孩兒當時並沒有認眞答話，如今回想楊院長可能暗示事態嚴重，應即趕回之意。五月七日上班之前又與源德兄通電話，他說爸爸已搬出了急救加護病房，一切穩定，勿念。隨即探知病房號碼，卻因上班在即恐無法長談，乃決定俟下班之後與爸爸好好暢談。下班之前突然心裡十分不安，因未趕回探視而自責不已，回家時與立安談及心緒難寧之事，我們正決定也許該多跑幾趟，並馬上辦理回去。就在那時分，噩耗傳來，什麼都太遲了。趕回奔喪之後，媽、六弟、六弟妹，均私下地告訴我，爸爸臨終前幾天，一直只問我爲什麼還沒回來。也許因爲我是醫生，也許爸爸此刻特別地需要我在身旁，也許他認爲我是最能了解他的孩子。記得以前，爸爸曾對我說過「你不在家時，我有時感到很寂寞。」爸爸，孩兒眞對不起您，孩兒罪該萬死，竟然沒有回來床邊照顧您。當您離去時，孩兒卻重洋遠隔不在身旁，沒有人讓我知道爸爸是那麼期待著我回來，沒有人告訴我爸爸是如此之病重，天啊！

來到九病房的走廊，徘徊許久，一切都是那麼熟悉。看著雨點不住地飄打窗上，強忍著不讓盈眶的淚水外流。一幅風雨黑夜中，縱貫公路上飛馳的小卡車內，我扶著點滴，徹夜不眠的情景浮上眼前；記得當外科總住院醫師那年，一通朋友由美國來的電話，我義不容辭地連夜趕到臺中，護送他年邁病危的父親北上住進臺大醫院，他終於挽回了性命，痊癒出院。如今，眼前的病房內，人去樓空，心想著自己病重的父親躺在那張床上，始終無法想通爲什麼我還沒有回來的心境，竟然連最後一面也未能見到，就是一通電話都沒有，也許只有我才能眞正了解您的感受吧，沒有什麼比此更難過的了，一輩子中這是唯一眞正令我終生遺憾的事。

爸爸，看著您的遺體，一臉安詳地躺在那兒，似乎並沒有受到痛苦，至少這是値得安慰的。撫摸著您那厚實有力的右手，想著過去四十年，多少往事，浮現眼前，歷歷如繪，彷彿昨日。唉，眞捨不得您走，心知道縱傾我淚，亦無法使時光倒流，就是再一次也是不可能的了。爸爸，您走了，永遠的離開了，想想死亡也是解脫，心裡的難過也就慢慢平靜下來。爸爸，別了，請安息吧！

走出了停放遺體的房間，仍然無法揮去那一陣的悵惘。驀然見一蝴蝶飛繞眼前，俄頃，翩翩遠離而去。一時想起莊周蝴蝶，不禁惑疑，人生果眞一場幻夢？是耶？非耶？生生死死，死死生生，不生不死，不死不生！

墓誌銘

故李公祐吉博士事略

不雨花猶落，無風絮自飛

記得小時候，每逢清明掃墓，父親總是指定我拜讀祭文，緬懷祖先。父親去世，深感悲痛，我想自己至少應撰寫父親事略，以爲紀念。此誌銘刻於臺中市大度山李家墓園碑石上。

公諱祐吉，民國二年（西元一九一三年）八月廿三日，生於南投縣草屯鎮，父派名春哮，母李太夫人名鄭雪，是乃名門書香之後。兄弟妹六人，公排行第一，另有妹六人。公幼年穎悟，事親至孝，甚得親朋之寵。時維西學流傳，公乃立志向學，早入南投小學，奠定良基。中學就讀於臺中第一中學，名列前茅，領袖群倫，終以優異成績畢業，保送當時全省精華聚滙之臺北高等學校，磨勵以須，研讀至勤。畢業之後，立志學醫，乃負笈東瀛，入日本九州熊本醫科大學。二十五歲畢業，續在名師今永一教授門下專研外科，三十一歲榮獲醫學博士學位，並擔任講師。不久返臺，就任海軍病院外科部長之職。民國三十四年臺灣光復，奉政府之聘接收臺中醫院，並任該省立醫院第一任院長。戰後當時，百廢待舉，公以職責所在，努力以赴，日夜匪懈，慘淡經營，奠下該院爲中部醫療中心之始。民國三十六年，爲實現懸壺濟世之抱負與普救眾生之宏願，乃於臺中市三民路創立祐吉外科。開業以來，懷菩薩之心腸，挾華陀之精技，全心敬業，診治病患，名遐遠外，譽滿全島。人稱臺灣外科先驅者之一，公實當之無愧也。爾後數年，受邀參與臺中救濟院，兼任彰化慈惠醫院院長，並爲籌設臺中結核療養院及靜和精神病院盡力。不僅廣惠貧病民眾，並爲提攜醫學後進，不遺餘力。對於本省中部醫療，公之貢獻，有口皆碑，令人感念。迄退休，公行醫凡四十五載，救生無數，家喻戶曉。晚年公雖有杏林滄桑之慨，卻贏仁術無匹之尊也。

醫學之外，公本取之於民，用之於民之信念，開始投資事業以利社會。民國四十一年，公創建臺灣化學板公司，生產各種建築材料。三十年來，產品日新月異，業務蒸蒸日上，公司今日規模，實乃公之功勞也。

自民七十一年初，公因躬體違和，心力日衰。五月初，適逢東瀛同窗舊友來訪，公不顧病弱，捨命相陪，朋友之情，義薄雲天。終於住進臺大醫院，不幸於五月七日上午四時五十分，與世長辭，天地同悲，享年七十。

公秉性耿介剛直，嫉惡如仇。外表堂皇，內心幽默，雖威嚴有加，實性情中人也。一生好學不倦，博覽群書，以恩義爲念，濟世爲懷，良醫良相，永垂典範。

夫人蔡氏採藻出身彰化月眉望族，二十二來歸，相夫教子，勤儉賢淑。公有六子一女，賢孝淑慧，均畢業大學，創就四海，繼志述事，光大門庭。

嗚呼！逝者如斯，人生幾何！恭謹簡述吾公之生前事略，以表哀悼追思之情也。

有空回家……親情永念

（紀念父親忌辰及么兒離家出走而作）

沾衣欲濕杏花雨

吹面不寒楊柳風

令人眼花撩亂的霓虹燈光，閃躍在柏油馬路上，急雨的殘點，仍然飄落。走在西門町衡陽路上，心情一片凌亂。天色已黑，濕淋淋的腳底傳來一股冷顫，更加深了咳嗽中的寒意。我把領子拉得高高的，腦海中雜念浮沉：「爲什麼一定要是這樣？」不覺嘆了一口氣：「唉，是命中注定？」思緒矛盾，無奈得很。剛剛才好不容易打發了一個多鐘頭的時間，終於迫使自己走出了書店，拖著腳步，往火車站方向走去。我提醒著自己，父親要搭乘八點的夜車回臺中去。

臨出門，四弟對我說他不去了，至少下午他已經迎接過了，是我應該去送行的。

「應該去的，應該的，是嗎？」邊走邊想著，心底下卻抗拒不斷，難道是天性使然，無形之中逼迫我不得不如此？從小，不知是母親柔性的遺傳，或是父親威嚴的影響，自己一直生活在應該如何與必須如何之中，不管心甘情願與否。雖然已經二十幾歲了，我明知自己的愛惡喜憎，但在事情決定上卻也逃不過理性分析的厄運。感情於我，總帶些理智的矯作與扭曲、虛僞、不純眞而無法直接了當。我這樣做是天性，是理智，或是感情，自己也不清楚。想到這裡，我使勁地踢濺地面的積水，一吐胸口悶氣，內心中不禁地叫喊著：「我，太可惡了，爲什麼不能痛痛快快地過活！？」潛意識中，也許爲了避免父子見面時，極可能相對無語的尷尬而且難受的局面，我不覺間放緩了腳步。

雨，又漸大了，人們再度開始爲了躲雨而跑動。很快的，雨點打在頭上，臉上，身體上，淋濕了頭髮，衣服，也更加模糊了原本已經迷濛的視野。嘩啦，嘩啦的傾盆大雨，狠狠地下落，毫不留情地打亂了我的心思，似乎催促著時候經已不早了。我不由得加快了腳步，向對街的走廊跑過去。冷不防，一輛帶著刺眼燈光的黑色轎車呼嘯而過，毫不客氣地送上一淌污水，濺濕了整條褲子，差點兒把心情早已十分不快的我氣炸：

「眞他媽的！」

走廊上早已擠滿了人。當我穿進喧嘩熙攘的人群裡面，忽然有一陣強烈冷漠的感受，幾乎讓我窒息。一下子，眼前浮現了這麼多陌生臉孔。霎時間，腦海一閃「我何以在此？」一切似乎突然停滯下來，噪音消失，像無聲電影一般。我陡然覺得自己有如隱形人一樣，事實上並不存在。沒有人看到我，沒有人認得出我，也沒有人理我，這麼多的人聚集在此，人潮洶湧，但因非親非故，他們的存在，對我而言似乎毫無意義，人們從我前後左右擦身而過，那一對對陌生且又視若無睹的眼神，使我感到自己像似在外星人群堆中，孤獨而失落。心想偌大的世界裡，因緣際會，往往只不過是偶然的巧合而已。人與人之間，若沒有特殊關係，除了少許之外，陌路仍歸陌路，不會成爲相識，而相互關心的。父親曾說過：「父母雖不同於你自己，但是對你而言，卻決不是一般的別人。沒有父母，也就沒有你，很簡單，命運的造化就是這樣。講起來，親子的關係是很特別而且絕無僅有的，十分難得，應該好好珍惜。」看來一切都是緣分。

驀然間，我想也許是因爲我要來臨這個世界，父母親才會認識結婚吧。不然的話，個性思想極爲相異的他們怎會結成夫妻呢。這樣想來，一切的痛苦，不愉快，都還是源自我自己的錯，心中不覺一陣苦笑。抬頭看到遠遠的北門，我心知必須停止胡思亂想，趕快離開這裡，也許這個時候，父親已經在月臺上，正期待我的出現呢。

＊＊＊

今夜外頭又雨又冷，心境更是淒涼寂寞，沉重無比。醫學院的功課已經壓得我喘不過氣來，後天又要考外科學了，我眞不想讓任何事情困擾我。可是，打從昨晚得知父親今午北上開董事會，因明早有開刀，晚上必須趕回去之後，整個腦子就是被是否該抽出時間去送行的問題所占據。來臺北已經是第三週了；爲什麼提早來呢？眞的像我說的，來趕寫畢業論文嗎？當然不是的，那只是一種藉口而已，我欺騙了父母，也欺騙了自己。回想起來，心情懊惱得很，而且有些反悔。

如學禪師不是提醒過，難忍要忍嗎？爲什麼我這麼不能忍受呢？這一點兒痛苦的心結，又算得了什麼？更何況是大學最後一次的假期，而且剩下只不過幾天了。爲什麼不能留在家裡好好渡過呢？以後將更少有機會跟父母相聚在一起的。我眞不該冀求太多，讓自己輕易失望而失去忍耐。愛，不是恆久的忍耐嗎？爲什麼我忍心這麼做，一走了之呢？是我的愛心不夠？再怎麼說最多也不過是微小而短暫的犧牲而已，我竟然故意誇張而煽動自己！「我受不了，我必須出走！」讓脆弱的理智被一時衝動的感情所淹沒。

其實母親已經忍受了那麼多年，而我也學得了逆來順受的怯弱。沒想到這一次竟然會無法忍受下去，更令自己震驚的是：母親也許冀望我的同情，安慰，甚或打抱不平，對我感嘆命舛並訴怨與父親之間的齟齬，不管有意或無意，卻再度刺痛要害，點燃了我抑鬱多時的憤恨，竟然是這次決定提早離家的主要原因呢。過後母親婉轉求情，好話說盡，卻無法改變我的心意，可能是母親從來也沒有想到的吧。

也許是忍受了那麼多年，每次都期望有所改變，可是結果一切還是一樣不變，讓我無法繼續下去，我感覺自己行將爆炸，我告訴自己，必須逃離，否則我會發狂。幾年來，單獨面對自己的父母時，心情總是忐忑不安，充滿著畏懼，擔心，不滿與矛盾。親子之間，彼此應該心連心，最親近的，但我們卻似乎相距千里而無法溝通。從小因爲父母間的不愉快，加上父親的強勢威嚴，自己一直生活在焦慮的陰影之下，每次回家度假，爲的是家庭的溫暖與快樂，但往往只有痛苦與失望。一年多前，由於憧憬著得不到的天倫之樂，自己還特意畫了一幅〈海似親情〉的油畫，期盼有一天，父親能知道我的心意，奇蹟出現而能彌補我內心多年來的缺憾。

大雨滂沱，雷電交加，我打著傘，跟隨著人群，走過斑馬線，心情就像西北雨一般，直直下落。

***

父親的偏見與頑固，似乎永遠阻隔了相互嘗試瞭解彼此的可能，更談不上解決問題的探討了。父親從不探詢我，難道他一點兒都不管為兒的我對於這些的感受，與創傷嗎？是不是他自尊心太強？是不是他認為年輕人對於人生還沒有充份的經驗，不能了解，而無法憐憫人性的弱點，談也沒有用？但是為什麼一定要讓它形成到這樣的地步呢。既然痛苦，不如分離！難道我不是很愛他們嗎？難道他們不是我最關心的嗎？可是，媽，是我的母親，我無法忍受任何對她一點不好。最後的演變竟然是成了父子一起，幾乎相對無言，除了一些不著邊際，無關緊要的話題而外，沒有什麼可以交心深談的。

我無法忍受這種天天虛假，痛苦，不愉快，甚至於死寂的氣氛。多年來，內心的反感，反抗與掙扎，已經讓我心疲而厭倦。也許太愛他們了，以致於太失望。我開始恨他們，恨這個家，也恨自己。逐漸地，我不只失去了自我，而且想到試著逃避這一切。這次母親的怨嘆，逼使我無法再裝聾作啞下去，心中感受由同情而惱怒而羞慚，卻又因無力改變而深感鬱挫與懊喪，最後雖然充滿憤懣與難過，還是因爲懦弱而選擇了逃避，決定眼不見，心不煩，提前離開。

雖然幾年來，一直希望以我自己的力量來改變這一情形的。然而十年前的陰影一直存在心中，揮之不去。當年，父親因爲上初中的我，竟膽敢寫信威脅，干涉他的私事，而動怒至極，嚴厲責難母親而要把我趕出家門，害得媽與大哥跪地苦苦求情之景，歷歷在目，記憶猶新。由於惦念著可能的風暴與可怕的後果，我已再也沒有勇氣嘗試，而只能期待著幾乎永不可能的奇蹟了。這個家對我而言，不只已經失去了可愛，而且危機四伏，時時有一觸即發的可能。多日來，或走或留的抉擇，一直困擾著我，我因掙扎而感到憤怒，最後決定只有離開這個讓我痛苦的地方，自己才能平靜下來解決問題，於是撤了謊，就這樣子走了。

＊＊＊

雨，暫停了，我連走帶跑快步地上了車站前的陸橋，邊走邊咒詛著命運的折磨。爲什麼要我一輩子背負這種幾乎無可改變的痛苦？腦海中，再度浮現了臨別的一幕。就像每次離家的時刻，母親忙著把我背包塞滿食物，父親則暫時擺下了診療，陪著我走到家門，什麼話也沒說，只問下一次什麼時候再回來。我低著頭，裝著趕將行李放上計程車，支吾其詞，不想多說。父親似乎看透了我的心思，輕拍我的肩膀說：「你已經成長成人，面對問題必須堅強！」我感到一陣羞愧，自己就是不夠堅強，才選擇了逃避。車子開動了，我轉頭看著他們一直目送不走的情景，想起他們對我的恩愛，剎那間，我已經後悔，我想我又做錯了一件事。我實在沒有足夠的理由就這樣離去，心裡十分難受，幾乎改變了主意，要司機開回去。我希望他們不要管我，讓我走，也不要理我，對我太好會讓我有欠債，甚或罪惡的感覺，而使我心軟，屈服，乃致於放棄。我硬著心腸，只因爲不願接受全盤皆輸，回到原點的失敗，我怕證明自己不夠成熟而懦弱無能。

事實上，我內心中一直敬重父親而以他爲榮爲傲的。要不是因爲同情母親可憐的遭遇，我並沒有什麼理由對自己的父親有所不滿，反抗，甚至於懷恨的。然而父親從來不問不提，讓我感覺他只顧他自己而不管我的感受，使我失望至極。但是父親畢竟是父親，身爲人子也只有接受，我不敢，也避免提及討論。幾年來，隔閡成長在我們之間，越來越深越大，我知道這一切都不是我眞的願意，也許上蒼知道吧，但是我也明白一直逃避也不是辦法，我終究必須面對問題，設法解決。今夜，父子單獨一起，也許是個機會，我應該提起勇氣，向父親吐露這一直困擾自己的心事，尋求有沒有改變的可能。我不是想責難，也無意攤牌，只希望父子能夠坦誠談談罷了。

***

終於到了車站，還有十分鐘。很快地，遠遠看到父親微胖的身影在第三月臺上，孤獨地在暗黃燈光下往返踱步。我趕忙買了月臺票進去，心中想著父親會不會責怪我的遲到。無論如何，我應該先到等他才對。父親並沒有注意到我的接近，我怕父親受到驚嚇，輕聲地說：「爸爸，很對不起，我遲到了。」父親轉過頭來，看著我，眼神充滿疲憊，臉上卻露出一絲難得的笑容。「淋濕了？會不會冷？」父親問著，輕咳兩聲，隨手替我拉高已經拉上了的領子，然後取下去年他生日時我送給他的黑色毛絨圍巾替我圍上。「小心，不要著涼。」這時候，一股暖流，立時注入心房，直透全身。我抬起頭來，正想拿下圍巾，對他說：「爸，您自己更需要這圍巾的。」驀然驚覺父親的雙鬢，不知什麼時候長出了不少白髮，而兩眼下方也浮現了明顯腫脹的眼袋，就連身高也似乎矮小了不少，難道就是這幾天才發生的事？我怎麼都沒有注意到？想起不知多少時候，都沒有這麼靠近仔細端詳父親的顏臉了，顯然忽略了這些變化而不自覺，我努力地回想，是什麼時候開始的，父親到底多少年紀了？怎麼會變成這樣呢？也許，加上旅途的疲累，一向魁梧壯碩，精力充沛的父親，突然之間蒼老了許多，連說話的聲音都變了，看著他新長出的灰白鬍鬚以及滿布紅絲的眼睛，我頓時覺得於心不忍而鼻酸咽哽，「爸……」，竟是說不出話來。多麼想擁抱著他，讓他知道我多麼疼惜他的感受與歉疚。我在內心裡說著：「爸，您太辛苦，我很對不起您。」所有原本想說的話，都已全部吞下去了。父親曾經對我說過：「我的心，常常很累，也很寂寞。」然而由於心中的芥蒂與不滿，我從未同情他過。

父親身爲外科名醫，工作繁重忙碌，經常勞心勞力，日以繼夜，爲家計事業打拚奮鬥，他說他希望給我們兄弟七人，在人生百米的衝刺中，擁有十公尺占先的優勢。可憐的父親爲此付出了不少代價，卻沒有贏得孩子們的感激，體會與諒解。無疑的，多年來，父親才是家裡面最孤獨的人，顯然他並沒有眞正愉快過。我只顧自己的感受，不滿、埋怨自己的命運而不知感激，現在想起來，他內心的痛苦，豈止百倍於我！自己生爲人子，又何曾替父親想過？我完全忽略了；爲此，我深深地感到難過與羞愧。想到這裡，看著疲倦不堪的父親，自己不覺伸出手來，牽扶著他，同時也趕緊接過了他那又笨又重又老的公事包。「爸，你累了，是不是感冒了？」我問著，一方面心中唸著：「謝謝您，爸，我不再怪您。」我希望父親能知道我的心境，他只嗯了一下。

火車準時進站，徐緩停下。父親蹣跚地上了車，在一靠窗口的座位坐下。脫去了大衣，打開窗戶，對著我說：「走吧，天黑了，況且等會兒可能會再下大雨，還是趕快回去吧，千萬小心。」我搖搖頭，站著不動，我知道我不會走開的；因爲我怎能忍心讓父親一個人走而沒有我在月臺揮手道別呢。正思忖間，看到不遠處，有一小販在叫賣熱便當，突然想起父親可能還沒有吃晚飯。當下跑過去，買了一盒排骨菜飯，還有兩個熱騰騰的肉包子，希望帶給父親一團溫暖回家。這時候，汽笛一聲，火車已經開動，慢慢地滑出月臺。我趕忙付了錢，追過去，已經有些遲了。父親伸出頭來，揮著手，聲帶沙啞地說：「帶回去你們自己吃，好好用功，有空回家……有空回家！」我因追趕不上，只好停了下來，喘著氣，雙手舉著便當與包子，只感覺到火車加速地離去，「爸爸，請多保重！」火車的蒸氣，包子的熱氣，還有一直上湧的熱淚，早已模糊了我的視線。

回家途中，經過中山北路天橋平交道時，噹、噹、噹，紅燈亮起，柵欄已經下放，我只好停了下來，心緒已經平靜很多，想起一句「眞正的愛，乃是關懷他人勝過關懷自己。」的話，我終於明白它眞正的含意。嗚……汽笛長鳴，一列南下的火車，隆隆呼嘯地通過眼前，驚醒了我，突然想起這次送別，竟然忘了默禱父親平安到家的習慣；趕緊閉上眼睛，內心禱告：「觀音佛祖，請保佑父親一路平安！」

夜，已漸深沉，雨，又開始嘩啦，嘩啦地下了。

寫於二十世紀最後一次的父親節

無語問蒼天——終生之憾

五月七日是父親的忌辰，我回臺掃墓。三十六年時光倏忽飛逝過去，自己也從中壯年轉眼變成垂垂老朽了。老友相聚，只能慨嘆「今日龍鐘人共老，笑談壯志逐年衰」！

「常是無常，無常是常」，幾年來，不只世界變了很多，自己的想法看法也改變了不少。父親是一外科名醫，雖屬是性情中人，但個性剛強，威嚴有加；代溝的問題，讓我們之間始終無法促膝長談交換心事而暢欲所言，從未眞正了解彼此，很可惜。最近幾年，看到不少人生百態，往往會想起父親在世的話，不知他會怎麼說，眞希望聽聽他的看法，知道他的心意。回想過去，多少心事，眞希望我曾經告訴過他，在他有生之年。無論如何，父親突然去世，再也沒有機會了，是我終生抱憾的事。

幾年前，聽到一首英文歌，覺得歌詞頗具深度，相當感人，很有意思，恰好描述出我自己懷念先父的心境，道出了我內心中想說卻一直沒有說出的話。當年聆聽整個歌曲，讓我共鳴而動心不已。於是趕緊提筆，顧不得信達雅的要求，試著把它直接翻譯下來。幾年過後，想要重新整理時，曲名已經忘了，無從找出原著，只好東湊西拼當年的筆記，希望不失原意太遠。

陌生的對話
每一個世代，總有理由
怪罪前一世代
用種種藉口，讓所有他們的不快與挫折
來敲擊你的心門
我知道自己是父親心疼的囚犯
我也明白自己是他的希望與害怕的人質
我真希望我曾經告訴過他
在他有生之年

捏皺的紙箋
充滿著不完美的想法
誇張的矯作與無趣的對話，從來不切實際
我想這些就是我們彼此間的全部
你說你就是看不見，看不出來，不能了解
你就是無法同意，誰說這是完美
雖然我們說同樣的言語，
但是我們保護自己，不受傷害，

大聲地說出來吧
清楚地講出來吧。
你可以聽到，也可以聽進去
否則，那可能已經太遲
當我們死去之際

只有承認我們從來沒有眼對眼過

因而我們展開爭吵，
在於現在與過去之間
我們卻因此犧牲了未來
那是持久的苦痛
不要怪罪是命運
有些時候你也知道那是緣分
—也就是命中注定！
假如我們有新的看法
或許有一天
或者你不放棄，你不讓步
你很可能還可以一句不說

那天早晨，我不在場
父親走了
我再也沒有機會告訴他
所有我心中想說的話
後來不久
我想我接通了心靈感應
從我赤子的淚滴中
我確實聽到了他的回音
我多麼希望我已經告訴過他
在他有生之年

父親走的時候，我不在身旁，不盡的思念與回憶，只能說無語問蒼天（圖1），缺憾還天地！

謹此遙祭父親在天之靈。

圖 1 無語問蒼天（2016 作品）

慈母手中線

一件藝術作品，不管是一幅畫或一首詩，必須能夠引起聯想，觸動人心，引發共鳴，才能令人感動，畢竟「心即佛」（MIND IS EVERYTHING），扣心之作，才能達到目的。難怪托爾斯泰曾說過：「藝術不單是技藝，它是藝術家個人的心靈感受的傳遞。」或許也可以說「傳神」之作吧？

每次讀到《遊子吟》這首詩時，常常感觸良深，尤其家母往生多年，自己遠居海外，異域隔洋，逐年衰老，更加思念母恩。事實上，人世間有些感情的事，往往非筆墨可以恰當描述或形容的，但是唐代詩人孟郊卻用短短三十個字寫下這首《遊子吟》留傳千古的曠世之作。讀來感人至深，古來詩頌母愛不少，卻無出其右者。

圖一慈母手中線

最近心血來潮，爲《遊子吟》這首詩作了一幅鉛筆畫（圖一），本來想以此爲底，再畫一大幅的油畫來完成個人懷思家母的心願。因此一直在腦海中構思，希望能用繪圖來表達我自己心中對於母子情深的意象與感受，但總覺得不容易而遲遲不敢動手。

想像中，那是一幕在微弱的燭光燈火下，一位年事已高，蒼髮微亂，脊背稍駝，滿臉皺紋，飽經風霜的慈母，用她受盡風濕病痛變形的手指頭，緊抓著細小的針線，睜瞇著昏花的老眼，在模糊不清的視力下，一語不發全神專注，一針一針極爲細心地縫補著兒子破舊的棉襖……，原先希望能藉此畫面傳達無言無聲但卻是無窮無比的母愛，而能讓觀者看在眼裡，疼在心頭，不忍不捨，爲之而動容動心，甚而鼻酸淚湧，這個念頭一直盤旋心中不忘。

不料這幾天突然想到即使自己滿意，假如無法讓未來世代以後的觀眾引發觸景生情的共鳴、感動，那麼一切不都是白費功夫了嗎？因爲最近幾年，世事變化如此快速，顯然地很多新世代人除了對於未來充滿狂熱的憧憬之外，幾乎漸已沒有所謂傳統觀念存在的空間；因此，由於時空的隔閡，以後世代的人們恐已經無法從針補破衣的畫面上的構圖理解而感受到，我想刻意表達的核心意象，也就失去了整體的味道而無法感受出來那無比母愛的氣氛，也因此讓我失去了想開始作畫的原動力而無法下筆。

無疑地，二十一世紀是科技突飛猛進的世代，很多帶來的變化，不管是物質或精神方面可以說百年之前，甚或五十年前都很難以想像到的。尤其最近的日子，更從實境到虛擬，換臉變音到深僞，從 UNI 到 META-VERSE，從 BITCOIN 到 NFT，幾乎天天都有新的創意，其速度之快，更如超高速火箭，根本趕不上。相反的，最近剛好看到一電視節目《Forged in fire》，演出的是古早土法打鑄鋼刀；現今一般人已很難有機會身歷其境，親身目睹；相對之下，後來人當然也很難由圖畫中想像那種代表千錘百煉的精神和味道，而鐵杵磨成繡花針的故事，更將是天方夜譚而無從想像了。再譬如說千年之前，牧童放牛騎背吹笛，將軍戰死馬革裹屍的景象早已不見蹤影；今日牛已不再犁田耕作，馬也不再衝鋒陷陣，記憶的聯想與感受很可能因時空經驗的改變而難免無從理解甚或完全不同。如今衣襪穿不破，汰舊換新都來不及，根本不再用針線縫補衣服了。因此有些圖騰畫作，對更後世代的人們而言，難免如同對牛彈琴，也就是說「傳神」之間，尤其非文字的作品，出現認知差距，因此很有可能古典變成笨拙，傳統變成愚蠢，藝術美感變成無動於衷，進而用心之作很可能成爲莫名其妙，甚至匪夷所思了。

消失的事物、技藝、文明，有些變成逐漸模糊，有些更是完全抹滅永遠不見了！結果視覺的圖影畫面因毫無經驗印象，思維因此斷鏈而難以聯想，又如何能扣人心弦感人肺腑呢！想想不久之後，代表醫師的聽診器也可能很快地就要說再見了。我自己是一喜歡古早，懷念過去歷史記憶的人，如此快速進步與淘汰，完全截斷以前呈現過的歷史演變，對於喜歡找藉口的我而言，也許因爲跟不上腳步，是好是壞，是福是禍，老實講，很難說！

回過頭來，據說孟郊當時仕途不如意，多年來漂泊流離，窮困潦倒，母子相依爲命，如今總算有些頭緒，孤自思憶，感覺一股溫暖來自身上的那件老舊棉衣，內心想起那臨別的一刻，腦海中浮現一幕在昏暗燭光下，目睹母親默然無聲專神縫補這件棉袍的動作；想起那一針一線，針針代表著無窮無盡對自己的母愛，內心自然而然激起翻滾的感受……一邊是慈母手中的針線，另一邊是遊子自己穿著身上的衣服，他用臨行密密縫的動作，把它們緊緊地聯結在一起。這一寂靜無聲全神專注，一針針細心縫補的動作把整個氣氛鋪陳，而醞釀無比的爆發能量，一切都是爲了意恐遲不歸，掛念害怕，擔心他這一去，毫無把握，不知什時候才能再回來相聚。這簡短四句話，其實已經濃縮了母子之間，內心千絲萬縷的感情與思維的起伏與翻騰，也包羅了千言萬語都無法描述的心情感受，同時讓讀者有無窮的思潮洶湧的想像空間而會意無限，眞是含蓄又高超的絕筆。「臨行密密縫」讀來，確是凝聚了一切重點，也就是運用畫面景象也許可以想像或表現出來的意境；閉上眼睛，整個詩詞可以浮現，有如慢走的走馬燈一般，一字字出現眼前，讓你細嚼慢嚥而回味無窮，啊，眞不愧爲曠世之作品！

《遊子吟》這首詩，從穿在身上的衣服，感受到貼身的溫暖與窩心，連想到慈母手中的針線，腦海中思念的深情，心心相印地聯接一起。原來母子連心，無時無刻，母愛深摯，更是天性使然：針線縫補衣服的畫面，每一針每一線無須一句一語，自然而然傳達了深深的關愛之情，也就是最純樸的母愛；這種與生俱來的親情之愛無論走遍天涯海角都是無法取代的，不是嗎？之前，黃碩文學長〈4/2020〉一文中，提及臨終黑幕降臨之際，四例病人中有兩人，不斷呼喚叫阿姆，可見大部分的人，臨終之際，最想見或最懷思念的人還是自己的母親，該是最顯然的見證。

不過，慈母手持針線全神灌注細心縫補衣衫的畫面，對於沒有看過或經歷過針線縫補衣服的現代人或未來人而言，又是否能感觸到其中只能透過心電會意而無法言喻的微妙的氣氛、意味、美感的深情意境？那就很難說了！

這首被蘇東坡稱之出自肺腑的詩文，簡潔直入扣人心弦。年青時，自己曾一度以爲一般五言詩句通常以四十字居多，因此總覺得這首詩讀來似乎有些言猶未盡，感覺在「意恐遲遲歸」，與「誰言寸草心」之間，好像漏了一節。因爲自己有喜歡打油詩加油添醋的壞習慣，而忍不住加上「針針萬世情，天涯何處覓」如下：

慈母手中線，遊子身上衣，
臨行密密縫，意恐遲遲歸，
針針萬世情，天涯何處覓，
誰言寸草心，報得三春暉。

後來年紀大了，越讀越覺得，這首詩的主題是著重於遊子的當下觸發的心境、感受，牽掛之情溢於言表，默默無語中，「臨行密密縫，意恐遲遲歸」，這十個字，其中禪意已經完整地流露出眞摯純情，也傳達了母子之間的無比的掛念與關愛，令人會心而感受到的深度，就是再加千言萬語也無法更進一步描述表達出來的。如是想來，加油添醋，當然變成畫龍點睛不成，反而是畫蛇添足，多此一舉了。

事實上，相較幼兒時期直接擁抱的疼愛感受（圖二），對於已是成長的中年兒子的關懷與牽掛，仍然無法放心之情；密密縫衣的動作，其愛心該是同出一轍，但是就如默默祈求兒女平安的禱告（圖三），對我這食古不化的人而言，感受卻還是不大一樣。

昨晚半夜，累了想去就寢睡覺，卻見老妻從臥室出來，睡眼惺忪走向廚房，顯然剛從睡夢中醒來。我隨口問說這晚了所爲何事，她只淡淡地說：「明早小兒要飛去阿姆斯特丹，不知何時才會再回來……」「So?他已經四十歲了……」，「我想去和麵，準備做些蔥油餅讓他在飛機上吃……」，「So what?」「他喜歡吃我新鮮做的。」唉，眞的，母愛連心，情深而意重，無可言喻，不就是這樣！依稀記得初中時，在老家後院搖椅上母親爲我縫上掉扣的一幕，那已經是六七十年前的往事，時過境遷，只嘆「千載孟郊吟慈母，禪意深深頓悟遲」！我必須說自己越老越深深地感覺過生日應該是紀念母親的日子。

圖二母愛連心

圖三默禱子女平安

鐘聲無語爲誰鳴

那晚半夜由美返抵家門，疲累不堪，很快地上床睡覺。醒來已經是凌晨四點五十分，看妻仍然睡得很熟，自己因心緒不定，躺在床上。想起自己幾乎每年一到二次奔波往返美臺兩地已經超過六七十次以上吧，如今年屆八十，身心狀況已大不如前了，想想還能撐多久？正思忖間，隔壁客廳突然傳來一陣很久很久沒聽見，卻很熟悉的鐘聲：噹，噹，噹，噹……清脆，悅耳，卻又沈重而令人懷念的聲響；一陣狐疑，推枕而起，那不是老祖父鐘嗎？（圖一）闊別整整二十年，怎麼會……眞是難以相信，果然沒錯！什麼時候它又復活了，剎那間，那鐘聲讓我不禁喜泣而淚下，眞的不敢相信！是重逢久別失聯多年的老友，是返家團聚的老家人？註一不，原來它一直埋藏在我的心底深處並沒有

圖一　老祖父鐘，六弟，作者

離開過；卻也勾起了一段在自己內心記憶中永遠傷痛的憾事。

二十世紀最後一年，突如其來的九二一大地震（當時我在洛杉磯），除了造成臺灣巨大慘重傷亡之外，大鐘也因強震而斷鏈受損，停擺在上午一點四十七分，成爲李家歷史永遠記載保存的重要部分。更嚴重的是直接深深地影響了母親的心境；本來相對寡言沈靜的她，從此陷入情緒低沉變成更是憂鬱落寞了。

據說那天剛好兄弟沒人在家，整個家只有菲傭一人，當時搖幌震盪劇烈，母親一個人孤自困在十二層樓上的臥室中，顯然受到極度的驚嚇打擊，生命意志似乎開始動搖，從此失去胃口，身體狀況江河日下；結果最後是因爲體弱不慎跌倒，送到醫院調養，不幸卻因院內感染肺炎，抵抗力脆弱的她，住進了加護病房。沒想到過了幾天，突然接到六弟電告母親病危的通知，心覺不妙，想到當年父親突然病逝，立即請假啓程趕回。

如今轉眼已過二十年，依稀記得當時照料母親時曾簡略記下日記：翻遍舊書桌後，終於在抽屜中找到三張寫滿兩面，已經發黃沒有日期的字頁，上面記載著當時零亂傷痛的心路歷程。

回航途中，心裡雖然一直忐忑不安，但除了默禱之外卻也無能爲力。在日本轉機時，因害怕而不敢打電話。回到桃園機場，心中一直默禱，勉強提醒自己要有信心，另一方面也試著往好的方面想，因爲不像上次父親過世時，我確實有一陣子心中極端不對勁的時刻，我想媽應該會等我才對。想到這裡又是一陣心酸，眼淚盈眶。我從機場直接搭上灰狗巴士回臺中，還是不敢打電話；因爲擔心萬一時，我將怎麼樣，我會怎麼樣？我一時忘了○○醫院是在那裡。一方面心想趕了千里路回家，一定不能在這最後時刻出差錯，那就會遺憾終身了。到市府站下車，即刻搭乘計程車趕過來，到了醫院之後最先去錯了 SICU，結果才知道是在另一大樓 B 棟，此刻，我腦昏心悸至極，心亂如麻。到了 CCU 護士站表明身分之後，確實知道媽在裡面，心中大石終於放了下來，感謝上蒼我總算趕到了，不像上次父親走的時候。這時候還沒有看到媽，我的淚水已經滑落雙頰，多麼難爲情；是高興，是緊張，是焦慮，是害怕，是歉咎，是難過。

媽，我回來了，我回到您的身旁了，您知否？媽睜開了眼睛，看了我一下，嘴唇動了一些，我不知道她知否，心想只要她還好，一切可以慢慢來，就有一線希望，我心裡自我安慰自己。

母親的手腳不時收縮僵硬，不由自主，有時候還推開棉被。怕她會冷，不時動手替她重新蓋好；有時候這成爲唯一我能照護的事。有時動了呼吸的氧氣罩，血氧隨之降下，敏感程度，令我憂心不已。很可能是 Parkinson 惡化或藥效不夠，多麼希望母親會安靜下來，假若能好好睡兩天，也許肺部換氣沒問題、肺炎進一步控制，然後不再需要呼吸器幫忙。

噹噹，母親的點滴液空了，還好護士馬上過來，重新掛上一瓶。現在是清晨 2 時 40 分，SpO2 爲 97-98，RR 稍快。Aline 又不通順與 NBP 差了一截，看了一下也找不出眞正原因，還好 NBP 一直維持不錯，即便如此，看著動脈管的血壓一直偏低；因爲是自己的媽，做爲 ICU 醫師的我還是緊張萬分，心情掌控不如護士，可能連弟妹也不如……這時候我輕輕搓揉著母親的左手，想讓她老人家知道我就在她身旁，不用害怕。

我想不起來小時候有沒有坐過搖籃，但是確看到過自己被媽抱在懷裡的照片（圖二），當時父親在日本熊本醫大外科受訓，那麼久以前，我想……奇怪，怎麼會突然想到這些？

圖二　母親抱着作者（父親，大哥二哥）

已經清晨四點多了，前一陣子，很睏想睡，現在還好，護士小姐給了我一張椅子，並且建議我可以把頭趴在媽的腳邊床上睡，我想我還可以支撐下去。凝視著監視器的數字，上下變動，我的心跳隨著呼吸器的聲音而顫動不已……

看到窗外一輪紅日冉冉冒出雲層，即使在高樓叢林之中，仍然帶給我一點兒期盼的欣慰與鼓舞，陽光照射在媽的臉上，氣色好像好了一些；見我徹夜未眠，臉色疲憊，歐巴桑說眞感心（臺語）來安慰我，我內心感謝上蒼，畢竟好不容易又撐過了一夜，希望也許今天會有進步。

媽似乎安詳地躺著，蓋著被單的胸部，隨著呼吸器上下起伏。突然之間好像醒過來，我趕緊在耳邊輕聲叫她說我回來了，這時媽頭部不時搖動，大概是很不舒服的緣故，不管怎樣，反正不安而亂動的時候血氧就下降，有時候掉到很低（83％）使我擔心不已，假若一直下降的話……萬一……，還好每次都回升過來，我緊握著媽的手，內心卻因恐懼而不住地禱告，希望不要惡化。我要求是否可以給媽些鎮靜劑，護士說需要請示值班醫師，因爲擔心血壓可能會下降。經過幾次電話，醫師終於同意。血氧血壓上上下下，變動不已，我一邊摸著媽的額頭，告訴她我會一直陪著她，要她安心睡覺。但是她似懂非懂，還是不安地搖頭不停。顯然地，她很不舒服，還好護士小姐來了注射了鎮定劑，我告訴媽忍耐一下，一切會變好，我持續地撫摸著她的頭額，還有她的手臂，大約過了二十分鐘，她終於安靜下來睡著了。當她平靜下來時，呼吸也順暢多了。現在血氧95％，血壓114脈搏72，假如能夠這樣維持下去，希望肺的病理情況，慢慢地好轉，這兩天盡量讓她好好休息，睡著，否則我實在無法想像，需要更進一步……的情況……。立安來了，想陪著我，我擔心她高血壓，承受不了……

媽那纖纖小手在我的掌中，整個手看來稍爲瘦癟，卻乾乾淨淨，皮膚單薄微冷易皺，皮下靜脈，更見清楚，唉，這隻搖籃之手，辛苦一輩子的手！我撫摸著媽的小手，手掌，手心，手背，想到心頭深處，眞的不忍見她這樣地飽受病痛而落淚。想起過去父親的威嚴，母親的內斂，自己的蠢愚，似乎始終沒有眞正地交換心中所有的感受，就這樣傻乎乎地讓機會白白失去，如今回想過來，一切都已太遲了！

不管我心中如何不斷禱告；媽的病況不但不見好轉反而持續惡化，今晨看到肺部X光浸潤越來越明顯擴大，肺炎更形嚴峻，血氧血壓一直偏低不穩，看來不論用什麼抗生素都已失效，我內心感到大勢很不好，敗血情況似乎已失控而無法避免……血氧，血壓一直偏低，極不穩定，身爲醫師的我，眼睜睜地看著自己母親進入垂危的病況，竟然似乎完全束手無策，眞的惶恐萬分不知如何才好才對，只能內心禱告，再禱告，天呀，OH MY GOD，please！

媽的最後一支測血壓及血氧的動脈管是我親手放置的，當時因爲値醫連續三次失敗之後，自己看在眼裡，痛在心頭，媽已病危，實在不忍媽再受任何折磨，只好自告奮勇，我心中一直禱告著，千萬不能出差錯，邊做邊強呑著淚水，心疼不捨，還好最後是一針見血，總算順利完成。然而，病情卻是繼續惡化，第二天早上，媽終於安靜地離開我們。

媽出身彰化和美望族，是大家閨秀，父母早逝，身性保守，從小受日式教育，靜修女中畢業之後，赴日留學牙醫，一年之後，因婚嫁父親而輟學，從此相夫教子，任勞任怨。母親舉止高雅雍容（圖三），重視禮教，謹守婦道，慈愛細心，待人和睦親切；是勤儉持家的母德典範，鄰居稱道敬愛的先生娘。媽是虔誠的佛教徒，心存善念慈悲，從不炫耀；她曾是慈濟榮譽董事，一生默默行善奉獻，很多連兄弟們都不知曉。母親教導我們從小就要懂得謙沖爲懷，尊重他人，尤其對比我們條件較差，或命運不幸的人。

圖三　母親在吾家

她身爲七個孩子的母親（圖四），一輩子忙於照料；最讓我印象深刻難忘的是，每次大家持香敬拜，祈求上蒼先祖保佑時，媽總是最後一個拜完插香入爐的；原因是我們兄弟妹人多，她一定要在神明之前，一個個全部念完告知列名不漏，她心疼我們，因此不覺其煩地祈求保佑每個孩子。很多時候，我們都已拜完準備離去，她還是一個人在那兒閉著眼睛，舉著香，念念有詞。媽就是這樣全心全意爲我們孩子，辛苦付出，毫無怨尤！

圖四　大家庭，兄弟妹共七人

我自己國小時候是全校區區長，朝會總指揮，一直名列前茅，從不讓父母操心。初中時，因爲貪懶貪睡不用功，成績開始滑落，喪失保送高中的機會。母親顯然很失望，但也沒有特別責怪，只希望我會自知悔改。直到高二下半，看我仍然舊習不變才鄭重地對我說：「孩子，我生給你一個不笨的頭腦，你要好好替媽爭氣。」貪懶成性的我從而開始改變，下定決心，迎頭趕上。

那時候，雖然一般物資仍短缺，因爲父親行醫開業，家中已有美製大電冰箱，原本媽都會準備好一杯冰咖啡給父親下手術臺後享用。我因準備大學考試，媽也特意每晚爲我沖泡一大杯，有時還會另加宵夜。母親的苦心，令我發奮振作，決心不能辜負媽的期望；使我能夠一年半中，熬夜苦讀。那段挑燈夜戰，點滴心頭的日子，迄今仍然耿耿於懷。（圖五）

如今回想，我們母子情緣剛好一甲子，也只不過是一轉眼的事。可惜的是，很多的往事也已在記憶中逐漸模糊淡忘了。最遺憾的是：媽懂日文，我懂中文，因而母子之間互動，幾乎沒有書信來往，而親子溝通只能面對面或電話中用臺語口頭交談，中文對她而言算是外文，她和父親都是受過高等教育，卻無辜地成爲失聲的一代。親子溝通無法達到完美，十分可惜！

圖五　醫學院畢業（1965）

在美定居之後，每逢生辰，妻總會提醒過生日是紀念母親的日子，不能或忘。後來年事漸長，更能體會而深有同感。事實上，沒有媽的愛心與包容，我們是無法成今天的家的。（圖六）

媽八十歲以後，不想旅途困累，決定不再來美。之後，兄弟們開始默契輪流返臺陪侍。不過事實上，除了立安細心體貼做菜改善媽的營養之外，我因個性不夠細心，除了陪伴，走走散心之外，還是由母親照料起居，如今想來，實在慚愧。當時母親雖算是高齡，但因平時保養還算不錯，我們一直認爲她應當沒有問題可以跨越世紀大關的。

圖六　母親八十歲（1993）

我還清楚地記得生前最後一次告別；時刻到了，媽瞭解我必須回美上班，不曉得她是否預感到可能是最後一次，母親堅持一定要陪我到車站送行。

那天清晨，媽身著棉袍長絨褲，褐色毛帽圍巾，從十二樓一起坐電梯下來，電梯鏡子中，媽瘦小微躬的身影，似乎更形老弱了。雖已初夏，清晨寒意仍然，媽從來就怕冷，此時更見不禁風寒，令我十分不捨。外面天色仍然一片漆黑，街上幾乎空曠無人，我跟她說一個人我不放心，她說早已安排菲傭陪同，要我不用擔心。

在公路局的國光號車站，看來只有兩三位旅客，距開車時刻還有十幾分鐘，我請媽先回去，媽堅持不走，一定要目送我上車，我知道她心意已決，也就順她了。

時間到了，她緊緊抱著我，淚水滿盈，什麼也沒說；記憶中我長大成人之後，好像從來沒有過，我可以感到她捨不得我走，我只能強忍著不讓淚珠滾落，天呢，我還能說什麼，做什麼？讓我再度想起當年告別父親的最後一幕，明知感覺生離猶如死別的無助，這段片刻，母子彼此默然。

臨上車，媽再三囑咐要照顧好身體，就像我還是小學生一般。我幾乎就要心碎了！大巴士開始先慢慢地往後倒車，只見微弱的燈光下，媽孤單的身影漸漸後移，看著她老人家用她瘦弱的小手揮動著，一眨眼，汽車稍轉頭就往前離站開走，母親好像被扔在那兒……還在那兒，很快地，車子往中正路方向遠離而去，媽瘦小的身影轉瞬間就消失在漆黑之中了；一陣不捨心痛，悵惘失落中，我也只能遙望天際默默地禱告母親一切平安。大地靜悄悄的，路上仍然空無人影，一切有如夢幻，好像沒事發生一樣。唉，人生如夢，卻又非夢！爲什麼這世間的事樣樣不如己意，且任由不快的往事輪迴浮沈於記憶之中！

母親安葬之後，我回到美國，恢復ICU的工作，開始懷疑自己爲醫行醫的能力與期許[註二]，一方面更感覺到某些的情況下，垂危的生命，幾乎是無法挽回的。醫師畢竟還是非神，能力有限，因此不覺困惑當年曾一度以「鬥死」爲志業只是夢想而已，更深深體會到當生命走到盡頭時，很多盡力「延生」的努力只不過是「延死」罷了，往往徒勞無功而增加更多的痛苦。醫師似乎不應也不宜扮演上帝的角色而該回歸生死有命，順應自然的天道。

因而從此深思自省研讀整理，開始在筆會中講演：提出「年老的智慧」、以及「死亡的藝術」，「浮生非夢」，「哲學性生活」等等題目。第一年，因爲情緒仍無法回轉適應，自己決定不適合參加兄弟家庭旅遊之行。

第二年絲路之旅，路過張掖古城，沒想到卻意外地給了我對於死亡的啓示，讓我自己進一步瞭解「尊重生命」以及「尊嚴死亡」的意義。畢竟生死有命，到時也許最好讓自然決定，過分的介入往往是無用而且是不需要的。

張掖大佛寺建於公元 1089 年，內有中國最大的室內臥佛，長34公尺，是釋迦牟尼側臥長眠之像。寺門刻有一對聯，上面寫著：「睡佛長睡睡千年長睡不醒，問者永問問百世永問難明」。對我這位正在迷惑生命，不解生死的人，有如醍醐灌頂，當頭棒喝，其中眞意，正中下懷。原來，死亡只不過是長睡不醒，也就是像睡佛一樣，俗稱：「長眠不起」罷了。只是沒有人知道什麼時候會甦醒復活，千年、萬年、億萬年或者「永不」（NEVER）！是嗎？對嗎？不管如何，顯然的，這是永遠沒有答案的問題（AN UNANSWERABLE QUESTION），一切就是這樣 THAT'S THE WAY IT IS，無須鑽研也無須探索！靈光乍現，忽覺是誰如此智慧高超，寫下這副對聯，一語道破玄機。我正感嘆之際，剛好廟中鐘聲傳來，間斷木魚，勾起心中對家母的懷念，一時百感交集，愧然不已。只覺也許「情未盡」而「緣也未了」，想到涅槃經說：「人生皆苦，涅槃最樂」。刹那靈感浮生心頭，寫下四句偈語，紀念母親：

人生皆苦如是說
涅槃最樂如是聞
一睡千載如是去

佛心萬世如是來

五年之後，我決定在自家後院面海的山坡上，親手加建一平臺，命名爲「親思臺」（圖七）以紀念父母，幾年來已經成爲自己最喜歡看雲觀海，靜思懷念的地方了。

此刻，獨坐思親臺上觀賞日落雲海，想到自己年老日衰，想起父母，心中盼望能至少再見面一次而自我感傷之際，突然耳際傳來附近教堂的鐘聲，陣陣作響，蕩氣迴腸，卻不像往昔，無語而逝；它似乎有意引發了我內心深處那老祖父鐘的共鳴回響，不知父母親是否也聽到？鐘聲沈重，咚咚……，似乎有很多的話想說！如今二十年過去，彷彿百年，也彷彿昨日，往事悠悠，似眞似夢？媽一定笑我，「YAS（作者日本名），你怎麼會老成這個樣子」（圖八），「媽，眞的謝謝您把我帶到這個世界，也謝謝您準備把我從這個世界帶回去。還有，孩兒不孝，很對不起，辜負了您的期望！」

圖七　思親台

這時候，內心鐘聲餘音依然不斷，不久，卻也隨著日落天際而漸漸消失了，心緒慢慢平靜下來，只感到海似親情，沒齒難忘！（寫於2020母親節）

註一：記憶中，父親是一個非常守時的人，每當鐘聲響起九時他就準時進入診察室，開始一天的工作。他認爲病人有難求助，不應讓他們久等，連半分鐘都不該。老祖父大鐘，在童年記憶中，是一然巨物，矗立在診察室樓梯門旁，就如忠實的老家人，陪伴了父親走過一輩子的醫師生涯。父親過世之後，大樓也完成改建，母親特意把大鐘搬到她臥房門旁陪伴。這次是六弟從報紙廣告中，找到專門工匠師父，特地從德國訂買零件成功修復的。

註二：作者曾一度擁有三個專家執照，外科、麻醉科、重症治療科。

圖八　作者於思親臺（2020）

花落知多少？！

本文爲哀悼百萬無辜喪失生命於 2020 武漢瘟疫的同世人而作

前言

五年前，到日本賞花，散步在熊本城旁的路道上，正胡思亂想之際，突然襲來一陣強風，剎時櫻花亂墜，有如「天花落不盡」，更是一幅「滿天風散花」的景象，花朵飄落遍地，淒美至極！讓我想起日本詩人 YOSHA BUNKO 的一首詩：

Though on the sign it is written:
'Don't pluck these blossoms'–
it is useless against the wind，which cannot read.

難道一切都是命中注定？或只能說：怎奈，風不識字！

圖一　滿天風散花

右｜圖二　祖父春哮公
左｜圖三　作者與祖父雕像，無緣卻有緣公

昨整理舊日照片時，一位文質彬彬卻又頗有派頭的俊美青年呈現眼前（圖二），西裝筆挺，頭頂高帽，額頭飽滿，眉毛高揚，大大的眼睛，高挺的鼻子，打蝴蝶結，倜儻時髦，他，就是我的祖父，「春哮公」。

很可惜，祖父與我未曾見面過，我在日本熊本出生的那天，正是祖父在臺灣草屯出殯的日子，好像祖孫有緣卻無緣，兩人互相交換，他走了，我來了，這已經是八十一年前的往事；大概是天意，也許也算是一種奇特的安排吧。（圖三）

堂叔生前常玩笑地說祖父的風流韻事多彩多姿，可以寫成小說，可惜我一直並沒有眞正用心記錄下來，如今堂叔已經走了，也讓我想起一段童年的記憶。

從我開始懂事以來，只記得草屯李家家族人丁旺盛，有很多長輩；記得出來的有三伯公、三姆婆、四姆婆、六嬸婆等。父執輩中算來也是人才濟濟；有縣長、校長、教師、議員、工程師，還有醫師等等。聽說在曾祖父時代，李家已經是草屯重要的地方望族。舊家厝占地很大，大家族共有六房，住在一起，只記得大家長是三伯公，極具威嚴，不苟言笑，大家都很怕他的樣子。祖父是五房，自幼觀念比較前衛開放，當家父準備結婚迎娶家母時決定搬出到新鎮區，蓋建了一座新厝，當時已經有手拉抽水馬桶設備，可說相當考究。

據說祖父平時悠哉悠哉，除了喜愛墨寶詩詞之外，似乎無事可做，花鳥園藝便自然而然地成了他的嗜好。右側院有一小花圃園，類似現代的溫室，裡面掛滿了蘭花，擺架不少盆栽等比較珍貴的植物，曾經是祖父天天修剪澆水照顧欣賞的地方。就這樣，他過得像似古代的員外或者說太平紳士。（圖四）

祖父成長於大家庭中，年少時不安於家，交遊女戲伶及酒家女之間，風流韻事不少，甚至有血書定情，糾纏不清等傳聞事件。後來三伯公介入出面，經媒妁之言，迎娶祖母。祖母彰女畢業，彈手好風琴，曾擔任國小教師，也許知道善於管教之道，祖父婚後變成中規中矩。另一方面，他很注重現

圖四　祖父在花房

代教育，兒女成人之後都送日留學。後來聽說一度曾因與文協人士有關事件連累而入獄二週。現今回想已是百年以前的事了。

當年每逢寒暑假，我們就讀小學初中的孫輩們都會回草屯老家陪伴祖母，從臺中搭乘臺糖五分車，搖搖晃晃也要大約兩個鐘頭吧。

只記得老家不小，是當時少見半西式四合院，中庭部分有一假山池塘，中央噴水，養有鯉魚（圖五）。前院側院後院的院落都很大；有芒果、蓮霧、荔枝、龍眼、楊桃、芭樂等等果樹。

客廳寬大，除了紅木大理石傢俱之外，古董瓷瓶擺設得體布置高雅，頗有書香味道。牆上除了看不懂的古代草書字幅之外，正中央掛有四片算是不小，筆力刻工堪稱一流的樟木木刻匾掛，上面刻著「春眠不覺曉，處處聞啼鳥，夜來風雨聲，花落知多少」的詩句，不記得有無作者大名。據說是因祖父喜愛收藏，常有古董商到家兜售珠寶字畫，木雕古玩玉器瓷瓶等等。一位古董伯知道祖父喜歡花鳥字畫，特意送

圖五　祖父蓋建之四合院老家，中庭有假山魚塘

來與祖父大名「春哮」音似的「春曉」木刻匾掛作爲新居遷建誌喜。祖父顯然十分喜愛，就把它掛在家中最顯眼的地方。因爲押韻順口，容易背記，它不知覺中成爲我幼時認識的第一首唐詩。

事實上，很多的事情早已隨著時光的流逝而記憶模糊了，唯獨那木刻的「春曉匾掛」，卻一直存在我的腦海裡。也不知道爲什麼我對這匾掛詩句會有特殊深刻的記憶，直到現在。母親曾經打趣地說：「你是兄弟中最貪睡的。」是否受到這首詩前兩句的影響也不得而知。之後，年紀漸大，閱歷越深廣，逐漸體會到後面兩句那種抓不住的無奈，悵然失落的情懷，進而領會到生命脆弱，一切終歸自然的哲理滋味，隨時浮上心頭而提醒自己，無形之中產生強烈的祖孫以及家族情感連結，也因而讓我後來想找回並重拾這段童年的記憶，且希望能保有這組木刻匾掛做爲紀念。（圖六）

後來剛進初中的時候，讀到「故人西辭黃鶴樓，煙花三月下揚州，孤帆遠影碧空盡，唯見長江天際流。」這首詩，當下就想畫這一雄渾天成的景色意象。當時並沒注意到，這是李白《廣陵送行孟浩然》的詩，也不曉得孟李之間曾經有過一段交情。

直到進大學之後，有一天偶然讀到李白《贈孟浩然》時，不禁好奇地自問孟郊何許人也（曾一度誤認他就是《遊子吟》的作者）竟能讓狂放浪漫詩仙如此折服？後來自己因搜尋「孟李」忘年之交，知道孟浩然之後，才發現這首我兒時記憶深刻的《春曉》，原來就是他的作品，而讓我更想進一步去認識他，這才發覺更多的孟作品也深得我心，令我喜愛。

孟浩然（689-740），也許個性使然，他該是唐代詩人中少有未入仕途的一位，也因此讓他能夠自由自在，浪跡山林田野之間，享受自然於恬淡閒雅，瀟逸歸隱之中。他與王維同列「王孟」，是唐朝自然派詩人的代表人物。他大部分的詩句描繪自然，觸景深刻，生情細賦，感物吟志，韻味天成。

譬如他在「夏日南亭懷辛大」以及「宿建德江」中：或懷念友人，或愁客獨處，寄情於景，感受悠閒自得，而其中「山光忽西落，池月漸東上」、「野曠天低樹，江清月近人」，更是簡樸幾字切入自然，意境天成，觸景細膩深入，令人感動而回味無窮。還有「欲取鳴琴彈，恨無知音賞」。吟志純眞，率性直入，滋味十足，也讓最近發覺自己沒有東西可以分享而掙扎與不快的我，感同身受深深共鳴。

他後期的作品：「白髮催人老，壯志逐年衰，還將兩行淚，遙寄海西頭」，一語道盡老人遲暮的傷感心境；可見他對時光飛逝相當敏感，而有時不我與的感傷，與《春曉》詩可說是先後呼應而有連接性的。

談到《春曉》這首許多兒童都能朗朗上口的唐詩，其實是孟浩然老年歸隱後的作品。我個人認爲這首詩一般被歸類爲童詩是錯誤的。雖然它平易近人容易上口，但它顯然是一種臨晚境，傷流景的意象表達，感傷心境的寫照；把一種老人家，抓不住時光，而無可奈何的感嘆，由內心深處，自然而然地流露出來。就像維也納兒童合唱團，演唱《老黑喬》一樣，音色再美，也無法唱出其中老年的心境感受與眞情滋味。細嚼慢嚥之下，我個人認爲其中哲理禪意，並不下於（他另一知友）王維的坐看雲起時的意境。

再回讀李白那首《贈孟浩然》。「吾愛孟夫子，風流天下聞，紅顏棄軒冕，白首臥松雲。醉月頻中聖，迷花不事君，高山安可仰，徒此挹清芬」。唉，只能慨嘆，世間眞有這種性情中人！寫到這裡，我腦海中突自幻想，約一千四百年以前，就有二位知交忘年頂級詩友，一起逍遙旅遊作詩，何等瀟灑，眞是唐代詩壇難得的一段佳話。

總而言之，他那獨特的個性以及人生觀（LIFE PERSPECTIVES），寧歸隱而不入仕途，自在逍遙，自成一格，怎不令我祖父羨煞而嚮往！如今想來，也許以祖父的個性，他極可能原本就是十分心儀孟浩然，因此才會在眾多收藏墨寶中，獨獨鍾愛《春曉木刻》而特意保存流傳後代。老人家該從沒想到，八十年後，他未曾見過面的孫子，卻也因有同好而念念不忘，「吾愛孟夫子，風流天下聞」，恐怕只能說是一段斷代生死奇緣吧！

我即喜愛詩句，也喜歡墨寶。如今算來，離開故鄉已經超過四十年，相距更是遠隔重洋幾千里，還是時時想念童年古厝舊事，尤其那《春曉木刻》匾掛而無法忘懷！

祖母去逝之後，我們漸漸地很少回鄉了。之後，父執輩分財產，老家部分由二叔繼承。不久二叔去世後，家道一度中落，最後被迫搬家，新居已完全無祖厝的氣派和味道了。後來二叔嬸去世之前，曾有幾次見面，本想提出可以的話或贈或買均可，卻都因不想造成尷尬局面而說不出口。如今那四片木匾已不知去向，心中深深感到人生際遇稍縱即逝，空留遺憾！

昨晚洛城風雨咆哮，連夜不停。今晨起床，看著窗外紅梅花朵掉落滿地（圖七），心中自吟「白髮悲花落」，不免感嘆「花落人亡兩不知」；正覺悵然有失之際，突然想起這幾年不知不覺中，多少親友已經靜悄悄地離開這世間！祖父走了，祖母走了，父親走了，母親走了，堂叔走了，大哥也走了，其他許多認識過的親朋好友也一個個默默地消失了。想到這兒，不禁喟然而嘆；唉，真的是，夜半風雨聲，花落……知多少！（圖八）

右｜圖七　寒雨連夜泣紅梅
左｜圖八　落紅滿地無人問

飛鴻踏雪泥——聖誕憶往

人生到處知何似，
應似飛鴻踏雪泥，
泥上偶然留指爪，
鴻飛那復計東西。

——蘇軾〈和子由澠池懷舊〉

昨夜整理書架時，無意中發現了一張夾在一份舊報紙中已經稍爲褪色發黃的卡片，上面印著：

To thank you for the kindness that you took the time to show, and to tell you that it meant much more than you will ever know.

下面接著有些潦亂的字跡：

Dear Dr. Lee:

A thoughtful act or a kind word may pass in a moment, but the warmth and care behind it stay in the heart forever.

Ps. We want you to keep this newspaper and thank you for the best Christmas we could ever have.

Sincerely, Harry Helen Singleton

打開舊報紙，是一九七九年十二月二十三日的《列城紀事報》，一張照片立時映入眼底，只見身材高大，顎骨寬廣，稍見虛弱的辛格頓先生躺在病床上，而他滿頭白髮，戴著深度眼鏡的太太，就站在床邊，準備餵食，一對老夫妻恩愛的畫面，再度浮現我早已空白許久的腦海中，報上寫著：哈利辛格頓渡過66次聖誕節，但最令他感恩難忘的，將是這一次差一點就看不到的聖誕日。

辛格頓是丹維爾的居民，這一年大部分的時間，都在醫院渡過，好幾次，他幾乎踏進了鬼門關。

三月十四日，辛格頓因爲腹部動脈血栓，住進丹維爾的麥克威醫院接受手術。這種開刀並非少見，但是由於他有極度嚴重的肺氣腫，讓外科醫師十分憂心。手術後，醫師們所耽心可能併發的呼吸衰竭，果然發生。他的肺失去功能，使他無法自行呼吸，而必須經由一條管子插入喉口，接上人工呼吸器來維持生命。

前後總共九個月，四個月在丹維爾，五個月在大學醫院，他徘徊在死亡邊緣，躺在加護病床上，無法說話。

不過，感謝他的醫師以及其助手們，辛格頓自己，還有他的妻子，將回家與他們的親戚朋友一起過這個聖誕節。就像小孩子一樣，他說他迫不及待地等著禮拜四這天的來臨。

「這個聖誕節，我將永遠不會忘記的。」上星期，這位退休的郵局員工躺在加護病房的床上說。醫生才剛剛把插在氣管切開的塑膠管拔除，辛格頓斷斷續續地用不太清楚的聲音說出，但是對他以及他62歲的妻子海倫而言，這已經是這麼久以來所聽到的最甜蜜的聲音了，這是開刀以來，第一次發音說話。

「九個月是相當長的一段時間」，他用手壓著紗布蓋住他脖子上氣管切開的洞；「他們對我實在太好了，我曾經到過很多的醫院，這個是我所見過中最好的。尤其從臺灣來的李醫師，照顧我無微不至，他的眼神總讓我感到親切與信心。」他停了一下，恢復力氣，繼續說：「當時丹維爾醫院的醫師曾經告訴我的家人說，這不會拖很久的，也就是說我已經接近死亡了。」他還開玩笑地說：「他們已經爲我準備好了壽衣了。」回顧當時一段相當漫長而又痛苦的過程，他必須再度訓練他的肺，如何吸氣與呼氣。有一段時刻，看樣子他剩下的輩子必須完全依賴人工呼吸器。他們告訴他說，就是僥倖活下來，他幾乎是不可能脫離呼吸器的。

七月中，當四個月過去而毫無進展時，辛格頓被轉送到列克辛頓的肯塔基大學醫學中心，由醫院加護病房的副主任李泰雄醫師負責治療。李醫師隨即做出了如何幫助辛格頓脫離呼吸器的計劃。李醫師回顧說，當辛格頓住院之際，他的病情預後看來十分黯淡而不樂觀。肺功能檢驗的結果顯示，辛格頓想完全脫離機器而獨立的機會幾乎等於零，因爲肺氣腫已經使他的肺部破壞到非常嚴重的程度，加上多次感染，引起支氣管肺炎的復發，好轉惡化，間歇交互不斷。

但是李醫師說，他和他的助手們絕不失望，從不放棄，而辛格頓夫婦也是一樣。李醫師說，辛格頓能夠康復到這個地步，一部分應該歸功於病人及其家屬。他說，堅持是極其重要的，醫師與病人都不能放棄，要讓辛格頓夫婦相信他可以脫離呼吸器是不可或缺的。辛格頓太太在他先生的復元過程中，扮演著不可忽視的角色。當她不在她先生身旁時，她還是在就近。加護病房的家屬等候室，幾個月來，已經變成她的客廳兼睡房了。

「他有活下去的決心，讓我感到我必須隨時在旁。」海倫說：「但是要不是這些醫護人員，特別是 Dr. Lee，哈利可能沒辦法活到今天，更不用說脫離呼吸器。」辛格頓太太說，完全是勇氣與信心，幫助他們渡過這難關的。

今天，辛格頓已經回到家中，可以自行呼吸說話，殷切地等待著這次他自己沒有預料看得到的聖誕節。「這將是我們所有渡過的最好的聖誕節。」辛格頓太太說：「因爲他已經回到家了，眞感謝李醫師以及所有的醫護人員們。」

讀完這段報導，想著卡片上的字句，我已淚眼模糊。二十多年過去，如今，也許那對恩愛的辛格頓夫婦都早已不在了，而我自己也接近了他們當時的年齡，怎能不感慨萬千呢。往事依稀，列城的景緻人物已經在自己的記憶中逐漸淡忘，有時回想起來，自己五年多在列城到底做了些什麼？甚至懷疑自己有沒有到過列城。

記起那年聖誕，列城飄雪盈呎，窗外一片銀白，寒意逼人。我坐在火爐邊，讀著另一封一星期前從臺灣寄來的賀卡，上面寫著：

人情懷舊鄉，客鳥思故林，
浮雲遊子意，落日故人情。

李醫師：

您說來日方長，到底什麼時候回來？我們都等著您。

您的病人，陳〇〇，邱〇〇敬上。

那時候我剛來肯大一年多，暫時離開臺大胸腔外科主治醫師的職位，正爲著是否應該回去或留在美國而困擾不已。這封信差一點讓我打包返鄉呢。病人的感念，對我而言，是爲醫行醫最大而且是唯一的滿足。我常想，自己到底付出了多少？眞是慚愧！他人的眞情流露，往往會觸動我內心的深處。Mother Teresa 談到 Small things with great love 說：

It's not how much we do, but how much love we put in the doing.

It is not how much we give, but how much love we put in the giving.

不是嗎？「愛心」應該是爲醫行醫者最起碼的條件吧！

人生如夢，幾乎忘記自己也曾像飛鴻一般踏過列城的雪泥，但是遺留下來的跡痕也隨著無情的歲月消失了。想想看，一切都是緣分，留不留又怎樣？緣起緣滅，情深情淡，鴻飛了無痕！

外邊傳來聖誕歌聲，值此佳節，憶往思今，懷念列城舊友，只覺自己來日已不多，不禁悵然有失！

但去莫復問，白雲無盡時

- An Affair to Remember -

洛城久旱，今夜終於飄落小雨；雨點打在天窗上，依然傳來滴答，滴滴答答……

「半夜燈前多年事，一時隨雨到心頭。」——唐　杜荀鶴

幾年前，一本藝術雜誌上的一張雕塑照片吸引了我，當時不知道作品有沒有特殊名稱，我自己稱「它」爲「滄桑歲月」。雕像中，一對遲暮的男女老伴，相互偎依，走過世紀，接近尾聲，默然無語。那種無奈人生引燃的淒美意境，深深地感動了我。

當時我就許下了一個心願，退休之後，一定要到這雕像的現場，一睹作品的眞實面目，感受美的震撼；能夠的話，觸摸「它」一下，就像那年探訪埃及金字塔時，特意用手去推動塔底的巨大石塊一樣。2008 年，退休後第二年，就安排北歐勃羅地海之旅，從丹麥哥本哈根出發，首站前往挪威的奧斯陸。

因爲只有八個小時的停留時間，安與我事先決定捨棄聞名的維京博物院，預備花整天的時間在 Vigeland Park 及 Gustav 博物館。遊輪一靠岸，顧不得細雨霏霏的天氣，我們馬上直奔輕軌電車站去。正不知該坐往那一方向時，恰好見到一對看來和氣的白髮老年伴侶坐在凳子上等候，於是上前問路。老婦人很親切地說他們也正好要去那兒，跟著他們就對了。略爲寒暄之後，還很好意地告訴說，他們是荷蘭人，名字是 Theo 及 Erica。

電車就停在公園門口，下車之後，由於 Theo 因左腳微跛，手持拐杖行動不便，Erica 就在遊客中心租借輪椅，很小心地扶著他坐上，然後親自推動，慢慢地跟隨人群直往中心廣場去。我們因爲想瞭解一下 Gustav 的身世與經歷，決定先到博物館參觀，然後再逛公園，因此跟他們分道揚鑣，各走各的。

博物館內陳列不少Gustav的大小作品，而他生前的工作室內，也有一些巨型的石膏雛型塑像。不到幾分鐘，我已經可以感覺到Gustav的天才橫溢，他以渾然天成的雕塑技巧，表達自己內心的深度感受，不愧爲一代偉大的藝術家。難怪能夠獲得挪威政府的全力支持，讓他全神創作，充分發揮，而得有今日舉世聞名的雕塑公園。

看完之後，我們按照地圖，走向公園中心的「生命之柱」。我沿途邊看邊欣賞，也邊拍照各種不同呈現的雕像作品，好不容易，終於來到我心目中一直尋找的雕像「它」的跟前，哇！正感興奮莫名，轉身想要安替我跟雕像照個像的時候，突然發現Erica及Theo兩人就坐在附近的石階上。Theo斜靠在 Erica 身邊，失神似地凝視著雕像中的老頭

子，兩手抓緊 Erica 的右手，眼眶充滿淚水，不知他心裡在想些什麼，看來有些激動，而有喘不過氣的樣子；Erica 則用她的拿著手帕的左手輕拍他的背，不停地對他耳語，好像在安慰他似的。

「Hi，你們怎麼也在這裡？我們又碰在一起了，是不是需要幫忙？」我揮著右手對著他們說。

「不知道爲什麼，Theo 好像特別喜愛這座雕像，不聽我勸說，就是停在這裡不走……也許他大概情緒不穩，神智有些不清楚。一方面也可能太累了，走不動。能不能幫我們推他回到遊客中心休息？」

我看樣 Theo 需要休息。我說：「沒問題。」

Erica 感謝地說：「眞不好意思，會不會耽誤你們的行程？……這樣好了，要不要我順便先替你跟

「生命之柱」與「生命之環」

塑像照一張相……」

我想想，反正我們可以下午再回來，先照後照都一樣，也就同意了。

之後，由我推著輪椅，陪他們走回遊客中心去。剛好也已經是近午餐時刻，大家就在咖啡店裡吃些東西，坐在一起談天。Erica 看來有些消瘦，偶有氣喘、咳嗽，精神還算不錯。Theo 則像似患有慢性肺氣腫的樣子，隨身還攜帶著氧氣。也許是我們喜愛藝術以及對他們的身世好奇與關心，尤其當 Erica 得知我們來自臺灣時，她似乎知道四百年前臺荷之間的一段歷史而有特殊的親切感，終於打開了話匣子，談起他們的往事。聽她娓娓道來之後，才知道原來他們是一對兄妹而不是夫妻。Erica 與安同年，比較喜歡談話交友，Theo 大我約十歲，看來有些呆滯木訥，除了偶而點點頭之外，幾乎一句話不說。

Erica 說，事實上很多年前，她自己曾經在高中畢業旅行時，來過這裡。當時印象深刻，心想要是 Theo 在一起多好，那個時候就決定非帶他來此一遊不可。這一次主要的是因爲 Theo 自己從年輕時就一直想來看看，而 Erica 則爲了圓兄長的夢，計劃多年，終於成行。看來 Theo 與我，好像是有所同好，我想知道他是爲什麼也喜歡「它」；他聽了似懂非懂，很想回答又說不出來而露出焦急的樣子；Erica 這才接過去，說出了一段令人不勝唏噓的往事：

我們四個人可以說是同一世代的人物，生長在二次大戰正殷，人類慘遭空前浩劫戰亂的時期。Theo 從小就有雕刻的天分，他父親是一位醫學教授，生前曾答應過他，將來若有機會，會送他到奧斯陸去學習。誰知道戰爭爆發，希特勒席捲歐洲並到處捕殺猶太人。他們當時的狀況，就如住在對街不遠，安妮的日記所描寫的境況幾乎一模一樣。日夜過著心驚膽戰的生活，深怕被人發現，每天躲在閣樓上。1942 年的阿姆斯特丹，到處風聲鶴唳。不幸的是，他們的父母親在終戰前一年前被抓，送去集中營，從此不知下落。聽說也是當時惡名昭彰，納粹同路人 Riphagen 的受害者。偏偏命運多舛，收養保護他們兄妹在一起的舅舅，卻在終戰前夕被盟軍空襲炸死，他們頓時變成孤兒，過著間歇斷炊的日子，幾經波折之後，被送往鄉下孤兒院。

戰後為了照顧 Erica，籌錢讓她上學，Theo 自願輟學到煤礦工作，一去就是礦工終生。多年之後，Theo 發現已罹患有礦工肺病症候，經常氣喘；更不幸的是，約四十歲時，因礦場爆炸，同伴不少人喪生，他自己遭受嚴重的頭部以及脊椎挫傷，加上腿部骨折，還昏迷了一個多月。最後終於住院一年多後接受殘障補助，才回家療養。那時候，Erica 原本準備去申請學醫，但因意外發生，爲了全心照顧 Theo，只好放棄，也因此耽誤了婚姻，而終生未嫁。從此一輩子在中學教授歷史和美術，直到六年前才正式退休。幾十年來，兄妹彼此相互照顧，相依爲命，患難與共，而幾乎形影不離。聽到他們這麼不幸的遭遇，安已然心酸落淚。

Erica 喝了一口咖啡，接著感嘆地說，最近幾年，Theo 似乎神智越來越差，年前，醫生診斷說他有老年痴呆症，並告訴她說預後不佳，恐將不久人世。說到這裡，Erica 一時眼紅咽哽，且有些氣喘，必須停了下來，深呼吸之後，才又接著說，最近因爲感到時光飛逝，越來越快，而自己的健康狀況也似乎大不如前，她知道她必須提起元氣，趕快完成她對自己的諾言。今天能夠克服困難來到此地，終於讓 Theo 看到雕像，滿足了他一生的心願；特別是遇到同好藝術的我們，更感到無比的欣慰，非常感謝我們。說著，向前輕吻 Theo 的額頭一下，Theo 聽著有些茫然，但似乎也同意而露出了一絲滿意的神情，對著我們擠出了一句不很清楚的「thank you」。剎那之間，四周空氣凝結而啞然無聲；安與我，同時爲之語塞，不知如何接下去。就在這個時候，遠處傳來兩聲汽笛，下午兩點了，遊輪放出通知信號，是他們的船，時刻到了。

Erica 慢慢地站起來，整理一下頭髮，拍拍 Theo，看著我們，意猶未盡地說：「很抱歉，我們必須先行離開回去……」

「有機會的話，歡迎到阿姆斯特丹找我們，我很樂意接待你們，」說著微微咳了兩聲，「不過，能夠的話，最好是年底以前……」說著留下了他們的住址。

顯然地他們也已經累了，我們彼此輕輕擁抱，道說珍重再見之後，Erica 看來有些吃力地推動輪椅往大門而去；我目送著他們老邁的背影逐漸消失眼前，心中無限感慨，不管是否前生注定或是今世因緣，這對銀髮兄妹，手足情深之景，令我爲之動容感嘆而難以忘懷！

他們離開之後，我們也起身再度走回「生命之柱」的中心廣場，看了許多人生百態的塑像之後，終於又回到「它」的前面停留下來，我用手輕輕地觸摸它，沒錯，心中自言自語，我來到了。之後，我自己踱步繞行「它」好幾遍，仔細端詳並慢慢地欣賞體會，我還是被「它」的美覺的意境所感動而熱淚盈眶。大師手法，創意深邃，畢竟非同凡響。最後在「它」的面前坐下來，靜觀老夫妻的姿態與神情，線條簡單純樸，感受卻是深刻動人。整個雕像對我而言，流露著老伴走過悲歡歲月的滄桑人生，以及年屆殘燭而安祥接受盡頭終將到臨的無奈。沈思感傷之餘，想起 Gauguin 所言：I shut my eyes in order to see.於是閉上眼睛，讓「它」在腦海中翻騰一陣，想想：眞的，人生不過就是如此一般罷了！此刻，Gustav 與我，默然交流，相互無言。他一語不說，卻告訴了我，人生的意義，他用雕塑傳遞了言語及繪畫所無法表達的意念：LIFE GOES ON… 他在他的作品中，讓我看到了片刻的永恆，眞的，很了不起！

園中尚有著名的「生命之柱」以及「生命之環」，刻畫表現人類的天性並深入對於人類生命大河的闡述；世間百態，生死循環，輪迴不息，周而復始，都是令人感觸良深，嘆爲觀止的曠世之作；値得一看再看！

梵谷曾經說過：他希望看到他的作品的人，會覺得作者的感受是如此敏銳而有深度。對我而言，Gustav 對於人世的洞澈觀察與瞭解，加上豐沛的創作能力，想像入微，表達細膩，無可置疑地是一位極具深度的藝術家。在現代的偉大雕塑家中，除了羅丹 Rodin Augusta 及摩爾 Henry Moore 之外，以 Gustav 的創意功力之超然入聖，以及其個人深厚內涵程度，我個人認爲他應該是屬於同級的人物。

2015 年，三度遊歐，再度過境阿姆斯特丹，想再次參訪梵谷（Van Gogh）及萊卡斯（Rijks）博物館，順便依址拜訪 Theo 及 Erica。應門的是一位有點東方混血的年輕人，他很客氣地邀我們進入客廳，說我們來遲了：Theo 是九月走的，而 Erica 則在十二月聖誕前一天，據說是罹肺癌轉移，離開人世。他又說：Erica 曾經交代過，雖然可能性不大，但是萬一若有一對李姓臺灣夫婦來找我，就交給他這張照片，並轉告他們，她跟 Theo 都很珍惜那段萍水相逢的緣分。

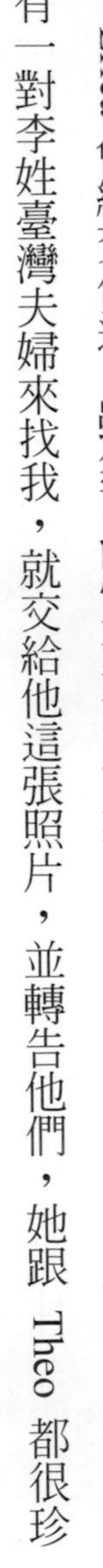

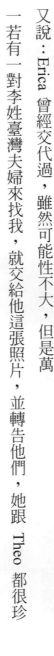

看著照片，想起他們兄妹相依情深，老而彌堅之景；尤其，Theo 與 Gustav，同是雕刻的愛好者，卻因不同的時空的遭遇，結果各自走完兩種全然不同命運的一生，令人嘆息難忘！這時候，睹影思情，往事如煙，感情越來越脆弱的我，竟不禁潸然而淚下。

回程沿著運河走，波光閃耀，腦海中再度浮現 Theo 的影像，想著自己跟他一樣的暮年老態，令人不勝噓唏。不覺之間，我仰視天穹，白雲蒼狗依舊，只是逝者如斯矣！

CHAPTER 3
海月憶往

最後一面——紀念同窗知友李汝晉醫師逝世一年

The woods are lovely, dark and deep.
But I have promises to keep.
And miles to go before I sleep.
And miles to go before I sleep.

——Robert Frost

歲月坐中忘
無人空夕陽

兩週前開車往舊金山去看女兒，途中因爲有點兒睏，停在離K城不遠的休息站，把座椅放平，躺下來，準備小睡一下。不知覺間，腦海中浮起了難忘的一幕。

去年四月中前往探視您之後，當天開車趕回休士頓機場中途，可能因起得太早，竟然邊開車邊打瞌睡，最後不得不在一個不知名的地方停下來，閉上眼睛，想休息一會兒，沒想到卻入眠酣睡，忘了一切。約莫一個鐘頭過後，才突然醒來，一時驚覺，不知身在何處。當時茫然若失的感受，不知自己是醒是夢，是生是死？刺眼的陽光直照臉上，一下子不知道何以在此陌生之地？難道我已經眞的去見了您，而跟您說再見了嗎？是嗎？是眞的嗎？眞的無法相信您我就這樣天人永別了。

您走了之後，已經快一年了，時光過得眞快！不知您在何處？說眞的，我並不相信所謂輪迴永生，天堂地獄之說，但是我還是好奇地發問，假若您能聽到我的話。有沒有碰到我們的同學？謝貴（謝貴雄），阿不拉（尤耿雄），還有彰化施（施正雄）？他是今年四月中剛離開的。

「爲什麼老遠專程從洛杉磯飛到德州來看您呢？」有人問說。我自己知道我這次沒來看您的話，那麼這一輩子，這一生再也不會看到您的。也就是說永遠不再見您一面了。SO WHAT？對於人生，我常常有這種想法，有了又怎麼樣，沒有又怎麼樣。不過這次我就是想見您一面。自從您得到絕症之後，我不知道有沒有其他的同學來看過您，但是我知道我應該，而且必須來看您的。你也知道我想來看您的念頭已經幾個月了，您，還有嫂夫人都婉謝說不必這樣。事實上，當我第一次提到想來探視時，我的心意已決，所以當我知道您的情況惡化，幾乎已經沒有什麼希望，而且我又必須回臺掃墓時，我知道我必須抽出時間走這一趟，我必須信守諾言，否則我怎樣對得起您，還有我自己呢。我相信假如您是我，我是您的話，我想您也會設法來見我最後一面吧，畢竟我們有緣分，同窗知友一場，應該這樣的，不是嗎？

本來內人也希望同行去看您的，但因爲我臨時決定隔天飛往，她沒有辦法配合。我知道這將是我最後的機會，所以我並沒有告訴您我最後的決定，我不想聽到您好意的謝絕而再度改變我的計劃。因此當天凌晨搭上飛機，一直等到到了休士頓，租車前往您住處的途中，才打電話給您，讓您無法拒絕。一路上，我獨自一人，開車在空曠無人的德州原野中，想著爲何我們會來這世界，爲何我們會在這時代不先不後，爲何我們會在臺灣彼此認識，又爲什麼我們會有臺大醫學院七年同窗之誼，這一切除了前世因緣之外，還有什麼理由呢。既然緣起，也就會有緣盡的一天，日子早晚會到的。爲什麼您現在要先走了，而為什麼我會獨自一人在此飛馳的小車中？我想到您的家人，尤其是令嬡宜芠。當年您在信中說過您想早些退休以便有更多的時間來陪陪她的。沒想到退休才不久您就癌症病發了，唉，眞是人算不如天算，上天也未免太殘忍了。我也想到自己的家人，離開這麼遠，萬一我出了什麼事，他們將會怎麼樣？孤獨的心境，感覺就像佛洛斯特的詩句中：

The woods are lovely，dark and deep.

But I have promises to keep.

And miles to go before I sleep.

不是嗎？人生短暫無常，來日不多，有些事情必須達成。

And miles to go before I sleep.

對了，天堂是不是也有自己完全孤獨的時候？不管是什麼理由，就像您的兒子宜昂宜安說他們的父親是 One of a kind，我心裡明白 You must be someone special to me。

當我把車開進在大學城附近一高級住宅區之後，慢下來尋找門牌號碼的時候，看到一位背脊微曲，形態龍鍾，滿頭白髮，脖子上掛著氣切管，身著白色襯衫，腳穿著拖鞋的老人家在門口踱步等著。我心頭爲之一震，難道會是您？雖然不敢確定，但是心想一定是您。沒想到您已經被病魔折磨成這個樣子，幾乎認不出來。一時心酸不忍而淚湧盈眶。車子一停，您走過來替我開了車門，馬上緊握著我的手，一面用左手指堵著氣切管口，沙啞地一聲「YAS」（我的日本名字）同時露出了記憶中的笑容。沒有錯，是您！您的手還是用勁有力，就像過去一樣。激動間我們相抱一起，我不知叫您什麼才對，話未出口，淚珠早已忍不住地滑落了。三十七年不見，沒有想到再相見，竟然會是這個子樣，怎能不令我感傷萬千呢。因爲您比我高，就像學生時代一樣，您把右手放在我的右肩上，帶我走進屋裡。

嫂夫人剛好因爲早已計劃當天帶宜安去芝加哥看大學而必須啓程出發，他們離去之後，只餘下您我兩人，慢慢地我們開始談天敘舊，過去臭彈亂蓋，談笑風生，共享其樂的情景已經不可能了，彼此心情沉重，只能談些不著邊際的話題。我特地帶來一本相薄，其中有幾張大五時同遊武荖坑的舊時照片，並且提及拜訪您家時，令尊曾感嘆當時醫道已開始變質，勉勵我們應當好自爲之等等舊事，可是我可以感到這些對您而言，似乎已經是風馬牛不相及的過去而無關緊要了。

我知道您很辛苦地陪著我，有時候上氣幾乎接不了下氣，額頭上一直冒出冷汗，一方面又說不出聲來。有時候，既使出聲，我也無法聽懂。我們之間大部分只能我說您寫來交談。看著您寫字，仍然快捷且有力，讓我想起醫學生時代，您幾乎可以記下老師所有的話，而且可以用色筆密密麻麻地劃下整本書，一次再次。還記得宿舍中您是挑燈夜戰，名列前茅的高手，操場上您是馳騁跳躍，一再得獎的傢伙，昔時昔景，印象深刻，記憶猶新呢。您我同爲醫生世家出身，您高人一等的聰明智慧，幽默謙和令我折服，難以忘懷。大約一年同寢室的交誼讓我們成爲彼此敬重而談得來知友。醫學院實習分組之後，我們開始不常在一起，尤其畢業當兵之後，您我各奔東西，我留在臺大，當胸腔外科醫師，而您則遠渡重洋。一直到我來到洛城之後，我們才又開始有書信斷續來往。說起來，其實我們的交往並不密切，可是每次您的來信，均帶給我多少的欣慰。我想您我之間，可以說是君子神交如水吧。您說我沒變，沒老，事實上我也變了很多，身心都老了不少。沒有變的大概是這份一直把您當成知友的情誼吧。家父曾經對我說過，人，一生之中，知友寥寥可數，朋友之情，義薄雲天，應當好好珍惜。我沒有忘記。

交談中，無意間觸及人生的意義何是時，您突然轉過頭來，面對著我，眼中充滿著淚水，嘆了一口氣，在紙上寫著「沒想到生命的終結竟然會是這樣！」讓我看了一下，又把紙頭轉過去，接著寫；「一切歸空！」看著這四個字，我心如刀割，難過無比。我只能抿緊著嘴，強忍著再度上湧的淚水，拍拍您的肩膀，想安慰您，卻又說不出什麼來。這時，我把視線移向窗外，不想讓您看到我心中的抽泣，我不知道該說什麼，一方面我想讓您知道我眞的能了解您的感受，另一方面我又不能讓您感到絕望，雖然您我都明白，已經沒有什麼希望了。也許我不該說請您把您的感受記述下來。我知道您經過多次的化療，電療，食道擴張術，卻無法控制病情。不久之前，還特地前往達拉斯去接受基因治療，結果不幸失敗，除了做氣切之外，他們決定放棄所有的治療。您可是受盡了折磨。您過後又寫著：「現在的感覺就是虛弱無力，還有難以忍受的疼痛，與渾身不舒服，每天靠止痛藥過日子。」、「只要讓我不受苦，什麼都好。」、「要不是秀梅無微不至的照顧，我早已走了。」、「我也想到過安樂死，我不想連累家人」、「要不是想到妻子兒女，我想不如去算了，眞想一走了之！」後來當您寫著：「老實說，現在的我，是在等死！」的時候，我的眼淚竟然不由地滴落在已經開始潦草字跡上。「對不起，我讓您傷心，人生如夢，請別難過，我們不再談這些了。」這時您卻反過來試著安慰我。是的，汝晉兄，人生如夢，只是誰先夢覺？愛因斯坦曾感嘆說過：「終點終究會到，早晚罷了。」

兩三個鐘頭過後，我感覺到您很累無力，我來看您竟然加重了您的負擔，請原諒我。您想陪著我，但是對您確實有些不便，何況您不時還需要抽痰，擦汗。看著您辛苦的樣子，我眞的於心不忍。雖然知道您很高興我不遠千里來看您，不過心裡明白您也是盡力支撐著。我是有心前來看您，但我知道您需要休息。

「送君千里終須別」，雖然心中提醒自己這是最後的一面，應該多陪您一會兒，但是另一方面也不希望您因我而過分勞累辛苦，於是決定提早一個鐘頭告辭離去。臨走，您緊握著我的手，用不很清楚地聲音說：「謝謝你。」「不要這麼說。」對著不久人世的您，沒有用的我又開始咽哽了，只能回答說：「我們之間是一緣分，不用說謝，我本來早就該來的。」記不得有沒有向您說多多保重，開車離去之前我實在放心不下，幸好您的妹妹及妹夫從達拉斯前來陪您。我擔心氣切管會不會出問題，特地交代一定要有人陪著您。返回洛城之後，打電話，沒人接，後來才知道您當晚又急診入院了。我只能禱告，希望您能支撐到5月24日看到宜安高中畢業，讓您能夠如願以償，放心地走。我知道那將是一件十分痛苦而不容易的事。但是我深深的相信，您的心意堅定，您會做到的。

當我替施正雄兄擬出訃聞，撰寫到「人生寄一世，奄忽若飄塵，同窗緣七載，替他空墮淚！」時，不禁想起我們最後一次的見面，深深感到人生虛幻，而不勝噓唏。日前嫂夫人寄來請帖，您的醫院，將於後天六月二十日舉行將癌症病棟以您的名字命名儀式。我因事沒法前往參加觀禮，。請您就當我在場，分享您的榮耀好嗎？汝晉兄，您畢竟在人生的道上，留下了痕跡，令人懷念，我為您感到驕傲。我想這就是人生的意義吧。（公 8/7/03）

李汝晉醫師係臺大醫學院醫科第十八屆畢業生，為旅美病理專家，不幸於去年病逝。其服務醫院因感念其生前貢獻，特將癌症病房命名為 Dr. JCLEE's Pavilion

不想說話——悼念老友馮光憲醫師

涼風起天末，君子意如何？
落月滿屋樑，猶疑照顏色！

——杜甫

Die kalten Winde bliesen mir gradins Angesicht
（The cold wind blew me straight into the face）
der Hut flog mir vom Kopfe（The hat flew me from the head）
ich wendete mich nicht.（I turned（myself）not.）

當耳機傳來漢普遜（Thomas Hampson）很辛苦地咬字用德文唱〈菩提樹〉的一段時，使我想起你我最後一次見面。當時，你來我家，那已是肝臟移植後情況恢復還不錯的時候。我們在客廳裡，談東談西，一如往昔相敘，感嘆時光飛逝。回想當年你我分當臺大一般外科及胸腔外科總住院醫師時，我們承襲臺大外科傳統，尊重前輩，照顧後輩，也一度意興煥發，非我莫屬。曾幾何時，歲月滄桑，一切都已是過眼煙雲了！近三，四十年來，醫學的進展，在某些方面，讓我們趕不上，畢竟後浪推前浪，轉眼之間，我們也已變成了老一代的醫生了。你興起開唱〈菩提樹〉，聲色依舊。唱到這裡時，你解說給我，這後半段我並不熟悉的詠嘆：描述一位中年人離家多年，返回故鄉又將要離開時的心境感受。他走經家門井旁，童年時經常徘徊的菩提樹下，風吹過境，樹葉簌簌，彷彿在耳際呼喚：「回到故里，在我樹蔭下安息吧。」但是，「冷風撲面而來，把帽子吹落，我也不再回頭……」不錯，我們在異鄉這麼多年，身心早已經沒有辦法回頭，不管這一生有多少歡樂辛酸，得意缺憾。一切有如大江東去，都已一逝不回，莫名其妙！你我就像兩名過河的卒子，只有一路走下去。

我自己也很喜愛一些老歌，每當孤獨憂傷的時候，常常會自我哼唱這首舒伯特的名曲。雖然仍常常想起一些我們共同經歷的往事而難以忘懷，歲月卻也眞的無情而不待人，不知覺間，我們已經到了暮年，不久既將抵達人生的終點站，準備隨時下車了！回想你我因故提早封刀，中斷外科生涯，而今都已從醫療退休；正感傷人生際遇無常，物換星移，該不該落葉歸根時，歌聲已停，你坐下來，有些氣喘，我給你一杯水，我們心各有數而默然無語！這一次相聚，十分難得；你經歷人生大轉折，死而復生，我們不免談及人生到底是夢？非夢？你我兩個笨蛋還是一如過去，愚蠢地爭論一番而沒有答案。最後不得不同意羅素所說：「假如它是，它不是，假如它不是，它是。」的名言。可笑的是，雖然沒有解決這千古謎題，卻也正確地回答了問題，哲學家的智慧，倒也點醒了我們無謂的困擾！

後來你還唱了〈憶兒時〉：「春去秋來歲月如流，遊子傷飄泊……」當然，兒時歡樂，就是回味再多，也不可能再得了。你要我一起唱，我卻因回憶過去，我們好像從未想到沒有明天的日子，此刻看著你，無端地想到未來，心緒突感沉重，喉咽乾塞，唱不出來，只能配合著你哼哼而已。你倒看來好像沒有肝移植這回事，當時的你，顯然沉緬於童年的記憶，心情似乎還不錯，你問我將來是否有什麼新的打算，我心中矛盾，無言以對。我一向佩服你的勇氣與樂觀，不過老實說，這幾年，自己心中早已經唱到「老黑喬」面臨人生完結而自我悲嘆無奈的境地了。

雖然說人生自古誰無死，但是怎麼現在就輪到你呢？當我提及為你登訃聞時，有些人說走了就走了，還要做什麼？但是對我而言，你不一樣；你也不是其他一般人，同學，朋友，我必須寫一些東西。

真沒想到年紀大了，記憶的消失是如此之快；我竟然一時想不出來，當時我們的友誼是如何開始的。你一定有些特殊的地方，令我喜愛折服；你個性強，見解深，才智聰敏，談吐風趣。一方面，你的年齡稍大，見識博廣，喜愛音樂，不是書呆子，我們可以談很多人生的感觸；後來，我們幾乎天南地北，無所不談！你可以說是人情世故成熟穩健，作事樂觀負責，一肩扛起，充滿自信，好像沒有什麼事可以難倒你。豪放爽朗的笑聲，強壯魁梧的身軀，胃口更是無話可說（據說你的英文名字大衛就是從此而得），加上老神在在，似乎就是天塌了，也砸不到你。從臺大醫學院醫科同學到臺大外科，我們同學同事前後十一年共處，我把你當作兄輩知友，彼此誠真坦摯，相互信賴，除了術業切磋之外，還不時請教個人一些切身的問題與煩惱。學生時代我們並沒有同一寢室或同一組實習過，一個客家，一個河洛，卻建立了不尋常的友誼與交情。原諒我，當我試著回想當年相處種種，雖然只是一轉眼，畢竟已是五十年前的往事，一些記憶開始模糊不清了。最難以置信的是，竟連自己當你結婚時的伴郎，似有似無，幾乎忘記！我知道你不會怪我糊塗，但你一定會笑死地說，「YASUO，你怎麼可以連這件事都忘記！」是啊，這是我一生之中唯一的一次。當我從相片中確認之後，眞是難以相信，而懷疑自己是否也已開始癡呆失憶了。跟馨玲談及，才知道你們婚前有一次非常嚴重的爭吵，最後還是我出面調停化解的。唉，原以爲是令人羨慕的美滿良緣，竟然會破裂而分離，眞是始料未及，很可惜，我卻沒有第二次調解的機會。

一九七〇年當我們臺大外科總住院醫師受訓完畢，張武誼，陳維昭，尤耿雄，你，我各奔前程。你決定赴美深造而我仍留臺大胸腔外科。在南陽街一家餐館中，你我分手臨別之際，彼此祝福，將來要是有一天再度相見時，既使我們頭髮都已轉成灰白，卻希望心底愚蠢依舊不變，仍然可以談天說地，臭彈亂蓋，而不至於雞同鴨講，對牛彈琴，至少可以像昔時一樣痛快暢談一番，活到老，笑到老。當然我不是你，不可能知道你心中的全部心事，但在不少地方，我們確實有相似的看法，見解相通，臭味相投！

來美之後，曾兩度飛雪城拜訪你，冰天雪地中蒙受熱誠款待，隆厚情誼以及溫馨美滿家庭的深刻印象，讓我們迄今仍然記憶猶新；然而，不過數年，雪泥飛鴻，如今安在？

一九九六年，你決定退休，並由雪城遷到西岸。我曾經建議搬到洛城我家附近，年老了，彼此可以作伴，相互照應。可惜你還是選擇你比較熟悉的西雅圖定居。二〇〇〇年，你我多年不見，卻不約而同地參加了北美臺灣人醫師學會的希闊亞之旅；在巨木參天的森林中，重溫往日傻勁，再尋少時夢境。當日該地遊客不多，千山鳥絕，萬徑無蹤，我們幾乎迷了路，眞是痛快。看到那些神木群，屹立在山谷中三千多年，彼此相對無言的景象，我們不禁懷疑生命的意義何在？而生存遠久又是爲了什麼？當時你看來健壯如昔，精神煥發，還自動當眾獻唱，歌聲嘹亮，中氣十足，才知道你愛上了聲樂，拜師學藝，變成你退休之後的嗜好。

二〇〇五年，我們醫科同班同學慶祝畢業四十週年返臺相聚做環島旅行，你我都參加這一非常難得的聚會，除了見見老同學之外，更有機會加深對故鄉的認識。在涵碧樓上，你還高歌一曲，令同學們印象深刻。散後，大家分別不久，約兩個多月，一天，你從上海打電話到美國給我，告訴我一件不好的消息，體檢發現肝臟腫瘤，問我該怎麼辦。我大吃一驚，心想你不是才好好的嗎，怎麼可能？立時找臺大李伯皇主任聯絡，希望馬上爲你做進一步確切診斷及建議。隔天你飛回臺大檢查，李教授認爲已經無法切除，只有肝臟移植一途，天呢，眞是讓我難以相信！你我連續幾次電話討論商量結果，最後決定還是回美國接受手術。返美之後，很快地住進到華大醫院，他們把你登記在移植名單上，當時我們等待的心情眞可說像熱鍋上的螞蟻。還好，經過兩個多月，終於等到。雖然開刀中曾一度心跳停止，手術總算順利完成。之後，你非常滿意美方術後對個案有系統的追蹤照護，而我也終於放下了心中的重負！畢竟我參與了這一攸關好友生死，相當不容易的決定。後來，你來南加州，你的氣色也已經回復到幾乎完全正常，我順便帶你去朋友家中聚會。座中剛好有一位肝臟移植後已經存活八年的個例；立安與我都以爲難關已過，吉人天相，而慶幸你的再生。那次你還獻唱了一首《杯底不可飼金魚》，豪氣不輸往年；只是沒想到，知交半世紀，「飲吧，……」一曲，竟成絕響。

你說揀回來的生命，必須珍惜，會努力地好好活下去。然而，天不從人願，當你發現癌症復發轉移，導致極端疼痛時，勇敢地再度接受脊柱神經手術，忍受密集的化療，電療的副作用，曾經控制一段時間，眼看幾乎戰勝。但病魔硬是纏身不去，幾度捲土重來，最後醫師也只好宣布束手，你也不想再接受治療的折磨，決定出院自我療養，我幫不上忙，只能尊重你的決定，支持你。

相簿中，處處可以看到你神采奕奕的影子，你我從成功嶺受訓同學到我老家聚會，墾丁畢業之旅，臺大外科換腎小組（臺灣首度腎移植），雪拉克斯城，希闊亞森林，列蘭多海濱，還有幾次同學會，我們的頭髮果然由濃黑逐漸轉成稀白。一九八三年，我搬到加州之後，有一段時間我們疏於聯繫，有人說你變了，但是對我而言，你仍是老樣，愚蠢如故，後來幾度你我相敘，總還是歡樂暢談，忘了歲月。

並沒有一定要你笑給天看，只是你我相聚向來大聲暢談，笑聲不斷，況且開懷大笑更是你的特色之一。你我說來也算是有些經驗的老醫生，彼此清楚地知道，我們雖把「鬥死」當成使命，醫師畢竟還是人，能力有限，只知醫「生」，不知醫「死」；尤其面對人生最後的這一關頭，無論我們如何奮鬥掙扎，終究也只有投降。人，不可能勝天的。我以爲我們總有一天會看透這一切。當我提及讓我說些笑話給你聽時，希望能夠藉此笑給天看，至少笑給自己看，你不置可否。這也許是很殘忍的嘗試建議，我愚蠢地以爲苦笑，偷笑，窮笑，強作傲笑也好，至少可以表示我們並沒有被絕境澈底擊敗，只不過是天數已盡，無可奈何而已。我們會接受這一事實，甚至於進而可以蔑視折磨的病痛。你我知道這已經是離生命的盡頭不遠，不管我們做什麼，不可能會有奇蹟出現的。當然，現在的我，到時會不會有像你一樣的勇氣與堅毅？我不知道。你說你聽過我在北美校友會講演「死亡的藝術」，有些心得與感受，我已不記得我說了些什麼，而且也不是爲你而講的。雖然你認爲我講得還不錯，但是你我都知道，說歸說，面對自我的死亡，談何容易！我只能說我佩服你的勇氣，畢竟你自己選擇，決定了自己想要如何走完這人生最後一段路程。

我一直對自己說我一定要去看你，但是卻始終沒能做到，直到今天仍覺抱憾慚愧。也許跟前次探視汝晉兄的最後一面有關吧，自己感到很難再度面對殘酷的生離死別。記得最後，當我想在你決定離美遷往瀋陽的前一天飛去探望你時，小莉說請不要來，因爲當天準備一切會很忙碌。我可以想像搬動一病重的你上飛機是多麼不容易。同時得知馨玲也將帶你的兒孫們一起去見最後一面，我想該讓你們全家大小好好相聚相敘。剛好我的孩子需要開刀（我一直沒有讓你們知道），我也就飛越西雅圖而直往X城去幫忙。

你肝移植之後，我們一直用電話互相聯繫，起初因爲你本身體質強壯，術後恢復迅速，似乎天天進步。我們又開始有說有笑，除了讚嘆今日醫學的進步以及生命再造的神奇之外，好像沒有這回事一樣。可惜好景不長，後來病情轉趨惡化，漸漸地我開始不知對你該說什麼。雖然算是知友，我並不眞正完全知道你當下面對自己的死亡，內心眞正的感受與想法。後來漸漸地只能談些無關緊要的話，天氣怎樣？冷不冷，熱不熱？有沒有下雨？這些都不是眞正心中想知道的話。不過我也總不能每次都只問你，好不好，怎麼樣？還好嗎？有沒有進步？好一些嗎？雖然是眞正關心的事，但每次幾乎同樣的幾句話，自己卻也會有越說起來越不對勁的感覺。最後發覺經常問候罹患絕症，而本身又是醫生的好友是一件相當困難的事。因爲你我都知道的很清楚，這一切的關切都沒有辦法改變病情，而癌症只有往壞的方向進展的事實；因此幾乎確定沒有好轉的機會，只是惡化速度的快慢而已。也許我該坦白地問你，或是你該坦白地告訴我，你想聽我說什麼，不想聽什麼，我實不知說什麼是好，是對。我沒有辦法開口對你說爲你禱告，因爲我知道我無法要求連上帝都做不到的事，我只能衷心希望奇蹟。我懷念你爽朗的笑聲，本來我想假如我能每次精選一段笑話，讓你哈哈大笑，就是一聲也好，也許能幫助你暫時忘卻苦痛；就是一分鐘也好，讓你能感受我一直的關心而有所慰藉。最後連打電話，都有些猶豫，而間隔似乎也越來越長了。有時候，電話過去，你正在睡覺休息，我故意地說不要吵醒你，只要告知病情就好，從而避開與你直接對談，以免不知對你說什麼的尷尬。唉，怎麼會成這樣！請原諒我。真的，很難想像你在遙遠的東北那邊，單獨臥病在床，窗外冰雪交加，天寒地凍的日子是如何度過的這段時間，立安與我還是念念不忘，多次談到也許我們還有機會去瀋陽探視你，但是孩子的病況以及一些雜事拖延而無法脫身。

最後一次的電話問候時，我們通話一陣，你突然冒出一句說：「謝謝你，」停了半晌，接著說：「我不想說話！」我一時愣住而不知道如何接下去，竟是說不出話來，線上一陣沉寂無聲，我知道你的個性，也只好掛上了電話。心中明白，再說什麼話，對你而言都沒有意義，一切都是多餘的了。七天過後，小莉來電說你在安祥中走了。想起你這最後的一句話，使我頓時感慨萬千，內心傷痛難過而忍不住落淚。沒想到生命是這麼強韌卻又是何等脆弱！說要走，就走！

人生如一把火焰，終有燒盡熄滅的一天。你走了，再也不回頭，永遠地走了；不過，也只是早一步而已。雖然也不能說是一生飄泊，但最後病逝異鄉，只有部分骨灰回到臺灣，這大概是我們當年在臺大一起求學，受訓，工作，成長，辛勞和歡笑時，完全沒有想到的吧！

此刻正值中秋，也許你心中湖口故鄉的那棵菩提樹，可能像我一樣，也已老態龍鍾了，再也不似當年茂盛的樹葉，卻依舊無風飄動，沙沙作響，仍然輕聲地呼喚著你。

Und immer hor ich's rauschen:（and always hear I it rustle:）

du fandest Ruhe dort（you would find rest there!）

du fandest Ruhe dort!（you would find rest there!）

不知你聽到否?

典型在夙昔——悼念李鎭源教授

巨星隕落，舉世同悼

眞正代表臺灣最後良知的李鎭源教授走了，我是在電腦上看到這段消息的，心中一陣悵惘。他是我心目中，臺灣近代史上，三大巨人之一。（其他兩位爲李登輝及彭明敏）。雖然他對臺灣以及臺灣人的貢獻，已經留下不可抹滅的歷史痕跡，在此正當臺灣局勢仍然混亂，前途未卜之際，巨人的逝去，令人感到無限地惋惜與哀傷。他那木訥耿直、擇善固執、堅持理念，默默實踐的風範，更是令人懷念不已。

李教授與我，除了一段師生關係之外，他略知家父，而我又曾與他么兒俊人同事過。他對我像父執輩一般，而我對他則是無比的敬重，除了他在學術上的輝煌成就以及對臺灣民主發展的巨大貢獻之外，更重要的是，他是一位典範的「人格者」。我們之間，可以說是師生君子之交。每次回臺時，都有想去拜見的念頭，但是都因怕麻煩老人家而作罷。他曾經二度光臨寒舍小敘，我與內人均以能夠有機會款待他老人家而深感榮幸。最後一次，李教授與師母一起來，還特地到我家後院拍照了我書上描述的臺灣島。他們平易近人、親切慈祥，令我們如沐春風。但是看著李教授的身影，我也開始擔心他老人家的健康，畢竟他已經八十多歲了。

李教授在醫學上的成就有目共睹。雷迪獎、國際毒素學會會長、中央研究院院士，都是代表我們臺灣醫界的榮譽，而且受到國際的肯定與尊崇。

記得學生時代，藥理是一門相當吃重的課程，李教授的教學講課，認眞嚴肅，傾囊傳授，似乎想讓學生學到所有一切，由於不擅口舌，不時以手來加強語氣的情景，仍然依稀在目，我們都很敬畏他。後來他在維護臺大醫學院的清譽的決心與奮鬥過程，更是令人敬佩不已。在當時世風日下，倫理道德逐漸不受重視的經濟社會中，更是一幅彼眾昏之日，固未嘗無獨醒之人的寫照，浩然正氣，無與倫比。

一九九一年，爲了廢除惡法的 100 行動聯盟運動，他老人家在臺灣追求民主人權的過程中，有很重大的貢獻與影響，也可以說是臺灣近代史上極其重要的轉捩點：臺灣從而進入尊重人權自由的國家。回顧當初，100 行動聯盟，假若沒有李教授的參與領導與號召，是否有足夠的力量向政府施壓而獲得社會人民的支持？在最後關頭，要不是李教授義無反顧不惜犧牲生命的堅持，是否能夠達成目標而不致功虧一簣？無疑的，李教授是整個運動中關鍵性的靈魂人物，他那種自反而不縮，雖千萬人吾往矣的勇氣與實踐，可以說是臺灣史上，高級知識份子絕無僅有的表現，實在令人深深感動而景仰不已。由於他是位學者，而不是譁眾取寵、挑撥煽動的油嘴政客，因此，除了醫界人士之外，一般臺灣人對他的認知十分有限，不知道有這麼一位值得大家尊敬及驕傲的國寶級的人物，實在可惜。就像後來，他在立法院前加入爲爭取公投而絕食抗議一樣，當內人與我前往探視時，他老人家有些消弱，但是爲了臺灣眞正民主的前途，默默地堅持奉獻一份心力，身體力行去實踐他的理念。兩位同行的美國教授，經我解說之後，對於老院長親自參與絕食抗議，表示由衷欽佩。

約五年前，當我完成兩本《海月樓記》的初稿，想請人作序時，我需要一位眞正關心臺灣，並能令我敬重的父執長輩，而且能夠了解我寫書的心情與目的的人物，李教授很自然地成爲我心目中的第一人選。但是雖然他曾經一度來過寒舍，不知他對我有何印象，一方面既擔心他不記得我，另一方面又怕自己的作品不夠水準，只好拜託一位好友送去初稿，沒想到李教授很快地一口答應，讓我感到榮幸與欣慰。過後不久，聽說他來到德州，我打電話過去時，他馬上認出我，他說他讀了書上每一個字，已經有了腹稿，只是用中文寫出怕會詞不達意而謙辭一番，我想是否我寫得不好的緣故，還好他最後答應一定會寫，使我喜出望外。他的序文不長，卻眞正地道出了我的心聲，不只如此，他還一絲不苟地校訂了書中所有的字誤，讓我感激不已。但是付梓之際，印刷商還是沒有做好，實在對不起李教授。

二年前，因爲有感於臺灣政局的動亂不安，眼看臺灣人民不知自主自重的鄉愿心態而讓惡質媒體與民代牽著鼻子走的情況，自己憂心似焚，而有想藉介紹當代臺灣三大巨人，希望喚醒並扭轉臺灣人盲目跟從的錯誤觀念，從而建立臺灣人自我肯定、自立、自主的信念，以達成臺灣不需要外人或外來政權的統治。計劃除了想個別訪談，出版臺灣三大巨人一書之外，甚至於有自己返臺，設法安排三位同時出現的敘會，做一場「臺灣三巨人」世紀對談的構想，藉以團結凝聚臺灣人民。此舉曾經向一位前輩提及，卻被認爲異想天開，而得不到幫助。一方面自己因爲私事困擾，而遲遲無法進行。記得我還曾經向李教授提及訪談一事，很可惜說了卻沒能做到，如今想起來，十分羞愧，感嘆自己才學不足，又無法克服障礙困難，全力以赴，以致成爲空談，留下遺憾。最近雖有李敏勇先生成功地舉辦了李彭世紀對談，但是我總覺得缺少李教授這位剛毅內斂，德高望重，代表一代知識份子崇高的骨氣與風範的前輩學者，其份量爲之遜色不少，十分可惜。

最後回想李教授一生奮鬥，我自己總不能不想到一九九二年，非常重要卻半途中斷的「退報救臺灣」的運動。當時有識之士，在李教授領導之下認爲長久以來，臺灣媒體壟斷言論，對於人民的言論與思想自由以及民主化形成重大的阻礙，有些甚至充當中共的傳聲筒，成爲製造對立，分化、破壞臺灣安定的最大亂源，而主張拒看聯合報。很可惡的是當時腐敗的司法機構竟然否定人民自由選擇的權利而判有罪。雖然二審無罪，但卻已造成退報運動半途而廢，未竟全功的命運，十分可惜。照理，臺灣人民應該覺醒響應，給這些賺飽臺灣人的錢，洗夠臺灣人腦袋，卻死不肯認同臺灣的媒體，一個好好的教訓才對。今日臺灣的媒體，仍然操控在少數的統派手中，更是囂張至極，甚至聯共反臺，把臺灣搞得天翻地覆。我們應該繼承李教授的遺志，再度發動新退報運動來制裁那些不公正的媒體。

「哲人日已遠，典型在夙者。」我們紀念李鎭源教授，應該繼續推行他的理念，讓臺灣臺灣化，努力提升臺灣人的文明與道德水準，尊重民主人權，並維護臺灣人的尊嚴以及獨立自主的權利。

醫者佛心

三年前的景福會，邱會長好意地邀我講演《浮生非夢》，我因感冒拖延，直到最後一分鐘才從美國趕到，住進景福會館。第二天醒來，因為沒睡好覺，懵懵懂懂到達會場。上了臺之後，只覺口腦不能配合，結果做了一次生平最差的講演。辜負了好友一番心意，十分懊惱。

當時只見臺下一片白髮蒼蒼的老頭子們，還以為多是老前輩，後來才知道大部分是比我年輕的學弟妹們。是他們太用心，還是我太不用功，我眞想把頭髮染白，表示輩分。突然發現一個心中期盼又熟悉的面孔，那就是楊思標教授。他就在那兒，看他坐上聽眾席上，雖是有點兒老態卻好好的樣子，我心裡很欣慰。幾年不見，老實說也很懷念掛心，因為已有段時間沒能拜訪，總覺有些愧歉。會後約好去家中看他，打算好好聚敘並請他與師母吃一頓，沒想到他們堅持作東，加上他倆行動不是很方便，只好恭敬不如從命，就在附近春天素食餐館飽吃一頓。菜色胃口都不錯，賓主盡歡。回府中，他不只婉拒扶持，還堅持自己推輪椅，我放心不下，只好緊跟後頭準備隨時救急幫忙。在靜寂無人的深巷中，親眼目睹九十七歲滿頭白髮的老教授，彎著腰駝著背，細心地，用輪椅一步一拐地推著九十四歲行走不便的師母，慢慢地回抵家門的一幕，令我心動不已而熱淚盈眶，不能相信！那種愛心體貼，彌老情更深的鏡頭畫面，讓我感觸良深，心想自己雖已七十有七，需要學習的地方還很多！

談話中，感覺他老人家仍然身體硬朗，頭腦清晰，眞的是退而不休。每週還是定期前往花蓮、中南部，僕僕風塵，不計高齡，不畏辛勞疲累，爲了教育下一代的醫師，傾囊傳授所知，其師道傳承精神，眞是值得欽佩。幾次手術之後，腰背彎駝，需要拐杖，行動不很方便，我不大相信地問：不會太辛苦了吧，他笑著說只要能動，能做，就要起而行，爲社會盡一份心力。顯然地，他不服老，無私奉獻，且樂在其中，實在了不起。想起自己年輕二十歲，就已退休十幾年，至今還在天天質疑什麼才是正常的退休生活，想到這些，不免爲之汗顏而慚愧不已。

坐在布置舒適雅緻的客廳中，我試著回想幾乎已是半世紀前的過往，偶然間，目光掃過，發現到中堂牆上掛有一字幅，上面寫著「佛心」兩大字，字體清秀灑脫，一見就知道是楊教授手筆。本來很想問他是否跟我老家醫院掛著的匾額有關？但因怕失禮而未提。回想當年，家中有十幾個匾額，其中令我最欣賞且印象深刻的就是掛在醫院進門大廳的佛心木刻匾額。因爲每天出入都會看見，自己成長中漸漸體會，進而深深認爲「佛心」兩字其實最能代表從醫、習醫、爲醫、行醫者應有的最高信念與抱負，它提醒醫者應當俱有像如來佛心中充滿深度智慧的慈悲與愛心，一切爲普世大眾的利益而無私奉獻。不管怎樣，想必是他當下會心領悟，有感而發之作品，以此自勵自勉，表達他從醫的初衷與態度。我因感到似乎彼此有種靈犀相通，如遇知己，有不約而同的感受而沾沾自喜。另外，也許因爲世代潮流以及科技演化的衝擊，加上社會價值觀的快速轉變，他似乎在意並關心近年來的醫學傳承以及醫德教育，略有感慨地認爲醫德決不該只是口號誓詞而已，應當是一切以病人利益爲唯一考量，親身力行，腳踏實地，說到做到。我表示完全同意他的看法。

臨別時，他突然說：「我當醫生超過一甲子，一生最驕傲的就是來到慈濟。」接著又說，幾年下來，他已經是半個慈濟人了，表示有一天一半奉獻慈濟另一半給景福了。

他似乎把慈濟放在臺大之前，令我有些訝異。

也許就是「佛心」兩字的信念，加上擇善力行的個性，讓他能以無私大愛的情懷走過七十多年不同凡響的醫者人生。無庸置疑，他對於臺灣近代胸腔內科臨床醫學的開發，研究，防治與提升的貢獻，諸如肺結核病、肺癌、肺塵症、肺蛭病等等，無人可比，尤其胸腔X光判讀方面，更是全國第一把交椅，當之無愧。行政方面：從科主任到院長、校長，無論在臺大、慈濟都留下不可抹滅的成就與痕跡。更不用說，臨床教學方面秉承「診而斷」的師訓，視病如親的理念，更是言教身教，認眞嚴謹，經驗豐富，數十年如一日，不只醫病無數且春風化雨，傾囊教導，桃李滿天下，眞正做到傳道、授業、解惑的千古師道。這些了不起的奉獻成就，有目共睹，細數不盡，我仍然忍不住想錦上添花，分享我個人記憶中的感受與經歷。

記憶中的楊教授，總是容光煥發，神采奕奕，思慮周詳，胸有成竹，老神在在，從容不迫。大家都知道楊教授的胸腔X光判讀功夫，獨具慧眼，技藝非凡。嚴格說來，我還不能算是楊教授的入室或入門弟子。我因爲選擇開刀之路而成爲胸腔外科醫師，雖入左道，但是關係仍然密切。出國之前，無論是做人處事、醫學臨床、X光判讀，雖然自己不夠認眞踏實，潛移默化中，仍然受益不少。

當年臺大醫院的臨床病理討論會（CPC），可說是院內臨床教學的一件大事，幾乎各科的教授、主治醫師、住院醫師、實習醫師、醫學生都會參加。由於每件病例，或多或少涉及胸腔肺部的問題，風度翩翩、溫文儒雅的楊教授幾乎每場必到。討論會中，不管是葉教授或是其他醫師的質問，他都能從容應對，不急不徐，對著X光，條理清晰地說出他的見解與分析診斷，大有兵來將擋、水來土掩的氣勢，就像羽扇綸巾，談笑間強虜灰飛煙滅。當年這一幕，深深地烙印在年輕醫師的記憶中，他的確是出類拔萃、瀟灑自如，令我印象深刻。

另外還有當時的聯合胸腔討論會，每次幾乎有一二十人參加，包括當時榮總以及三軍總院，和北部多位胸腔專家在內，楊教授以實力領導，在X光判讀與病情診斷上，眼光透視，侃侃而談，頭頭是道，技壓群雄，往往令大家心服口服，無話可說，贏得尊重。我自己也因從六西病房醫務室開始，經常參加旁聽而受益不少。

出國前，有一次我替一個病人做了食道切除，術後病人高燒不退，X光顯示後縱隔腔區有積血水跡象，我自己試抽幾次都沒有成功，知道不容易，特請楊教授親自會診。他來了之後，只見他細心聽診叩診之後，用長針穿刺，一抽見血，隨後我放了管子排除血水，終於控制病情。他畢竟經驗老到，臨床技藝高人一等，神乎其技的傳聞，嘆爲觀止！令我佩服不已。

到美之後不久，我在K大醫學中心時，科主任爲了想做一次有關礦工的調查，臨時邀我同去參加肺塵症X光判讀資格鑑定考試，同行還有哈佛出身的X光科主任。結果只有我通過，讓他們服氣不已，他們不知道我只不過從楊教授的旁門偷學幾步而已。

時光飛逝，很難想像他到我在K州以及C州的家已經是那麼久以前事了。楊教授與我，半世紀來，除了師生之外，因爲家父的關係而有些私人的情誼。父親在臺中開業外科，是地方名醫，經常很忙，與臺大交往有限。在他心目中，欣賞且尊重的兩位教授是外科林天佑，另外就是內科楊思標了。林教授威嚴有加，不苟言笑，令人敬畏，是了不起的外科主任，我雖然曾經在天佑外科磨練幫忙過，但除了主婚之外並沒有太多個人交集。另一方面，家父當年因爲受邀兼職臺中救濟院下的彰化慈惠醫院，結核療養院而結識楊教授。

家父認爲楊教授年輕有爲、才華出眾，欣賞他聰敏穩重，大有獨當一面的才幹。也可能因爲他們都是地方士紳家庭出生，幼小家教不錯，又同是臺北高校前後校友，經歷嚴格的日式教育，爲人處事有規有矩。譬如在飲水思源、不忘師恩上面，他們對於提攜指導過自己的恩師敬愛尊崇、懷恩感念的心情幾乎同出一轍，大有盡到一日爲師，終身爲父的古道規範，讓我印象深刻，永難忘懷。

父親雖然不曾正式對我提過，但是我猜他似乎有意期望楊教授除了醫學技藝之外，能替他訓練帶領我成爲擇善固執、有所爲，有所不爲的醫者。父執輩中，除了堂叔之外，楊教授可能是對我的狀況知道最多，他待我總像似和藹可親的長者，耐心關懷，從不高高在上，他那充滿深度智慧的眼光，好像我想什麼，他都已知道的樣子，可惜我天性魯鈍懶惰未能把握機會，最後學藝未精就遠離而去，十分可惜。

當年家父病危，住進臺大醫院。在一次越洋長途電話中，我還依稀記得楊院長提及要不要回院服務，不須老做二等國民等事。一轉眼，已經快是四十年前的事了！每思及此，只是讓我自覺有種特殊的關係與感情，楊教授如不會見怪的話，我想我可以冒昧地說，跟他相差整整二十歲之交情，幾乎是亦師亦友，如師如父了。

後來離開臺灣日久，聽到些責怪傳聞關於他對於中國以及中醫的態度，我因爲個人立場無法完全苟同而漸有些疏遠，不管怎樣，感念之情從未有變。如今年老想來，每個人都有一套自己的人生哲學，是我該尊重。

最近一次拜訪他，跨過整整一世紀的楊教授，看來已是龍鍾卻更慈祥的老人家了。他一路走來，秉承眞、善、美的價值觀，循持醫術、醫德、醫道，以深度爲醫，以智慧行醫，親自照料病人，其實是一位近代臺灣醫壇難得的良醫典範，很可惜卻被忽略了，他似乎沒有眞正得到後輩醫師對他應有的尊崇。我總覺得有些遺憾，景福校友向來似乎忽視或說欠缺一些尊重輩分傳承的氣氛或味道，在我個人的心目中，楊教授是臺大畢業，碩果僅存的大老前輩，也是一位奉獻良多，言教身教，誨人不倦，值得尊崇驕傲，重現師道，令人景仰的醫學教授人物。

讀了《百歲醫師》一書之後，我發覺自己和楊教授有些意外的巧合，兩人同是來自小康家庭，排行都是老三，都曾小時寫字，也都曾與人打架過，都進入臺大醫學院，然後服務臺大醫院。因而結緣師生認識一起，他是內科，我走外科，不過此後我出國，也就分道揚鑣了。之後越離越遠，我自己摸索人生一輩子，結果一事無成。如今回頭想想，假若留在他身邊，也許可以學得更多，甚至步上他走的路。我想我欠他一份情，臺大欠他一個義。

收筆之際，腦海中浮上一幅景象，只見小小年紀，面目清秀的「大頭海」[註一]，正襟危坐，有板有眼地寫上「君子重言行」，不敢相信那已是九十多年前的事，多麼可愛又親切的鏡頭！楊教授，加油，祝您更上一層樓！

註一：海爲楊P小時偏名。

是誰放的？

凌晨電話鈴響，想不出是誰，緊張了一下。原來是中一中的老友從臺灣打來的。

「嘿，泰雄，你怎麼沒有回來？我打了兩通電話到你老家……我在等你回來。」聲音似乎有些沙啞無力。他大概是老糊塗了，忘記臺美之間有時差。

「我準備帶你到三義去看木雕，好好請你吃一頓客家料理，我們還可以去九華山欣賞桐花……。」然後提起最近身體有點不適的現象，容易暈眩，站不穩。經過醫師檢查結果，好像有頸動脈狹窄以及心臟瓣膜閉鎖不全的現象，使他不得不放棄自己最喜歡開車外出的嗜好，自嘆原來是一條活龍，卻變成一尾死蛇，沒想到一下子變成幾乎動彈不得。聽了之後，感到一陣悲傷。他不知道，我之所以延遲返臺，是因爲坐骨神經突然受傷而無法動彈，臥病在床之故。想想自己，今年生日過後又增一歲，超過古早所謂古稀之年，已是六年，臺語說：「七十過，日日衰」，畢竟歲月不饒人，老了就是老了，沒有辦法騙的！這位L同學，學號差我一號，我們自從中學畢業之後，約五十年沒有來往，直到五年前，偶然間再度會面，差點兒認不出來，握手之後，很高興地重拾友誼。之後，每年返臺都有聚敘，每次見面，天南地北，開講臭彈，話題不斷。只是沒想到一下子，很快地，大家眞的就老了。今早，坐在書桌發呆，想用伊媚兒安慰他一下，隨手翻開日曆，才知又是猴年了，感慨之餘，勾起了一段往事回憶。

從小，我生性稍偏內向，小學時候是班上的班長、校區的區長、全校朝會的總指揮，一直是師長、同學心目中品學兼優的學生。只是不知怎的，性格中似乎總有一點兒叛逆、搗蛋、調皮或說好開玩笑的因子，潛藏在下意識中。

那天，一個炎夏的午後，因爲天氣十分悶熱，令人窒息，教室兩側大窗全面敞開。突然之間，劈哩啪啦，一聲巨響傳來雷霆萬鈞的怒吼，雷聲隆隆來回不斷，一下子雷雨交加，雨勢有如萬馬奔騰，從遠處直奔過來，西北雨直瀉下來，淅瀝嘩啦。滂沱大雨，雖然很快地過去，卻也打消了我一時的睡意。

綽號「老猴」的數學老師，正在教我們代數。當時他大概六十多歲，身材瘦小，背脊微駝，髮疏面皺，留有兩撇八字鬍，鼻樑上掛著深度眼鏡，老是穿著一件白色略見舊黃的短袖上衣，帶著濃濃浙江口音，就像連環漫畫中的老夫子。同學們無心上課，每當老師轉頭在黑板寫上方程式講解的時候，馬上有一隻、兩隻或三隻紙飛機飛翔在教室內，飛來飛去，同學們接力，樂得很，老師轉身回頭時，看到它們徐徐降落，當然不會高興。但每次發怒之前，就有坐在窗戶旁邊的同學會把頭伸出窗外，大聲叫喊「嘿，你幹什麼！你敢搗蛋，不要跑……好膽麥走！」好像是別班的壞同學從室外丟進來的惡作劇，幹的好事。讓老猴發作不起來，大家鬧烘烘地，很開心。

那一次，剛好一隻飛機飛到我座椅前面，我順手抓起向前方丟出去，沒想到老師轉回頭時，竟然不偏不倚，剛好就掉落在他的講桌上。同學們哄堂大笑，大家開心極了，這下子可把他氣壞了，臉色立刻變成鐵青。

「是誰放的？」老猴一面用手巾擦拭額頭的汗水，氣呼呼地丟下粉筆，「是誰放的？」一次再一次，也許這次真的惱怒了，大家感到大禍臨頭，事態嚴重，一時課堂裡變得鴉雀無聲。

「既然沒有人承認，我就一個個問……張○○，是不是你放的？」老師從第一號同學問起，「不是。」同學按順序被點名站起來，一一回答不是。輪到我的時候，本來我想承認，回答是我，坐在隔壁的同學遞給我，「不要承認」的字條，而後座的同學又拉我一把，丟個眼色暗示，我也就莫名其妙地回答說不是。當我坐下來時，心中忐忑不安，一方面是自己欺騙、不誠實，一方面擔心會不會有其他同學指認是我幹的。最後，當全班同學沒有人承認的時候，老猴臉色由紅變紫，瞬成鐵青，哼，一聲不響，抱起講義，轉身拂袖走出教室而去。

我沒想到竟然闖了大禍，老實說，那個時候我想到的，只是好玩，沒有絲毫惡意，也沒想到後果會如此嚴重。課後，心中歉疚不安，一方面憂慮，想到萬一有人告密檢舉，到時被記大過或退學，將如何面對父母。自己想來想去，猶豫不決，最後還是決定去向老師吐實懺悔，希望他原諒。於是自己背著書包，走到學校後面的教師宿舍。一位大概是師母的女人，出來應門，「請問老師在嗎？」

「老師回家之後，不知怎樣，臉色非常難看，氣呼呼的，一句話不說，直往臥房走去，把書本一丟，喃喃說著：『受夠了』，拿下眼鏡，往床上一躺，蒙著頭睡覺去了。你知道發生什麼事嗎？」

我把事情的經過向師母報告一下，表示是來向老師認錯道歉的。

「你年紀輕輕，看起來斯斯文文、規規矩矩的，你怎麼可以這樣羞辱你的師長？」師母帶著責怪的語氣說著。大概是聲調高一點兒，驚動了老師，他探頭走出來，臉色疲憊：「怎麼回事？」

「老師，是我。是我放的。」「放什麼？」「放飛機，對不起，請老師原諒。」老猴戴上老花眼鏡，盯著我看，一臉狐疑，難以置信的樣子。

「怎麼會是你？怎麼可能是你？」

「你爲什麼要出來頂罪？看我年老可憐？我從沒有像這樣羞辱過，把老師當成什麼東西？」

「是我的錯，我不應該，請老師原諒。」看著他骨瘦如柴的老態，我幾乎想下跪求情。

「不可能，不可能，我不相信，我絕對不相信……我知道你一向品學兼優，表現還算不錯……」

他大概記得我在初中時期，數學能力分組甲班，坐在最前排的我，經常舉手站出來到講臺上，站板算沒有問題，只是我生性懶散好閒，回家之後，從不好好溫習做功課，連有計算公式都不知道，母親常說我是家中最會睡覺的兒子，成績一直倒退嚕，最後連保送也丟了，還得靠臨時抱佛腳，才擠入高中的。

對談間，不曉得爲什麼他問起我的家世，我告訴他父親的名字，顯然地，他知道家父是地方上的名醫，「你不太像一般本省同學……」他突然冒出一句話，我聽了覺得有些莫名其妙，心想是什麼意思，自己好像有受到歧視曲辱的奇怪感覺，而不想繼續停留下去。

「回去吧，無論怎麼樣，我不相信是你放的。」看樣子，不管我怎麼說，他就是不會相信。

「不過，我還是要提醒你，再這樣下去，不好好收拾調皮搗蛋個性，調整心態，開始用功的話，大學聯考馬上就到，不要說保送，就連考上，都可能成問題。」

走出了教師宿舍，L同學就在那兒等候，「咦，你怎樣知道我會在這兒?」

他說：「我知道你會這麼做的。」是他騎腳踏車送我回家的。

就這樣，五十年過去了！眞的，什麼?半個世紀的時光就這麼樣消失眼前了！老師就是還健在的話，大概也不記得了罷，人生如夢！

當時的我，每天糊裡糊塗地上學過日子，並沒有認眞地考慮到大學聯考就在眼前。被老猴這一提醒，才想到，再不開始認眞用功的話，恐怕眞的會有問題。於是收拾起懶散的心態，過後的一年半，可以說是我這輩子中唯一眞正用心用功，認眞自修，努力做學問的時光。如今，自己已經七老八十，回顧此生，除了做醫生之外，什麼都不會（老伴的話），還好有這段及時醒悟苦讀，進入醫學院，要不然，也許今天可能流浪街頭，叫唱著：「有酒矸，通賣無？」

我們第十八屆醫科同學，共有九位來自臺中一中。

絕無僅有

Gratitude is the heart's memory.

——Anonymous

去年十月間，六弟從臺灣打電話來，提及前日碰到一位臺大的沈醫師。沈醫師向他說他曾經幫忙過我一個開胸手術，問我還記不記得。我想了想說怎麼可能，因為同班只有一位姓沈，而且當時臺大外科醫局沒有一位姓沈的醫師，怎麼想也想不起來有這麼一回事。過了一段時候，有一天，腦海中突然浮起了一位和藹可敬，親切近人，認眞敬業的醫師面孔。對呀！是他，沈銘鏡醫師，立安與我的貴人，我怎麼會忘記！

1973 年，我是臺大醫院剛出道不久的胸腔外科主治醫師（當年臺大是醫界龍頭，但以現在眼光看來，仍屬相對地 primitive）。那天，我有一個病人，因為嚴重的支氣管擴張症併發持續性咯血，以及左肺完全破壞，安排做左全肺切除術。開刀時，發現肋膜間的粘黏相當厲害，尤其在肺門部份以及心包膜之間。經過細心的處理後，切除全肺，置放胸管，傷口縫合，順利地完成手術。病人隨後送進恢復室觀察，我認為一切如常，於是檢視確定情況之後就回家去。回家後不久，接到住院醫師電話報告，胸管流血量不少，而且持續不停。我想應該沒有大問題，就囑咐值班醫師繼續輸血，維持血壓正常，希望能夠控制情況。一小時過後，情況似乎未見好轉，出血量雖未呈惡化，不過血壓稍見降低，於是交代繼續輸新鮮全血觀察。當時自己心裡雖然不希望，但也不得不做可能需要回院，重新開刀的最壞打算。過後不久，值班醫師又打電話過來說，胸管突然冒出約 400cc 的鮮血，而且血庫通知，假如情況持續下去，庫存的血液將會不久用盡的可能。我只好囑咐立刻把病人送回開刀房，準備重新開胸；一方面馬上坐上計程車趕回醫院。

胸部傷口重新打開時，發現胸腔內充滿了血，吸乾之後，仔細察看並沒有發現任何大小血管出血的地方。只見胸壁及縱隔腔的肋膜到處有滲血的現象，只好用電刀全面燒灼止血。一次又一次，花了一個半鐘頭，眼看腔內幾乎淨乾，於是開始縫合。不料就要完成之際，又見胸腔內開始積滿血水，只好被迫再度打開。重新全面燒止滲血的地方；又是花了二個鐘頭止血，每次好不容易認爲已經控制，可以關閉胸腔傷口時，又見血液回積，不得不重覆電燒止血的動作，一次又一次。當時我已疲憊不堪，而內心焦慮更如熱鍋上的螞蟻，不知如何是好，總不能眼睜睜地看著病人出血不止而死。最後，我想一定是血液凝固有了問題，非我外科醫師能夠解決，於是決定逢好傷口，請教血液專家會診，幫忙救命。

病人一被推進恢復室，年輕的沈銘鏡講師，已經出現在床前等候。查問病情之後，他馬上親自己動手，採取血液樣本帶去分析診斷。那時候內科血液專家除了劉偵輝教授之外，沈醫師是第二把交椅，他曾經是我學生時候，擔任內科總住院醫師，精幹認眞，約一年多前才剛從美國進修回來。不久，沈醫師匆匆帶著檢驗結果回來，用很有信心的口氣告訴我，病人出血不止，是因爲發生急性「DIC」之故。

「DIC?」什麼是DIC?!好像從沒聽說過，我腦中一片空白，怎麼不知道有這個病症?當時由於情況緊急，他也沒時間做詳細說明，只說是一種少見而死亡率相當高的併發症，導致血液凝固出現問題。我急著請教他打算如何治療以便止血，他看著我說

「Heparin！」我的天！我以為聽錯了，「Heparin？」我重覆一下，不敢相信自己的耳朵。怎麼可能用強烈溶血劑去治療不能凝血而大量出血的問題，這豈不是提油救火？「不錯，是 Heparin。」沈醫師看來很有自信，帶著權威性的口氣回答我。我本能地想跟他爭論，但是眼看胸管又排出大量血液，自己顯然又沒有什麼好方法，內心感覺不只無計可施而且幾乎已到了束手無策的地步，但身為主治醫師，肩負著永不能放棄挽救病人生命的職責，病人才二十多歲，無論如何決不能讓死神得逞。只好相信他的專業判斷，「沈醫師，我已沒有什麼辦法，只好拜託您全權處理了。」我一方面留在床邊觀察，幫忙輸血，一方面心中禱告，希望奇蹟出現，能挽回病人一命。沈醫師沉著地開始用 Heparin 加入點滴，以每小時 1000u 的速度開始治療。

我守在床邊，不時量血壓，瞪眼看著胸管出血的情形，希望有所改善。沒想到，不久，奇蹟出現眼前。一小時過後，胸管出血量逐漸地由約 300cc/h，降到 200cc/h，再經過一小時，又降到 150cc/h，隨後又慢慢地降到小於 100cc/h。四小時過後，停止出血了。「病人得救了！」我終於鬆了一口氣，心中感謝上天而如釋重負。看著沈醫師一個人，來回恢復室與血液室之間，親自檢測凝血機制的變化，調節點滴速度；最後扭轉病情，使病人絕處回生，心中感激無以名狀，眞的永生難忘。假如不是沈醫師的正確診斷與大膽用藥治療，病人雖然手術成功也會因爲併發症而死亡，那將是當外科醫師的我，終生無法彌補的疚痛。

這次病人起死回生的經驗，雖然是我生命中一段過去久遠的插曲，也許沒有人知道，也沒有人記得。病人、臺大醫院、我、沈醫師剛好在那時間碰點碰在一起，難道眞的生死有命，一切注定？無論如何，對我而言，不只是親歷醫師在生命存亡一線之間，戲劇性地「鬥死」成功的案例，也是一個教訓；提醒自己身爲外科醫師，除了手技之外，更須充實腦力，術業專精之外，知識必須涉獵博達，必要時，應該謙卑請教，求助專業。事實上，第二天外科醫局早會報告時，幾乎無人知曉「DIC」是什麼。當時資訊遠不如今日發達，隔洋醫學科技差距至少五年以上。醫師的知識必須跟上時代的進步，否則將會不夠格而面臨淘汰。

1977 年我帶著鬥死之夢來到美國，繼續我的爲醫生涯。當時美國的 Critical Care，大部分是由麻醉科負責，我只好暫時放棄外科改做麻醉而進入 CC 的領域。有一天，在 UKMC 碰到一個因爲極度創傷且長時休克之後引起 DIC 的病人，胸腔，腹腔及傷口到處流血不止，而且已經輸血超過 10L 了。一頭白髮的血液科主任教授來會診幾次，只說根據檢驗顯然是 DIC 無疑；他的建議處理方式就是繼續輸血（FFP，Platelet etc）。病人出血情況卻一直未見改善；我看這樣下去，結果將不樂觀。於是建議是不是來試 Heparin。他訝異地瞪著我：Heparin, no way. 一臉狐疑你懂什麼的態度，我感到他差點兒說 You crazy! 我就向他提及自己曾經有過極爲特殊而且成功地挽回一命的經歷案例，所以是否試一下？顯然的他並不相信，當然也不能怪他，因爲根據當時文獻，Heparin Rx 雖然有其病理生理機制的理論基礎，但是除了少數認可之外，並非主流的治療方法，其效果仍然無法預期把握，尤其很少臨床經驗報告。他問我到底有多少案例，我只能據實以告：只有一個。他搖著頭：Only one!? 不屑再談地走開了。病人最後因出血無法控制而死。幾年過後，在 Harbor-UCLA MC，遇到另外一病人因爲敗血症併發多重器官衰竭而呈現 DIC 症候，除了大量抗生素之外，來會診的血液科主治醫師也是主張依據檢驗結果，做保守的血凝因子的補充治療。病人大量輸血之後，仍然毫無進展且繼續惡化。我只好再度像是野人獻曝一般提及 Heparin Rx 一事，同樣地遭受到 Only one case? I don't want to risk my reputation for that crazy idea! 白目的對待。病人繼續出血，不久死亡。經過這兩個案例之後，幾次再遇到 DIC 的病人，我已經沒有勇氣提起 Heparin Rx 了。

今年四月返臺掃墓前，特意拜託六弟設法約見沈教授；終於在彰基前面一家小餐廳見了面。沈教授年近八十，白髮皤皤，退而不休，仍是神采奕奕，謙遜和藹，平易近人。雖然事隔五十多年，一見面，就認出立安，並提及當年岳母中風住院昏迷數十天，立安以一小女孩孝順照顧母親的深刻印象，我當然可以想像得到當時的情景。立安再度對沈教授悉心照顧，岳母得以再活二十多年表示由衷感激。沈教授多少感慨近年來臺灣社會價值觀的不斷改變，爲醫行醫，以及醫病關係已經今非昔比，大不如前而不再單純了！

然後我們談到 DIC 的病案；因爲病人最後得救出院，雖然經過四十年了，我們仍然感到有些得意。說實話，身爲醫師，還有什麼比親自經歷擊敗死神，救回病人的生命更感到滿意高興且驕傲的。沈教授說，對他而言，這也是他一生難忘的病例。我們一起回味，當年往事，歷歷如繪，彷彿昨日。他說每次講課，談到 DIC 時，總會提起這個病例的寶貴經驗。我也談及自己在美國經歷的故事，他並沒有問我爲什麼沒有堅持，我也忘了問他，那個病人之後，有幾個 DIC 用 Heparin 治療成功的病例。經過一個多鐘頭的歡敘，因爲沈教授下午還有門診，極其敬業的他必須準時離去，聚會就在談笑中互道保重中散了。

「人之有德於我，不可忘也。」沈教授行醫一生，一定是救人無數；他也許從不知道，也沒有想到千里之外，有一對後輩夫婦，因爲不同的原因，對他一直衷心感念不忘。他以醫師敬業、奉獻、負責，親身照顧病人的精神，在我們人生遭遇極其危難的時刻，適時出現幫了我們。可說是我們生命中的貴人，也是我心目中良醫的典範。

註：DIC 目前爲止，預後仍不佳。死亡率約 20-50%，依引發病因而異，敗血症併發者極高。Lasch HG. Et al. Pathophysiology，clinical manifestations and therapy of consumption coagulopathy. Am J Cardiol 1967:20:381

CHAPTER 4
海月論述

浮生非夢

本文係作者於國立台灣大學醫學院 119 週年院慶暨北美校友會第 36 屆年會演講全文

生命是一項禮物，上帝並沒有問你要不要，你沒有拒絕的權利，只能接受，毫無選擇的餘地；死亡也是一樣。

南宋文慧禪師，有一天，見樹葉掉落，徐徐飄下，心想：它爲何要離開這棵枝葉茂密，生氣仍然盎然的樹？頓時有「不雨花猶落，無風絮自飛」的感嘆！生死原本就是自然的現象。

幾年前，到北海道賞雪，在洞爺湖畔的旅館中，雖然寒氣逼人，我故意打開窗戶，讓雪花飄進室內，直撲臉上；想嚐嚐「亂山殘雪夜，孤燭夜歸人」的心境。去年再度前往我出生的地方——熊本賞櫻，環繞熊本城，看到櫻花正在到處飄落，想起往事，這不就是「昔去雪如花，今來花似雪」的幻覺，似曾相識的夢境嗎？如今我又多了一歲，我還是好奇，到底我眞的生在日本？是天意？是偶然？抑或是必然？在找不到任何連接的記憶痕跡下，臺灣話說：一切攏是夢！

我們一九六五年畢業班中，家榮是屬於天才型的同學；在大家都必須走過的路上，他不是第一位，也不是最後一位。他走了，從這世界永遠消失了，令人惋惜！相聚一場，是夢非夢？。

這是半世紀前，醫五時候的自畫像，當時不像愛因斯坦充滿好奇心，事實上對我而言，倒是充滿懷疑。這是百年之後的自畫像，因爲不知自己會是什麼樣子，只好半途停筆，無法完成。我想我還是會懷疑（當然我已不存在），我怎麼會來到這世界，或者我曾經來到這裡？我到底來幹什麼？

這是馬帝斯 1940 年的作品；很不錯，睡中若有所思的樣子。記得高中時候必須背誦的一篇英文詩，是朗費羅（1838）最著名的 A PSALM OF LIFE《生命的禮讚》。他一開始就說 Life is but an empty dream 因爲非常有詩意，多年之後，我就只記得這一句。

其實，朗費羅第二段就寫道 Life is real, life is earnest. 只是我自己不記得了。

家榮的走，再度提醒，人生的盡頭，就在眼前，也因此難免有所感慨。我認爲，所有的事情都是相對的，我只是想談我個人主觀的感觸罷了。（我不唱高調，也不唱低調，假如不合大家的口味的話，還請原諒。）我想我知道；這一段的人生決非一場夢，而且是活生生、鐵錚錚的事實。

夢的本身代表什麼？爲何產生？如何產生？迄今仍未有定論。還好，百分之九十五都不記得，除非認眞的回想。顯然睡覺的時候，部分大腦仍然活動運作，沒有完全休息。醒來時，發現夢境是一假象，不是眞的。今天我要講的浮生非夢的夢，不是期待成眞，或者終究成眞或破滅的夢想，而是空虛幻夢的夢，像黃粱一夢或南柯大夢，到頭來，原來是幻覺一場，令人有種空幻，受騙的感受。俗語說：「日有所思，夜有所夢。」在進入本題之前，我想提出一個在二十世紀初期，哲學上爭論的問題，讓大家腦力激盪一下。

在一個村子裡，有一位理髮師，他替所有村上的人剃鬍子，但只限於那些不剃自己鬍子的人。請問是誰剃了理髮師的鬍子？

假如他剃自己鬍子，他不是：假如他沒有剃自己，他是剃了。想想看，假如我說：所有臺大畢業生都是騙子，講假話，你相信這句話嗎？因爲我講的是假話的話，前面那一句就不可能存在了，不是嗎？

這個公案以後成爲有名的 Russell paradox。一九一八年 Russell 提出解答，他說：If it is, it isn't, if it isn't, it is.（假如它是，它不是；假如它不是，它是。）後來又延伸到，If true is false, if false, is true.（事實上，假定錯誤的話，結論不能成立。）對不對，請大家思考一下。是不是有些混淆，因爲它是不合邏輯的，或者說是超邏輯的說法。古代禪宗也有類似的論調：「只有當它不是它的時候，才會眞的認識它。」信不信由你。

朗費羅談到他自己受到哥德的影響很大，哥德說：「人生只有一次」，後來蕭伯納更直接了當地說：「我死了，就是永遠死了。」

在約有一百三十億光年距離空間的宇宙中，在遙遠看不到的地方，星球死死生生，持續不斷的進行中，有如輪迴。事實上，假如我們把地球的生命壓縮到一年的時間的話，人類有文字記錄的歷史只不過是十二月份的最後60秒而已。比起來，人類的生命，更是短暫而微不足道了；可以說簡直是開玩笑，不是嗎？1988 年，當代最著名的物理學家 Stephen Hawking 出版一本 A brief history of time - from Big Bang to black holes 轟動全世界，2010 年他根據量子物理學又提出「無中生有，沒有上帝，沒有天堂，沒有來世」的理論；2012 年再度確認，等於說，又一次完全肯定哥白尼、達爾文及尼采在物理學、生物學、以及宗教上的主張。

最近幾年，雖然人類的平均壽命，有顯著的延長，但是從活命最長的統計看來，動物中，似乎烏龜最長命，也不過 150 歲而已，大象 60 歲，人類 113 歲，要突破 120 歲似乎不太容易。130 歲以上，絕無僅有。不管怎樣，人終究必須離開這世界，沒有選擇的餘地，拒絕也沒有用。

難怪 Thomas Calyle 感嘆生命只不過是兩個永恆之間的一道閃光而已。而且，永遠再也沒有第二次的機會。其實，新約上，早也提到生命也只不過是一個泡沫而已。二千年前，Aurelius 更提醒我們；想想看，你的生命只不過是永恆中的片刻，在你生之前，在你死之後，都是令人無法想像的漆黑，永遠的黑暗；只活三天，與活三百年有何差別？

堂叔是個教授、醫師，人世閱歷十分豐富的人。過世前，曾經對我慨嘆：Das gibt's

nur einmal. das kommtnicht wierder——干那一擺 nyah——這是一位高級知識份子發自內心的掙扎和感嘆；這是活生生的現實，相信有不少的人，都有同感。所以難怪聰明絕頂如 Russell 者也會說出：Do we survive death? 的質疑，似乎多少是對於有無來生？輪迴？的懷疑或期待。

人生如朝露！這是鐵的事實。所謂人生不滿百，何懷千歲憂！不久前，Dr. Bortz 寫了一本書：「We live too short, and die too long!」感嘆之意，溢於言表，良有以也。

生命開始死亡，死亡終結生命。莊子說：「不以生生死，不以死死生，生死有待邪。」既然如此，既得生何必死，既得死又何必生呢？到底爲什麼，來了又去，生生死死，死死生生，生命眞的有意義？死亡眞的值得畏懼？到今天 what、how、why 還是沒有答案。

我們都希望人生有意義，有價值。但是所謂傳統的價值，往往經不起理性的分析或時間的考驗，而且實際的生活層面上，除非我們創造自我的意義，人生似乎也是了無意義的。另一方面，我們期待宇宙合乎理性，但面對的，往往是非理性的世界。最重要的是，在我們前面，死亡無時無刻正在向我們招手。海明威在戰地鐘聲小說中說：「我並不害怕死亡，我只不過是痛恨它。」他因了解太深的空無，認爲一切都是空的，他雖蔑視人生的荒謬，但最終還是敵不過籠罩四周的無限空虛，他向荒謬的存在投降，舉槍自殺了。

人生似幻化，終當歸空無。回過頭來看，夢是生命過程當中的一種表象，相對於活生生的存在，感覺上是眞的，若有其事，但事實上是假的，就是歷歷如繪，仍是假象，不是眞的；是空虛的，而不是眞實的。不論是美夢，或是惡夢，夢醒時；一切都是假象，空幻一場。那麼人生到底眞的是夢？還是若夢？還是非夢？假如你認爲人生是夢的話，你我現在都是在夢中、說夢話？那又到底誰夢誰？

1084 年，蘇東坡被貶到汝州，路過盧山西林寺，爲景境所惑，疑是作夢。寫下這首名詩：「橫看成嶺側成峰，遠近高低各不同，不識盧山眞面目，只緣身在此山中。」人生到底是夢非夢，也可能因爲我們正處其中，才會不得而知。

兩千四百年前，中國最聰明的哲學家莊子留下「莊生曉夢迷蝴蝶」的故事，事實上，莊子與同時代一些古希臘懷疑論者，曾提出人生是夢的主張。他說最終你會經歷大覺，然後你會發現生命原來是一場大夢。換句話說，他們認爲你可以把現世的生命看成長眠中所作的夢，而死亡才是一種清醒過來。

莊子說：「死亡是大覺醒，然後，你可以說，生命是漫長的夢。」諸葛亮也說過「大夢誰先覺，平生我自知。」也許他們既惜戀生命而又不想死後的永久無知，或者是希望有來生的表示吧。

其實在近世紀的歐洲，仍有人主張「人生是夢」的論述。17世紀西班牙的劇作家Calderon曾說過：「所有世間上的事都是夢，而夢的本身也是夢。」19世紀英國詩人Palgrave也認爲「夢才是眞正的生命，所有圍繞他的世界是一場夢。」

阿拉伯也有這種說法：「人們是在睡夢中，當他們死時，他們醒過來。」難道死亡是a wakeup call？（叫醒電話）死亡才是從睡夢中醒過來嗎？那麼醒來之後，會是在何處？

假如眞的是這樣的話，夢不是好好的嗎？即使都是假的幻象，爲什麼要醒過來？難道只有死才能醒？古人說死了是長眠，也許我們一直在睡覺，幾千萬年，可能嗎？那麼生只不過是長眠中一段莫名其妙的突然或偶然，極爲短暫，而且是僅此一次的醒覺的而已？既然醒是夢的死亡，醒醒睡睡既如生生死死，眞正的死亡只不過是長眠不醒，睡覺卻沒有夢罷了。假如眞的是如此，我們不禁要問，那麼作夢者是誰？而且醒來之後，在何處？去何方？不可能在這地球上，因爲死後沒有人再看到他們。

也許這些夢中客期望有來生來世的心態，就像基督徒想上天堂，佛教徒嚮往西方極樂世界一樣；信者恆信，不信者恆不信，除非一死，才能知道答案。有如巴斯噶的賭注（Pascal's wager）一樣，願意下賭，也許才會有機會。可笑的是人人想進天堂，卻沒有人想要死。因此 George Lichtenberg 評論「人生是夢」的說法：「我實在無法想像，在我出生之前我是死的，然後又回到同樣的情況。」

中國歷史中，倒是有不少人把人生當成好像一場夢的看法。最有名的該是李白在他〈春夜宴桃李園序〉中寫的：「夫天地者，萬物之逆旅，光陰者，百代之過客，而浮生若夢，爲歡幾何？」假如一切像是作夢的話，結局是空的，那麼又何必太認眞。有時候眞的希望這一生（一切）只是一場大夢！不需要憂心顧慮，煩惱不安。事實上，是夢、若夢、非夢都將以死亡爲終結而確定。人生是夢的話，死亡代表「眞生」，人生非夢的話，則是眞的死定了。

唐伯虎退隱之後，回想自己的一生，不禁感慨「回首浮生眞幻夢，何如此地傍幽棲」。他當時的心境，也許只是一種感慨而已，也有可能認爲假如是夢一場，那麼一切不必太計較；或者期望根本是一場夢，將來夢醒之日，還有來生來世。人生過程的片段有時眞的好像夢一般，尤其記憶退化，時過境遷之後。但是，人生其本身或生理生命的整體則因生死而有別，是斬釘截鐵一般的事實。有時候，回首當時，仍然寧願它是一場夢。寫下《楓橋夜泊》的唐代詩人張繼，幾十年之後重返寒山寺，感受像是作夢，他說：「白髮重來一夢中，青山不改舊時容，烏啼月落寒山寺，倚枕仍聞半夜鐘！」

這是以前醫學院大禮堂的照片，現在已經全部被拆除不見了，讓我想起李後主的《子夜歌》：「人生愁恨何能免？銷魂獨我情何限！故園重歸，覺來雙淚垂。高樓誰與上？長記秋晴望，往事已成空，還如一夢中！」眞的往事如煙，恰似春夢了無痕！就連難得糊塗的鄭板橋也說：「名利竟如何？歲月蹉跎，幾番風雨幾晴和，愁水愁風愁不盡，總是南柯！」

面對赤壁江山，先有曹操的「對酒當歌，人生幾何」橫槊賦詩的感嘆，千年之後，蘇東坡到此一遊，想起當年，談笑間灰飛煙滅，不禁有「多情應笑我，早生華髮，人生如夢」的感觸。

玄覺禪師說：「夢裡明明有六趣，覺後空空無大千！」夢醒之後，才知道一切是假的，並不存在。難免有眞不離幻，幻不離眞的感覺。

寒山和尚曾經這麼寫過：「昨夜得一夢，夢中一團空，朝來擬說夢，舉頭又見空，爲當空是夢，爲復夢是空，相計浮生裡，還同一夢中。」眞是會說夢話！

這是一幅很有名的畫，畫家以紐約中央公園滑冰場爲背景，把人生的虛幻表現得淋漓盡致。這一群沒有面孔的群眾，可能彼此毫無相干，完全不相認識，他們卻不約而同地出現於這個世界，這個時刻，像蜉蝣一般，來來去去，去去來來，芸芸眾生，對你我而言，與螞蟻何異。人生除了本身的存在以外，並沒有特別的，意義或目的，而存在的本身，也早晚會衰頹，有一天，死亡，而消失。一切變成空虛飄渺而無影無蹤，這不是像一場幻夢嗎？

1948 年的影片《珍妮的畫像》令我印象深刻。其中的主題曲更令人尋味。「問我們來自何處？沒有人知道，問我們往何方去？只見人人都去，沒有人例外，但還是無人知曉！」我們只是路過？到底何處是歸宿？何處是眞正的「原」家？只知道列車快到終點站了，隨時必須下車，卻仍不知道家在何處，難道只有死路一條，沒有選擇的餘地？

多麼荒謬，難怪令人惶恐不安，害怕而焦慮，但事實上也無可奈何！

我們每個人，都是赤裸裸地被投擲到這個冷漠又經常是非理性的世界，孤獨至極的時候，難免會以爲自己只是遊客、觀光客或異鄉人、隱形人甚或外星人。到底我是誰？我是獨一的嗎？不免懷疑我是不是在做夢？

面對這樣似眞似假的景色，你會不會有「哇！」不可能是眞的眞相，也不可能是假的假象。你看眞實是這麼不眞實，不眞實又是多麼眞實。這景象不可能存在，只能出現在夢境中！突然會有「前不見古人，後不見來者，念天地之悠悠，獨滄然而涙下」的感受。時光飛馳之快，令人難以相信。一轉眼，快要五十年過去，回過頭來想想過去，想想將來，誰知道還能有多久？人生種種一切眞眞假假，難道眞是一場大夢嗎？「眞眞假假眞是假，假假眞眞假亦眞」。美夢、甜夢、惡夢都只是幻夢一場。

當你死了，再也沒有生命。你的存在、死亡或消失，對別人而言，可能是一場夢，但對你自己而言，你的不存在卻是確切眞實，一切都無關重要了。

假如不是地獄，誰會想到天堂？天堂在何處？從來沒有答案。因爲沒有人從天堂回來，也沒有人從地獄歸來。早晚大家都會死，不管是以什麼方式。死亡之後，永遠消失。（要不是這樣消失永遠，誰會管它死不死亡。）

這是 Klimpt 作品《生與死》的部分，死神似乎對著生命冷笑！在我們還不知道從什麼地方來的時候，我們已經被死亡綁架。隨著意識成長之後，我們越來越知道死亡早已在某個地方等候著我們。換句話說，我們早就被套上死亡的枷鎖，它隨形隨影，提醒我們，死亡是生命的一部分。我們事實上是一直生活在死亡的陰影之下，逐日步向死亡，就像海德格說的：「人類是爲死而生的。」如是而已。

卡繆在《異鄉人》小說中，藉著莫爾梭口中說出：「世間上所有的人都是死刑犯。」無可置疑的，死亡是生命的終點站。也是人生完結篇的必經之路。

63年前，家父是當年有名的外科醫師，他叫我在這一幅掛在診察室多年的畫像，寫上「鬥死」兩字。後來我也認爲，做爲一位以行醫爲職的醫師，除了以解除病人的病痛爲志業之外，應該更包括搶救生命及擊敗死亡爲使命。無論是鬥死或是死鬥，一直到確定沒有生命跡象爲止。不少時候，雖然奮力死鬥，終究回天乏術而失敗，眼睜睜地目睹生命的死去與消失。病人不再呼吸，心臟停止跳動，腦波消失；（像似有人按下開關，your time is up）眼前餘下的，只是一具屍體或皮囊罷了，這是千眞萬確的事實，決不是夢。

不幸的是，今日，「死亡」已經不像以前那麼單純了。有時候，死亡的判定並不是醫生說了就算數。死亡的定義，從哲學、神學、醫學、法律以及公共政策的角度，並不完全一致，而變成極其複雜的爭論。不過最終還是死了，也就是死定了。以後，屍體腐化，火葬成骨灰，土葬成白骨一堆，要是眞有靈魂的話，也不知道跑到什麼地方去了。

這是當年柬埔寨大屠殺留下的照片[註一]，沒有錯，我們每一個人生前都是獨一無二的。因爲這世界上只有一個你我，但是到頭來還不是都一樣，白骨一堆，誰又是誰，多麼諷刺！不管好人壞人，不論宗教信仰，我相信這當中，有走卒販夫、工程師、教授、醫生、律師、婦女、小孩，不管你當過什麼省長、總統，統統慘死其中。有一句話說得好，「永遠記得你是獨一無二，就像其他的人一樣。」死亡是必然而且沒有例外的。美國哲學家 William James 曾經一度認爲：「他是他自己，他是唯一無二的。」但也逃不了死亡的結局。

這是愛因斯坦留下在普靈斯頓大學的研究室[註二]，這位曠世奇才，再偉大，再聰慧，成就再輝煌，他也是人，到時候也是要走。哲人其萎，人去樓空！永遠再也看不到，找不到、摸不到他了。當時，我看著黑板上的字跡，似乎聽到他說：「再見囉！」他死前曾說過，「結局終究會到，值得介意什麼時候嗎？」死亡是必然的，也是自然的，沒有例外。

蘇東坡在《海棠》詩中，提及「唯恐夜深花睡去」，眞有意思。每當我家中曇花花開的時候，我幾乎每次熬到深夜，替每一朵花照相。爲了不想讓它們挨撐這麼久，才努力綻放盛開的短短片刻，沒有人欣賞。不少時候，夜深人靜，花開花謝，根本沒有人看到，沒有人理。曇花一現，短短幾個小時，正是生命無情，無奈的寫照。

所謂 Eternity，在宗教上的意義，一般以永生爲名。事實上，也可以說是永死。永生帶來正面的期望，永死則是無知的恐懼，事實上，永生永死都是一樣，反正都是永恆永遠罷了。也因如此，爭論有關「不朽」的問題，是沒有什麼意義的。假如認爲死亡之後就是永死的話，那麼我們一直質疑人死後，有沒有來生？我們不如更應該問；在死亡之前有沒有生命？有沒有把握人生，好好過活。不要忘記僅此一生，不是嗎？

當死亡看來，越來越是絕對明確時，生命也就顯得更是眞實可貴了。卡萊爾說：「你的生命決不是等閒的夢，而是神聖嚴肅的眞實，它只屬於你。」螞蟻存在於這個世界，也是有生命的。但是對人類而言，只是存在是不夠的。否則跟螞蟻何異？就像沒有出生一樣。

難怪克利斯多夫在極端惡劣艱困的境況下，吶喊出：「我所追求的不是生存，而是生命。」想想看，沒有生命也就罷了，既然有了，既然來了，不如好好的活過去。在這短短的眞實生命中，我想我們所應追求的，是人生，而非平和安靜，死亡之後，有的是絕對安息，不是嗎？

生命有如一段旅程，坎坷不平。生命的開始，是必然，也是偶然，生命的完結卻是絕對必然的。其中很多事情眞的無法理解；所謂「問者永問，問萬世，永問難明。」假如認爲浮生是夢的話，那麼誰是作夢者？誰又是尋夢者？

這是一九四一年轟動一時的攝影佳作，四五十年之後，她得了老年癡呆症，什麼也記不得，對她而言，沒有照片的話，很難相信曾經擁有過，就像作夢一樣，尤其當記憶力逐漸衰退時；難怪許多老年人回首當年，人生就像一場夢，而自己就是夢中客。不過死亡仍然到臨，就是死定了，只能接受，一切歸零，不會再醒過來。

生命僅此一次，要知道生也、有涯，死也、無涯。Hawking 說：「即然沒有來生來世，不如盡善盡力，好好過此生。」因此不管人生非夢，或若夢，或甚至於是夢，最重要的是，如何把握時光生命，聰明人應該知道掌握當下。

這是我最喜愛之一的英文詩，布列克這樣寫著：「從一粒細砂中看到世界，從一朵野花中看到天堂，在你的手中掌握無限，在片刻中達到永恆。」詩人的情懷，有我無我，跨越時空，貫穿宇宙，從此到永恆！

印度最古老的奧義書，記載著一段耐人尋味的字句，「從虛幻帶領我到眞實，從黑暗帶領我到光明，從死亡帶領我到不朽。」永死即永生，永生即永死，永久不變是爲不朽。有道是：「石縫有心藏天機，破戒無意見眞吾！」

其實人生是夢非夢，見仁見智，並不重要。對我而言，感覺上，不免有時有浮生若夢的感受與感慨，但我絕不認爲浮生是夢。相反地，因爲學醫行醫多年的背景與經驗，我知道，而且確定人生決不是夢，而死亡就是眞正的結束，不管是喜劇，悲劇，或鬧劇。不過，我還是有感而發，忍不住打了一首油詩，「是夢非夢不是夢，是空非空不是空，非夢是夢仍是夢，非空是空仍是空！」沒有夢的那一天，很可能表示你已經走了。眞相如何，也可能只有自己走了之後，才會知道！

假如有人堅持要有答案，我可以說，人生的生與死都是確確實實的眞相；但感受上，因爲記憶的逐漸衰退糢糊，生命也像似一場夢。讓我套用羅素的狡辯說：「假如浮生是一場夢，它不是；假如浮生不是夢，它是一場夢！」因爲假如它是眞，則是假；假如它是假，則它是眞。這種說法，雖然矛盾，也不合邏輯，卻也許是最好的解答。因爲假如我沒有辦法說服你的話，我只好設法混淆你就是了。

因此，讓我們盡情地活過每一天吧。讓你走的那一天，可以大聲地說：「我的天，眞痛快！」其實，很多的人生問題，早已有很多人想過：二千五百年前，希臘詩人品達就這麼說過，「我的靈魂啊，請不必渴望生命之不朽，但求竭盡此生，於願足矣！」

註一、二：因版權之故，圖片取消不登。

一幅畫像論醫道

當我從《景福醫訊》中讀到有關「切膚之愛」一段故事時，不禁爲之動容而肅然起敬，對於前輩醫師蘭大衛夫婦捨身盡心的醫德醫術，由衷景仰不已。眞是難矣哉，唯斯人也！腦海中也因此想起了懸掛於家中多年的一幅畫像。

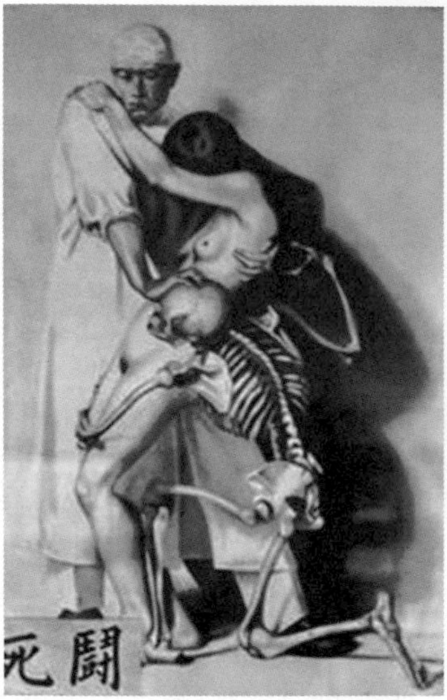

從有記憶開始，在家中醫院診察室中央掛有一巨幅黑白畫像。小時候不知畫像之意義，只覺得畫面構圖令人印象深刻；但因畫中有具骷髏，略爲恐怖而不敢多看。有一天，大約是我初二時候，父親大概認爲我的字還可以，要我用毛筆寫上「鬥死」兩字，同時也對我解釋其中的含意。

原來畫中人物、骷髏各有其代表的意義。左上方表情嚴肅，面露決心，身著白色工作服者，乃是一位醫師。中間軟弱無力的長髮裸女是位垂危的病人，而右下方的骷髏則是代表著死亡之神。畫中無情的死神正張開雙手想抬走那可憐的弱女，而醫生則用其右手全力抵住著死神之頭，左手則抱緊著頻死的病人，似乎是想盡辦法而又頗具信心地要把病人從死神手中搶救過去。整個圖畫所表現的意義，乃在於引喻「爲醫者」的神聖使命：「鬥死」。也就是與死神戰鬥、擊敗死神，搶救病人，奪回生命的意思。原來爲醫、行醫有其異於他人而可以說是神聖且值得驕傲的使命及意義的。

「鬥死」兩字因爲橫貼在畫的左下角，所以有人還以爲是「死鬥」。後來，我逐漸地體會到其實死鬥也沒有錯，因爲正好也道出了「行醫者」另一方面的意義。「死鬥」乃是拼死奮鬥，堅持而不放棄的意思，也就是「爲醫者」爲了搶救病人的生命，應該全力以赴的精神。說來這幅畫像不只黑白寫眞生動，藝術氣韻濃厚，而其中含意更是嚴肅高尚而又浪漫動人，愈是仔細端詳，愈覺心緒爲之震撼，意味令人深思。同是人類的醫生，在生命之生死存亡之間，畢竟扮演著極爲重要的角色，醫之道眞是大矣哉！

後來看到父親有時候爲了拯救病危病人，日夜匪懈，絞盡腦汁、不眠不休、心竭力瘁的情景，才漸漸地了解父親懸掛此畫像於診察室的心意。原來父親以此畫中之含意，自期自勉，經常警醒，不敢或忘「爲醫者」之抱負，使命與職責。父親一生行醫秉持此一信念，鬥死、死鬥、救人無數；這也是他一生中最大的滿足與行醫唯一的成就感，別無其他。成長在此環境中，讓我深深地感到爲醫、行醫乃是一種動機純眞、抱負嚴肅，行爲高尙、過程浪漫而成就値得自傲的職業，也因此孕育了我投身醫學的心懷。

世紀偉人史懷哲醫師在他的自傳中，曾提及他決心成爲一森林醫生時說：「這個計劃遠在我學生時代就已經形成很久，一直留在腦海裡。我感覺到自己能夠過著舒適的生活，而眼睜睜看著世界上這麼多的人正在和憂慮、病痛、飢餓、死亡搏鬥，這實在是件不可了解的事。爲了將來有一天，能成爲這些可憐人所需要的醫生，而能直接獻身爲他們服務，現在先做醫學院的學生，重新開始也是値得的。」這是何等單純而且高貴的動機，這種悲天憫人的懷抱乃是與生俱來，天性使然，毫無做作，毫無勉強。他奉獻一生，深入蠻荒，並非一時興致，亦非沽名釣譽。有仁心者始有仁術，仁術發自仁心，此一赤子心該是爲醫、行醫者所必須具備的條件吧，醫道乃是仁道也。

當我正要開始臺大外科住院醫師工作的時候，父親特地提醒我「醫者佛心」的意義，並要我了解醫師的工作固然繁重，但是對於一位眞心關心病人的醫者，其所付出的心力往往遠過於勞力的疲累。史懷哲在描述他的行醫生涯時，曾經說道：「實際的工作雖然十分勞累，但是與這些工作所引起的憂心和責任感比較起來，我總覺得負擔輕的多，不幸的是我是個沒有剛強心腸的醫生，有時候，憂心的負荷眞是弄得我精疲力盡。」他又說：「一個人一旦已經變成了深思遠慮的生物，想到短暫的人生與苦痛的世界，就會感覺不得不對自己生存的意志；和其他每一個人生存的意志，都有同等的尊重。他在自己的生命中，體味到他人生命的存在，而幾乎不可抗拒地達到尊重一切生命的思想。」試問一個不能眞正體會，或是從來沒有想到尊重生命眞諦的人，怎能配得當醫師呢？具有高明的醫術，仍然是不夠的，唯有尊重每一不同的生命，才能對於每一個病人，不分老少、不分種族、不分貧富、不分貴賤、一視同仁、盡心盡力、維護生命、解除病痛。回想當年，曾有一度認眞地想到，也許有那麼一天，自己能夠到非洲澳格崴河畔的小屋裡，在微弱燭光的黑夜中向這一位仁者無敵的世紀醫生請教致敬。史懷哲醫師一生犧牲自己，不爲名利、不爲生計、集合理想抱負以及行動實踐爲一，爲醫而醫；我想這應該是吾輩學醫、爲醫、行醫者的典範吧。

醫學史上充滿著不少感人肺腑，令人蕩氣迴腸的事蹟。其中最動人的一頁之一，乃是著名的細菌學家考赫（Robert Koch）千辛苦地從印度帶回霍亂病菌時，當時德國醫生皮頓考賀（Pettenkofer）不信其理論而願以自身試驗。他在預立的遺囑中說：「縱使我的見解錯誤而竟致喪命的話，我也心安理得，死而無怨。因為此舉並非輕率懦弱的自殺，我實為盡忠醫學而死，與戰士死於沙場無異。生命與健康同是塵世間莫大至善，不過就人類而言，這仍未算是至善之善。人類如欲異於禽獸而為萬物之靈者，就應該準備為了更善之善而有勇氣與心意犧牲其健康和生命。」每當腦海中浮起他激昂雄辯，以身殉醫之情景，字字鏗鏘，氣勢動人；那種「我不入地獄，誰入地獄？」面對眞理、無畏死亡的精神，眞是勇者無懼，令人感佩不已。

在醫五期考之際，當我正為尼采名言：「設若不首先焚化灰燼，又怎能獲得新生？」所迷惑之時，有幸讀到《焚山之夜》（The night they burned the mountain）。作者乃一位隻身深入寮國偏遠山區服務多年的美國年輕海軍軍醫杜里（Dooly）。他在執筆此書之時，已經獲知由於癌症復發而知自己的生命即將於不久之將來逝去，雖常有難以忍受的刺痛，仍然下定決心，再度重返深山去醫療那些需要他幫助的居民。深夜中，遙望著四周山頭燃起熊熊的火焰，到處通紅照亮，劈啪作響，山民們正焚燒著大地準備明年耕作時，他平靜地寫下說：「我自己的山還沒有焚燒，但是在我心田裡，已經播下了新的生命。我所經歷的黑夜已經變為白晝，我已盡了我的心力，死而無憾！」緬懷著那焚紅染遍天際，意境扣人心弦的一幕，其偉大勇敢熱忱、服務的胸襟，以及造福人群的信念與毅力，多麼令人感動敬佩。世間上，畢竟仍然有些醫生不計名利，只為病患奉獻了自己，甚至於生命最後時刻，眞正地做到了為醫而醫，鞠躬盡瘁，死而後已。

回顧當今之世，試問有多少行醫的醫師，有多少讀醫的醫學生眞正為醫而醫？多少人以普救眾生，解除病痛為抱負？多少人以盡心醫療，全力以赴為實踐？又多少人因汲汲營利或維持生計，或學術研究而忽略了病人與生命的存在？今日，多少父母學子只因職業固定、收入高，或因成績好或因不知做什麼好而莫名其妙地讀醫、為醫、行醫？又有多少人只學會了醫術而無知於醫道？其結果與修車技師殊無二致，不知造就了多少非醫生的醫生，浪費了多少優秀的人才。

正當我成長為一年輕醫師之際，臺灣社會的價值觀念已經了發生急劇的變化，一切以名利帶領，樣樣以金錢掛帥，醫療關係開始轉變成商業化了。有些醫師正為此而沾沾得意之際，我卻爲之深感迷惑不已。記得大六那年，一位年輕朋友，因其弟住院受我照顧，來信感謝，特意讚美醫生乃神聖的職業時，我心裡爲此深感惶恐不已。放眼當時醫療的實情，無論是開業或是服務、教學、就學的醫師，醫學生，有多少人眞正地把醫師當成神聖職業而奉獻自己？我在日記上寫著：「醫生是神聖的職業嗎？」誰能替「神聖」這兩字寫下明確的定義？而我知道自己永不夠資格。杜里醫生在他所著《焚山之夜》一書中，曾經提到史懷哲醫生勉勵他的話：「一個人的重要性不在於他已完成的事，而在於他所欲達成的事；醫道之事無他，盡心而已。」想到這裡，不禁自忖，我必須期望有所達成。

可嘆的是，醫療觀念之轉變卻是愈演愈烈，竟致走火入魔。許多不必要的檢查，不必要的治療，甚至於不必要的手術都做了，醫病之間相互欺騙利用，加上莫名其妙的訴訟，醫療糾紛層出不窮。一夜之間，醫學倫理已不再受到重視，舊式的醫師與病人之關係已不復存在。可憐的是醫師職業也淪落爲無異於其他行業，而變成只不過是另一謀名圖利，賺取生計的工具之一而已。

近年來在美國，由於醫療費用高昂，醫療糾紛賠償驚人，很多醫師只有被迫採取防衛醫學（Defensive Medicine）的態度與作法，處處以保護自己爲先，以收到費用爲主。病人變成了顧客（Client），醫生成爲賣主（Vendor），而醫療也改名爲工業（Industry）了。最近更由於種種因素的考慮，所謂安樂死、DNR 其至於幫助死亡竟也變成醫生的任務之一了。眞沒想到，曾幾何時，醫道已由極爲簡單而且高尙的動機轉變成爲極其複雜的迷失行爲了？每思及此，怎能不令人慨然而嘆？醫學再也不只是「鬥死」或「死鬥」而已！

近年來，自己在加護病房雖然仍繼續著「鬥死」的工作，卻也累積了不少挫折的感受。人類的能力畢竟有限，醫師到底非神，有些時候面對死亡竟是束手無策。無論如何奮鬥、盡力，仍歸失敗，終是一場徒然。失意之餘，就連最後僅存之唐吉訶德的浪漫情懷也被消磨殆盡了。靜夜深思，不禁惑疑當醫師的眞正意義何在？難道爲醫之道已變而今昔不同？有時想想，不當醫師也罷！然而滄桑歷盡，我心執著，深信醫情雖變而醫道該是仍然。平凡如我，但願有一天能夠不計報酬、不爲生計、不憂糾紛，眞正爲醫而醫，一了心願。

父親逝世後不久，醫院也隨之拆建了，而畫像只好暫時移掛客廳中；有時候，竟也忘了它的存在。有一天，不知是何人建議，卻見畫像已被塗上了顏色，很可惜那種氣氛與意境也因此而完全喪失了。因爲這個緣故，前年自美返家探親之際，母親提及在對街開業的表兄想要那幅畫像時，我竟也做主而捨得割愛答應給他了。（一九九〇）

深度智慧，正人君子

——淺論景福精神

楔子

這次懷著浪漫情懷，特意搭乘郵輪從愛爾蘭的COBH港出發，沿著鐵達尼號的老路橫渡北大西洋，到加拿大的 HALIFAX。一路上波濤洶湧，卻沒碰見冰山，有些失望。不過因爲打乒乓球認識了一位土生土長的美國佬 Frank，是個大學內科主任退休的醫生，年已八十有三，老花眼，背稍駝，白髮皤皤，滿臉皺紋，仍在執業看病。我問他爲何退而不休？他坦白地說自己覺得尚有剩餘價値可用，丟棄可惜，多少還有收入。我不解追問：錢不是夠了嗎？他不好意思地回答，不錯，但就是無法死心。我說：以你的名氣地位，去做慈善義診不是更好嗎？他苦笑不答。我順便請他回顧醫師生涯，他以個人的經驗觀點，感嘆地說美國醫師的狀況已大不如前，改變很多，所謂黃金時代早已經過去。他指的是不止收入考量，而主要的是以前社會地位有點特權似的自由業，而且那種只要不逾矩，秉持良心敬業，發揮個人醫學知識與技能，直接互動，領受病人感恩回謝，社會尊敬的日子，已經逐漸消失了。很多新的制式改變，新的規範，來自政府，企業或保險公司，醫師再也不是自由業，而已經成爲受制於他人的醫療產業供應者之一而已。（我想今日臺灣醫界的情況，似乎也大同小異。）我用蘇東坡的話「得好休時便好休，如不休時終無休」勸他，他好像聽不懂，看著他比我更老叩叩的樣子，心中感慨，雜味交錯，既可敬，且可憐，又可悲！

另外，我特意請教他有關「良醫」的定義。他說美國講的是 good doctor 或 top doctor、best doctor、true doctor、real doctor，沒有特別說良醫的名詞。

人生八十古來稀？年來自己眼力、聽力、體力、腦力明顯地退化，最近心境更有如眼睜睜地看著巨石滾落山坡，內心充滿失落與無奈，多麼殘酷的懲罰！突然想起泰戈爾的《園丁集》：「啊，詩人！黃昏漸漸臨近了，你的頭髮正轉成灰白，你在孤寂的默想中，可曾聽到來世的訊息？」對呀，我是否已經老到可以隨時斷氣的時候了？也許可以開始亂拋磚頭了吧？就像前輩莊老學長鄭重且努力地如狗吠火車：汪、汪、汪……只是現代的高鐵跑得很快，你只「汪」一次，它早已不見蹤影了！

深度智慧，正人君子

約三十年前，我曾發表過一篇〈論醫道〉的文章。提出醫道的基本精神無他；「奉獻」而已。其中舉出三位個人心目中認爲可以代表眞正醫師典範的人物。他們分別是：仁心仁術，人道濟世的史懷哲，死而後已，盡其在我的杜里，爲求眞理，不惜以身殉醫的彼天考賀。文章結語中，也憂心當時潮流演變，樣樣以經濟掛帥的時代全面來臨的趨勢，恐將帶來難以抗拒的衝擊與改變。

近年來，雖然不少有心人士（校友）致力於加強醫學人文倫理教育，呼籲維護醫學傳統精神的重要性，但是世代價值觀念的快速改變席捲全球，短短半世紀間，醫療體系企業化以及科技大幅進展的結果，使得一些醫生對於傳統醫道，有意無意地逐漸漠視或懷疑而曲解，有人認其爲高調腐朽，不合乎時代潮流而嗤之以鼻，甚至有人以坐以待「幣」，自我吹噓，沾沾自喜，洋洋得意，其變化之快，銅臭味之重，實在令人感慨而憂心不已。

古人說：「醫之道大矣哉，可以治病救命，可以養生，可以盡年，可以利天下來世。」簡單地說，醫師的定義應該是醫治疾病，搶救生命，解除病痛，協助病人，進而造福社會的人。

十九世紀外科先驅，Joseph Lister 回顧他個人的生涯，語重心長地說，沒有任何行業比醫療更高尚，更值得驕傲的了。

醫學教育大師 Williams Osler 說：醫療乃是不確定的科學，並且是一有各種機率可能性的藝術。簡言之，行醫是一種依據科學的藝術，換句話說，是科學，也是藝術。因此，醫師不只需要充分的科學知識，更應具備深度的人文智慧；除了用腦之外，更需要用心。他強調醫師必須要會深思熟慮，因爲有思慮，才會有深度，有深度，才能以智慧行醫。Osler 又指出醫者由於特殊的日常診療工作上，必須不斷與病人直接互動，經常接觸並處理「人」的事物，因此，醫師的人格教育極爲重要。事實上，他認爲沒有任何職業比醫師更需重視人文素養；因此當開始行醫之時，不能忘記我們的對象不單是「病」，更應以「人」爲整體。醫師應該同時平衡地增進敏感智能以及悲憫情懷，進而心腦互動互補，培育智慧。前本院高木校長也說過當醫師之前，必須先成「人」。也就是除了教育之外，還需要有教養，除了智識之外，更需要有智慧。

外科名醫 Henry Mayo 更曾經嚴肅地認爲，「沒有教養的外科醫生，就像屠夫一樣」。事實上一點也不錯，沒有人文素養的醫生，與一般修車匠何異？最多只能算是匠醫或庸醫罷了。個人則認爲成爲眞正的良醫之前，師需要知道修心養性是很重要的。一個人必須歷經人文的薰陶與洗煉，進而昇華成爲有深度教養的正人，有智慧充滿的君子，才能有所爲，有所不爲。

自從十六世紀 Paracelsus 提出愛心與關懷，應當是醫療的精髓之後，主張從事醫療工作者應當抱有感同身受，悲天憫人的情懷，人道醫療的精神逐漸被強調重視，終於成爲所有爲醫行醫者不可或缺的基本信念。十九世紀以來，醫學傳統更是強調醫護人員，應該視病猶親，以眞誠，愛心與耐心對待你的病人。近代醫聖史懷哲（圖一）指出做爲醫師，「勞心」遠比「勞力」更爲重要；他認爲一個眞正的醫師（Real Doctor）理當尊重生命，抱負理想，行醫之時，一切以病人的權益（patient's interest）爲最主要的，也是唯一的考量，盡心盡力，任勞任怨，犧牲奉獻，幫助病人，解除病痛。他自己也因此成爲人道醫療的典範。最近第一位發現 SARS 而身殉的醫師厄爾巴尼 Dr. Carlo Urbani 則認爲醫療應該是一種使命，也更是一項信念。

我個人認爲眞正的良醫（REAL DOCTOR），應該是秉持良心（醫德）、良能（醫術）、良知（醫道），除了精湛的醫術之外，應該具備像哲學家追求眞，宗教家追求善，藝術家追求美的抱負與特質，充滿愛心與關懷，親身照顧病人，以深度爲醫，以智慧行醫，奉獻人類的醫師。深度代表內涵深厚，見識宏觀，不膚淺、不庸俗，獨立自主而不隨波逐流，是虛懷若谷，謹言愼行，心靈充實，潔身自愛，與眾不同的格調氣質。智慧則是有關人性的哲學，簡言之，也就是正確的生活藝術。要知道，智識不等於智慧，就如生活不等於生命一樣；知識在腦，智慧在心。對醫師而言，知識診斷病情，智慧療癒病人。換句話說，智識可以是謀生的工具，智慧才能眞正幫你過正確且有意義

圖一《勞心》——史懷哲（2019 作品）

的一生。我們需要的是有深度，有智慧的正人君子。

總而言之，在近代醫學的傳統觀念上，醫療行爲已經與人道精神聯結成一體，「爲醫」應該不只是一般職業而是一種人道「志業」，同樣地「行醫」更不只是一般行爲而是一項人道「使命」。簡言之，爲醫行醫不該只是一般謀生的職業行爲而已；更非是一種追求利潤的生意。換句話說，醫療是一種奉獻，不該只是以金錢報酬爲考量的商業行爲。相信大部分當初決定從醫學醫的景福校友（圖二）都清楚明白，假如只是爲了生計收入而當醫師的話，那麼跟就其他的行業何異，豈不白白浪費人才？與其誤入歧途，飲恨終生，倒不如早日改行，可能更有成就，也說不定。註一

圖二：作者台大醫學院畢業（1965）

唐北史提過，自古以來，學者如牛毛，成者如麟角。同樣的，社會上自稱醫師多的是，醫匠也很多，名醫也不少，但眞正的良醫卻不多見。今日臺灣醫師之多，有如過江之鯽，良莠不齊，當然我們不希望有太多的庸醫，劣醫甚或惡醫。

近幾年來，時空巨變的影響，臺灣醫界由於整體的經濟與科技改善和進步，加上資訊發達，醫學企業化、醫院營業化、醫療商業化，競爭現代化的結果，不可否認，醫術方面有相當明顯的進步。然而另一方面醫病之間的關係，醫道醫德的觀念、醫療糾紛以及醫生的社會形象，也改變不少。二十世紀中葉之後，臺灣醫師在社會中的角色地位，無形之中，也從相對高高在上的白領自由業轉變成醫療供應者（health care provider）之一，而逐漸變成一種與其他行業一樣，成爲以營利謀生的職業行爲。時至今日，竟然被歸類而淪爲與藍領勞工同一階層的白袍族。在醫療企業化的體系中，已經失去了原有主導者的角色，而以工時業績計價，以至於不少變成受他人操控壓榨的醫工、醫勞，甚至所謂長時值勤的血汗醫奴、醫僕。間接造成今日臺灣醫界一些不正常的現象，譬如五大皆空的窘境，救人不如醫美、醫師集體罷工、劣醫假帳歛財的醜聞等等。

今日面對無可避免的時空現實，如此巨大且無法抵制的快速變遷，雖非完全始料未及，但也不免令人感慨萬千。但是當我們冷靜地回顧過去，本來「從醫」的初衷以及「爲醫」、「行醫」的原意，醫業的主要目的應當還是爲了人道服務，我們可以發現這一當初啓發醫學的核心原理與價值，應該仍然不變。Osler 晚年意識到醫療形態改變的趨勢，曾經提出前瞻警語，他認爲古老的藝術倫理不可能也不該被取代，而且必須被吸收在新的社會科學演化之內。不管怎樣，我們可以說，傳統醫療的倫理精神應該仍是醫學的主軸靈魂之所在。

回憶五十五年前，身爲外科醫師的家父，特別來到校總區參加我的畢業典禮（圖三），遞給我一張賀卡，上面寫著：PROUD TO BE A PHYSICIAN, HUMBLE TO BE A DOCTOR. 又附加一行：切記，衡量一個人的人格在於他的行爲，而不是他的職業。然後特意提到莎士比亞的名言：「榮譽是我的生命，兩者並生；失去榮譽等於失去生命。」語重心長地對我說：「要知道，我們做醫師的人也是一樣，榮譽感是我們的生命，我們必須恪守維護，應該知道有所爲，有所不爲。」

圖三：父母親參加畢業典禮　(1965)

It is a privilege to be a doctor. 我們都知道，一路走來並不容易，能夠到今天，無論如何，我們必須感恩謙卑（圖四），以當醫師爲榮，任勞任怨，而不須埋怨抱屈。既然走上從醫之路，除了有愛心與奉獻之外，勿忘初衷，不要後悔（DNR: Do not regret!）

過去，景福前輩們對於臺灣醫學的開發及成就的歷史傳承是無可抹滅的；同時對於臺灣社會啓蒙運動的貢獻，也是有目共睹。如今，雖然很多校友可能不會完全同意；誠然，臺大醫學院半世紀來一直是聯考第一選擇不變，我也相信能夠考進且畢業的（所謂景福人），雖不可能人人是菁英中的菁英，但決不是笨蛋。不過，雖然還是人才濟濟，

圖四：作者胸腔外科總住院醫師

但是臺大被認爲或自認是臺灣醫界的龍頭老大，在各領域，獨領風騷的時代，似乎已經成爲過去。我們景福人既然走上「從醫」的道路，是否應該豎立一種標榜傳統的特色？除了謙卑敬業之外，以特殊的氣質格調，建立承先啓後的傳承精神。我認爲我們臺大需要造就養成具有「景福氣質」的景福人，以「良醫」爲理想目標，也就是說有格調的眞

正的醫師（REAL DOCTOR），至少是近良醫之流，而非庸醫匠醫之輩。

景福人的特色是什麼？到底什麼是（眞正有代表性的）景福精神？（院訓之類？）我曾請教過一些校友，卻不得明確的解答。我個人想，既然我們臺大醫學院擁有特殊可循的歷史脈絡，景福校友不妨以臺灣醫界的文藝復興人（Renaissance man）自許，追求以眞、善、美爲傳承的核心價觀，除了一般醫學之外，同時著重博雅全人教育的薰陶，期許培育以「深度智慧，正人君子」爲信念的景福氣質，以便將來的景福人各各成爲秉持良心（醫德）、良能（醫術）、良知（醫道），以深度爲醫，以智慧行醫。除了醫療水準品質保證之外，充滿愛心關懷，奉獻服務，是擇善固執，有所爲有所不爲的正人君子。讓景福人以眞正具有景福氣質的傳統精神爲榮，盡量避免庸俗與匠氣而不隨波逐流；至少成爲一群重視人文、人情、人性、人道醫學的證道者。

隨著科技快速發展，日新月異，5G、6G、大數據和AI時代的到臨以及遠距視訊的廣泛使用，我們可以預見，傳統醫療的技藝也將逐漸被取代。未來醫學智識與資訊的綜合整理與分析取得，將趨相對簡易一致，人類也很有可能從 HOMO SAPIENS 進化到 HOMO DEUS。面對未來醫病關係的演變，倫理哲學的傳統原則將更形重要，我們可以預見未來的醫生將更需要具有深度成熟，智慧充滿的正人君子。回顧過去，展望將來，讓我們站在醫學歷史前輩巨人們的肩膀上，看得更遠，更深！

行文至此感慨萬千，我懷疑自己是否已經老到眞的可以隨便放屁的時候？就如 MacArthur 告別軍旅的感性名言：Old soldiers never die, they just fade away，或許我們也可以說 Old physicians never die, they just expire!

註一：我深深的感覺（恨不成鋼），臺灣需要各類人才，臺灣之所以未能早日建立成爲精而美的國家，多少與太多的人才浪費在做醫師有關，很可惜！

一張照片

前幾天，根據《路透》報導：「敘利亞自由攝影記者 Almohibany 拍下了令人鼻酸的畫面。照片中才兩個月的小嬰兒 Karim，在內戰炮火中不僅失去了母親，也與自己的左眼永遠告別，在還不會說話的年紀，就已注定與殘缺的身體共處一生。記者事後回憶起拍攝當下心情時仍十分激動：「當我透過觀景窗，看到 Karim 時，便無法控制地哭了出來。」他同時引述一在旁的難童說：「我什麼事都不能做，除了等著被炸死。」當獨眼嬰兒照片上傳推特後，震撼全球，各國網友紛紛串連貼出自己蒙眼的照片，聲援在無情戰火中無辜受難的民眾。由此可見一張照片的影響威力以及惻隱同情之心的普世價值；我們當醫生的應該是更敏感的一群吧，這使我想起埋藏心中多年的另一張照片。

1997 年，與朋友打網球時不慎跌倒，摔斷左手（Colles' fracture），被送到醫院急診，上石膏後回家。因爲心情不好就乾脆請假兩個星期在家休息。妻看我無事可做，怕我胡思亂想，患得患失，憂鬱症再起，知道我以前曾經喜歡畫畫，於是架上畫架，放上畫紙，給我畫筆，要我重新開始，畫什麼都可以。我已經多年沒有作畫，打從我在醫學院做學生的時候，已經停筆30幾年，一時不知如何下筆，也不知要畫什麼。於是隨手抓起身邊過時的時代雜誌，無意中發現在裡面轉載的兩張照片，讓我怵目驚心，震撼不已。

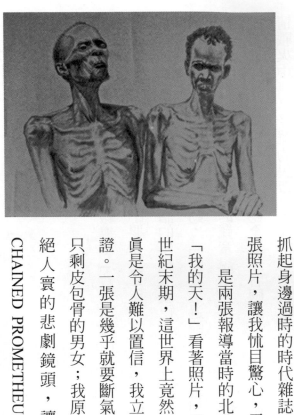

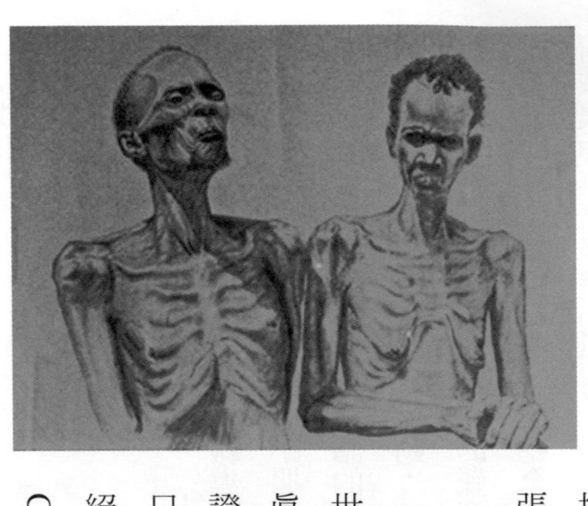

是兩張報導當時的北非蘇丹連年嚴重飢荒的照片。「我的天！」看著照片，我內心驚駭嘶喊著，在此二十世紀末期，這世界上竟然還有這麼悲慘的事情在發生，眞是令人難以置信，我立時想把它們畫下來做爲歷史見證。一張是幾乎就要斷氣的小女孩，另一張是一對餓得只剩皮包骨的男女；我原先想畫第一張的，但是那種慘絕人寰的悲劇鏡頭，讓我連想到 Rubens 的名畫 CHAINED PROMETHEUS，普羅米修斯慘遭巨鷹啄食的畫面，而始終無法平靜下筆。最後因爲猶疑自己可能表達不出那種氣氛，而只好放棄，暫時作罷。我決定先著手另外一張，準備用我的心底感受好好畫下。

那是兩個皮肉餓癟，瘦骨嶙峋的非洲土人，一男一女像是夫妻，兩人面上充滿著疲憊、滄桑、無助、加上懣憤；他們那種痛苦、絕望而又無可奈何的神情，讓我深覺難過而感同身受。因此自己眞的盡了心力，用寫實的方式把它畫下來，花了整整兩天時間，終於完成。作畫當時，我腦海中始終盤旋著世紀偉人史懷哲的從醫的故事；據說他年輕時在歐洲做巴哈風琴巡迴演奏會時，常常接觸並且看到、聽到有關非洲大陸飢荒慘狀的報導而印象深刻。史懷哲在他的自傳中，曾經提及他決心成爲森林醫師時說：「這個計劃遠在我學生時代就已經形成很久，一直留在腦海裡，我感覺到自己能夠過著舒適的生活而眼睜睜地看著世界上有這麼多人正在和憂慮，病痛，飢餓和死亡搏鬥，這實在是件不可了解的事。爲了將來有一天能夠成爲這些可憐人們所需要的醫生，而能直接獻身爲他們服務，現在先做醫學院的學生，重新開始，也是值得的。」後來，他果眞奉獻一生，深入蠻荒以尊重生命的精神，發揮人性、人道、人文醫學的經典表現，名垂醫史，令我景慕不已。想像著他也許看到類似的照片，我將心比心，完成作畫，自己尚覺滿意。之後，我還複製幾張，準備若有人要就送，作捐獻救災之用。妻笑我說：「誰會掛你餓死鬼的畫。」

幾年之後，兒子建議不如送給博物館，於是我把史懷哲的學醫動機摘錄成附卡，連畫一起，以「AGONY & DESPAIR」爲名送給景福。當時我只是想藉著整個畫面來提醒世人，這世界上還有那麼多可憐的人類，希望因此激發年輕的醫學院的學生，悲天憫人的情懷以及濟世活人的抱負，不要忘記學醫的初衷而成爲能夠幫助他人的醫生。我不記得最後是怎麼被接受的，只是原本一度掛在醫學院人文博物館中咖啡店幾乎沒人會注意到的牆角的，不曉得什麼時候被拿走，然後就不見了。所以我想大概是沒有人APPRECIATE（欣賞體會）我的良苦用心吧，也許我必須承認自己只是暮鼓破鐘，突發奇想，曲低合寡吧。

另外的那張照片，後來因爲上班事忙，不知放置何處，卻從此再也找不到了。不過那悽慘的畫面，令我印象深刻，烙印腦中，幾年來，仍然耿耿於懷、念念難忘。

一直到最近，因爲找尋 Steven Foster 的資料的時候，無意間從 YouTube 上，在他的歌曲 Hard Times Come Again No More 的 video 中再度看到那張照片（它）。轉眼二十年了，突然重新發現，我心裡當然為之興奮而再度激動；另一方面卻為了影片上特意出現的字幕，感到震驚。因為上面寫著那位拍攝那張照片的記者，雖然因為這張照片榮獲全球 1993 年度普利茲新聞攝影獎的殊榮，但是四個月之後，他卻也因此罹患嚴重憂鬱症而自殺了。這消息實在是令我感到哀傷不已，難以接受。不過這張失而復得的照片，也再度點燃我要用心把它畫下的願望，同時也使我想起我應該把它鄭重地介紹分享給我們的景福校友，讓更多的人知道，已經是二十世紀末期，世界上仍存在著這樣令人難以想像的慘慄而又殘酷的實況，這是 EXISTING FACT－REAL EVIDENCE－正在此刻，多少人類只因為生存或生活在 wrong time、wrong place 的命運，而遭受到完全不一樣的悲慘境遇。顯然這世界不只是時尚、美食、煙火、音樂、派對狂歡或抽脂拉皮、瘦身整形等等而已。

資料顯示，Kelvin carter 是一位南非的攝影記者，他被派到非洲蘇丹採訪報導當時傳聞已久、嚴重飢荒的情況。就在下機後不久，汗流浹背的他在赤炎乾旱、酷熱難熬的境況下，剛好在聯合國設立的難民營前面，極度驚駭地看到這幅畢生難以置信忘懷的一幕。這個骨瘦如柴、肚皮鼓脹、營養極端不良，只剩皮包骨的小孩在地面上爬行，似乎

圖二：蘇丹大飢荒，禿鷹準備撲食頻餓死的小孩

想到就近的供應站要東西吃，但眼看已經餓昏得精疲力盡、奄奄一息、力氣用盡而爬不動了；那時候，近旁後面，有一隻禿鷹就停在那裡盯著他、等他死亡，準備隨時要吃他的樣子。（圖二）這是一幕活生生上演的人間悲劇，他用攝影機拍下這個言語無法真正形容的鏡頭時，因深感震驚而淚眼盈眶，事後對著同行的同伴喃喃不清地說：「你不會相信我剛拍到的影像的！」我幾乎可以想像他當時內心淌血，不忍按下快門的片刻心境，但卻萬萬沒有想到，衝擊會是如此之大，這一慘不忍睹血淋淋的畫面，竟然殘忍地種下他日後無法擺脫的極度憂鬱因而輕生自殺的遠因。不斷出現的影像，逼他留下遺言：ONLY THE DEAD HAVE SEEN THE END. 而以瓦斯結束其年紀輕輕的生命，震撼衝擊之大，實在令人難以想像接受。我當下立時停止 VIDEO，重複仔細重複閱讀字幕，一時鼻酸而落淚、椎心之

慟，使我久久無法釋懷，天底下竟然還有這種事情！當然，在這個世界上，每一個人的感受不都一樣，有的人可能看了毫無動心起意，仍然酒肉朱門，有的人卻因此引發憂鬱而自殺。這種極端存在的現實，實在令人深思感嘆，這就是所謂人生？*Prometheus* 是因爲盜取火種給世人而被懲罰，付出代價，故事令人遐思，但最多只不過是一想像的神話傳說而已。這些小孩何其無辜，卻蒙受殘酷無比的災難，難道只是「命該如此」？事實上他們所經歷的慘劇悲況，豈只是人間煉獄，讓我不禁擲筆而嘆：Les Miserables！

有人花天酒地，有人餓死路旁，我們算什麼？ARE WE ALL DESTINED? 不禁懷疑 ARE WE JUST WALKING WITH OUR OWN FATE? 這難道都只是宿命使然？伏爾泰曾說過，假若眞的有造物者的話，那麼不是無能，就是縱惡。怎麼會這麼不公平？這一切不是很荒謬而令人困惑嗎？想來我們只不過是好狗命？一切顯得莫名其妙！

進入二十一世紀之後的今天，時空變化越來越快，可笑的是，一般所謂核心的價值觀念，也隨之瞬間而異。相信不久的將來，AI和5G對於醫學系統的衝擊，更將是難以想像。如何使醫師不致於淪爲 MECHANICS OR EVEN ROBOT 將是一種醫學教育的難題。顯然的，每一個世代都有它藉口的特殊理由；人們在生命洪流之中，面對狂瀾，往往有無能爲力的挫折感。以前學醫就像上大學一樣，在沒有很多選擇的情況下，曾經被視爲是一種「類似特權」。其實，世界多元，術業有專攻，行行出狀元，沒有理由非讀醫不可。如今不到百年光景，更是風水輪流轉，大學生到處是，醫師之多也有如過江之鯽，素質當然也就良莠不齊。當初各人從醫的動機不盡相同，經歷學醫、爲醫的過程，一生行醫的結局也當然不一。相信我們之中，有些人在不知不覺的生活中迷失了生命，在熙熙攘攘的眾生裡走失了自我，不少曾經一度被認爲菁英中的菁英者，（有些確實是，有些不是）因爲學醫，卻變成毫無特色的平庸之輩，隨波逐流、白白浪費，令人惋惜！

回過頭來，當年史懷哲決定學醫的動機，是何等的單純而且明確高尙，他那種悲天憫人的情懷、濟世活人的抱負以及任勞任怨的奉獻，在我心目中，可以說是我們學醫者的典範，也該是爲醫、行醫者所必須具備的基本條件吧。過去如此，未來也應該一樣吧。於此我再度想起家父以前曾經語重心長地感嘆說過，經過一輩子四十多年的醫師生涯，他深深地認爲爲醫之道無他，「奉獻」而已。除非有一顆悲天憫人的心懷，否則是無法成爲一個「眞正的醫師」的。

「醫者佛心」，我個人認爲假如看到這一張照片而毫無動心，不生同情惻隱的話，只能說這種人缺乏對於生命最起碼的憐憫與尊重，那麼爲什麼選擇要學醫呢？我不能明白。我認爲至少在這方面，做醫師的本來就該是不一樣。我只是想把這張照片呈現並介紹給景福校友們，不管是剛開始踏入醫門的年輕學子或已經身心俱疲的醫師們，讓我們停一下，好好的想一想。不要忘記醫療是一種志業，也是一項使命（A CALLING），否則的話，就是從醫、行醫一輩子，也終就會淪爲匠醫、庸醫之流了。我總覺得，雖然價值觀已經大不相同的今天，

SOMETHING STILL THERE, I BELIEVE.

THE PAST IS REAL, AND PRESENT.

認識李登輝

我終於如願以償地見到阿輝伯了，真不敢相信；沒有想到他會給我這一介書生這麼難得的單獨會面機會，使我受寵若驚，終生難忘。

雖然我曾用寓言方式，以海月談笑，如是所聞專欄，撰寫了約十年的對話，並且以摩西對話錄的漫畫，刊登在幾家報紙上。但是一直沒有機會直接會面對談請益過。我寫的文章，雖然藉著揶揄、調侃、挖苦臺灣政治人物，反諷臺灣政情，但是每一篇都有其嚴肅的主題，希望藉此導出臺灣問題的所在，一方面表達我

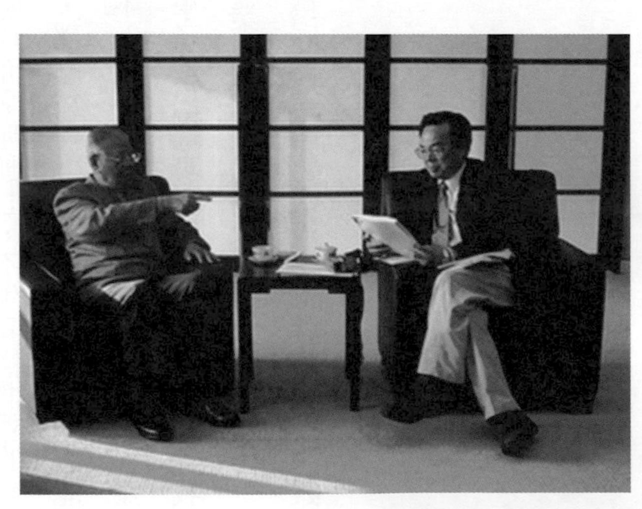

個人的看法。這段時間，因爲看到他老人家被人誤解、抹黑、污蔑甚至妖魔化，也寫過不少替李總統打抱不平，辯護及推崇的文章，越寫越尊敬他老人家高瞻遠矚，爲了臺灣，無私奉獻而投盡心力的努力與奮鬥。不管別人怎樣認爲，他可以說是我心目中，對臺灣民主自由化貢獻最鉅，也是臺灣歷史上最偉大的人物。

幾年來，我一直希望能透過介紹拜訪，但是皆因必須經過種種步驟與困難而未能如願。前次他來美，經洛城，我還拜託人送承一特意裝框好、戒急用忍的漫話，未得任何回音，也曾寄書本專送總統府，亦音訊全無。

今年四月中旬，返臺參加臺大醫學院畢業四十週年同學會之後，經由同窗好友引介得有一難得的機會參見他。當天下午趕抵淡水，搭乘電梯到達頂樓，因爲約定時間剛好，走入寬敞簡樸的會客室時，他老人家已經在那邊等候。逆光之下只見一位巨人佇立在前，一時看不清楚他的臉色表情，心裡因敬畏而有些膽怯，還好握手之後，即時傳來一股誠厚堅實而有受到尊重的感覺；沒想到他老人家會是那麼平易近人，和藹可親。談笑之間，雖威嚴有加，卻完全沒有一點架子；不像以前自己與先父對談時、備受壓力的感覺。（後來從照片中，發現我不知何時竟然蹺腳起來，眞是失禮）。不記得是如何打開話匣，他矍爍奕奕，侃侃而談，有時幾乎是開懷暢談。當時室內只有蔡醫師、內人、我與他共四人。但主要是我隔著小茶几與他聆聽對談。他知道我是醫師，就先從偏頭痛談起，以最新的醫學知識發現，加入他個人的見解，所談的內容頭頭是道，而非一般人云我云，令我醫學專業的人也爲之汗顏不已。畢竟是貨眞價實的學者出身，是「眞正的」高級知識份子，處處流露出睿智博學、思維高超。談話中，可以感覺到他老人家正是智慧高、經驗足、見識深、有遠見、有個性、有深度；就像西塞羅說的充滿智慧、思想以及判斷能力的政治家。他看來氣象從容、胸有成竹、思慮澄澈、談論眞誠；既是極爲理智又是性情中人，理性與感性平衡，恰到好處。有仰之彌高的長者風範，有品格高尚的君子氣度，有堅持原則，充滿信心的領袖氣質與膽識、誠重厚實、心胸正大，才能把世間一切明白看透，自我奉獻，不計毀譽。

（作者註：反觀連宋之輩，王馬之流，不只無人達到其水準，而且差之千里，相去遠甚。這些人愚鈍奸巧，權謀陰險，奴卑投機，膽識不足，不忠不義，不誠不信，不智不勇。都是只求個人功利名位，而不知氣節廉恥之徒。）

我認爲不要說臺灣政壇，無人可以相背，就是當今全世界的政治領導人物，除了自己專業知識之外，相信也很少有人對於文學，哲學甚至歷史，科學有如此深入的見解與修養；我為他感到無比的驕傲，也為臺灣人有這麼一位世界級的國寶人物而感到榮幸；說是當今第一流的政治思想家，亦當之無愧。最奇怪的是，我感覺見了他之後、什麼人都不值得我見了。

由於約會倉促敲定，我自己準備不及，只能會談而不是採訪。有些題目不便深入，而只能適可而止。幾年前，我曾經有過促成臺灣三巨頭（李鎮源、李登輝、彭明敏）世紀會談的念頭，而特別想知道他們三位臺灣近代史上的巨人對於人生的看法以及對臺灣前途的展望。

以下是從談話中以及參考他最近三篇重要著作（《我是不是我的我》、《武士道》、《新時代臺灣人》）整理出來的東西，希望與大家分享他的人生觀以及政治理念。

李登輝的人生觀及內發性行為的原動力

他開始談及他的人生觀演化的心路歷程，他從小就因生活相對優益，反而形成不會太計較物質享受的性格。年輕時，為了消除自我而自願做清潔廁所的工作，在忍耐辛苦及骯髒中磨練成長，以達成自我超越。

（作者註：這種自我奉獻，克己鍛練的功夫實踐，想到做到，實非一般尋常人能夠做到。）

他說小時候，雖然因感受性強而容易衝動，但卻傾於內向內省；喜歡思考、尋求答案。因此自幼廣泛閱讀哲學、文學的著作，接觸古今東西先哲思想。顯然地，他很懷念當時的教育環境，讓他能夠自由思想，而在思考抽象概念與精神中成長。一方面因接受德育修身並認為社會必須有公義而嚮往武士道精神。他在高等學校期間，受到鈴木大拙及西田幾多郎的影響，迷上禪學，喜歡打坐修禪，領悟到《臨濟錄》中「心生則諸法生，心滅則諸法滅」的道理。他認為，禪是人類在超越語言與表現範圍的思想領域中，藉由冥想達到某種境界的努力。他希望藉由修禪，擺脫現實知覺情感的糾纏，而悟覺所有現象背後的眞理，以深化自己的意識；也就是讓自己的想法進入更深奧，更有見地，更寬容的境界。他認為人生終極目的便是淨化自己的靈魂，通過哲學思索，擺脫束縛，層層超昇靈我，進而追求無我的境界。

在此同時，透過岩波文庫醉心於哥德、尼采、叔本華、康德、黑格爾、卡萊爾等等西洋的文學與哲學思想。他把哲學當成不只是知識學習項目，而是希望從人生經驗中，深入思索體會、嘗試實踐。他說這些心得至今仍是他最重要的判斷指針。

（作者註：相信不少人也曾涉讀這些著作，但是眞正能了解其中精髓者不多，更遑論能身體力行，躬親實踐了。）

他特別提到青春時代精神思考影響最大的三本書是哥德的《浮士德》、倉田百三的《出家與其弟子》，以及卡萊爾（Thomas Carlyle）的《衣裳哲學》（Sartor Resartus）。他個人容易熱情衝動，十分欣賞忠於自己的感情，誠實做人而不僞善的精神。後來從新渡戶稻造的《武士道》、卡萊爾《衣裳哲學》講義中，深深地體會從永遠的否定昇華、發展到永遠的肯定的過程與意涵。也因此經由新渡戶稻造的著作與影響，更進一步瞭解武士道的眞義與精神，並決定攻讀農業經濟。

另外，中學時代從他祖母去世而深刻地想到什麼是死亡？什麼是人生？一連串的問題讓他開始不斷地思索自己是誰？人爲什麼要活著？人生的意義爲何？最後深知人之必死爲理所當然，而死亡絕不只是肉體的消失而已，從而悟覺死亡的意義在於如何活下去。他認爲眞正的生死觀應該是，藉由了解死亡的意義，讓我們對於生命價值有更深刻的體會，從而知道如何行為，發揮生命的價值。他深深覺得人唯有克服並超越死這個問題，才能認眞面對並掌握人生。一個人如果不能抱著必死決心，就不可能完成艱鉅的任務。換言之，唯有澈底追求死的意義與價值，才能開創光輝燦爛的生，而抵達生命最高境界的彼岸。

這段時期年輕的他，可說是典型的唯心論者，神遊於形而上學之中，自得其樂。但有時也困惑於只談理論而無具體行動；他認為理性唯有靠實踐才是眞理性，知識也唯有與學習者心靈同化，顯現於品行之上，方為眞知識。其後經過二次大戰的洗禮，親身目睹終戰後，國家因戰爭遭受嚴重的破壞，物質窮困貧乏，人們為了生存而掙扎的慘境之後，自己從主觀的唯心論轉變成為客觀的唯物論者，不再為形而上學所束縛，而特別關心實際生活的社會民生問題。後來臺灣經濟狀況好轉之後，開始感到內心空虛，無法從物質生活得到滿足。一方面覺得唯物論的觀念與想法過度被純理性侷限，與實踐有相當大的距離，而且顯然的，理性不能解決一切。於是只有求助於超越自我的東西，希望能追尋其主客觀矛盾的原因以及解決的方法。歷經多年徬徨、心靈掙扎，最後終於從信仰基督得以將內心的軟弱而轉變像保羅「我是基督在內的我」一樣，而成為「我是不是李登輝的我」。他說他這樣做絕非迷信，強調一切是信仰的問題。信仰不是一種純粹理性，沒有必要完全從理性的角度看待這些問題。他認爲除了身體與精神之外，可能還存有更高層次的東西。信仰是實踐的問題，做的問題，相信的問題。信仰幫他塑成完整的人生觀進而達到無我的超然境界，從而以先驅開創者的立場，思考解決問題的正確方法；也因此內心由軟弱轉變堅強，不怕攻擊打壓，不計毀譽，抱負使命感，爲臺灣做事而奉獻自己。

他提到自己爲什麼要了解、學習武士道精神？爲什麼會希望以此爲基本進行心靈改革？主要是因爲武士道精神在於強調公義，並且以誠信、忠義、仁愛等德育，嚴格修己、認眞實踐。從他個人求道體驗過程中，他認爲這些對於人格思想的修煉，道德的觀念的培養，眞理價值的探索，有極大的助益。他根據新渡戶稻造的著作《武士道》，參考東西文化，引經據典加以闡釋，並提出他個人的見解。

他認爲武士道嚴以律己，重視名譽甚於生命。武士道重誠信然諾，一言九鼎，決不言行不一，不信口開河。武士道主張慈悲與寬容，謙讓殷勤，尊重他人。武士道把忠義放在各種人倫最高位階，強調當仁不讓，義無反顧，勇往直前，並認爲見義不爲非勇也。武士道最忌諱行爲卑劣，違反義理；最看不起巧言令色，缺乏羞恥心不知反省，還拼命指責別人之徒，還有空口說白話，睜眼說瞎話，打高空而不腳踏實地的行爲。（作者註：現今臺灣到處充斥這種空有教育沒有教養的無恥之徒。）他個人認爲只要是人，都應該誠實，正直，具有榮譽心，廉恥心；並認爲誠比仁還重要，無誠不物。眞正的武士以聖職者自勉，做人行爲高尚而不言利，自當率先垂範，躬行實踐，付諸行動，全力以赴，一切盡其在我，而不歸咎於人。

他說自己是漢民族後代，可以了解並且同意新渡戶提到儒家思想是武士道最重要的淵源之一的說法，他個人認爲惟有徹底了解儒教，而且實踐王陽明的知行合一的理念，才能眞正掌握武士道。可惜中國人早已習慣於言行不一。他認爲今日臺灣，教育改革還是最重要的，但必須進一步推動心靈精神改革，而武士道精神正是道德修身，鍛鍊品性成長的基本，可以培育智慧與德性兼具的君子及有正確價值觀的領袖人物。

他一直感覺武士道精神，是他政治哲學的根本，是支持他大力改革的最主要精神後盾。他一生中，在眞理的探索，觀念的培養，人格的修煉上，深深受武士道精神與價值觀的感召及影響。在武士道架構之下，他原本對權力沒有興趣，內心所想，無非是如何讓百姓眾生生活更富足更幸福而已。他所做所爲都不是爲了私利或私欲，而完全是爲了公。他認爲唯有心懷公義，有爲實現公義，自我犧牲的心理準備與氣概，才爲成爲眞正的領導人。因此後來他就任總統十二年之間，無時無刻抱著必死的決心，把自己奉獻給國家，始終一貫地朝理想奮進。他還特別提到目前臺灣情勢實在令人憂心，若繼續這樣下去，好不容易建立的臺灣自由民主體制可能一夕崩潰。他認爲見義不爲非勇也，他之所以繼續爲臺灣領導奮鬥，無非是爲國爲民，沒有任何政治野心；義無反顧的武士道精神，應該就是這樣實踐。

他還提到一次霧中登觀音山頂時，突然發現自己驚險地獨立於山脊上的經驗；當時生死無人可以相助，從而體悟到一個人能依靠屹立於世間者，只有是自己一雙強健的腳。也就是說，生死存亡之際，只能靠自己。同樣地，今天臺灣所能依靠的，也是自己的氣魄與毅力，絕對不能把國家安危託付別人。

（作者註：臺灣目前軍購案的僵局，實令人悲痛憤怒！）

李登輝對於臺灣未來的政治理念

他說臺灣四百多年來，是一部移民與殖民交錯的歷史。早期移民也有曾經存在與現在不同性質的族群矛盾；諸如原漢對立，漳泉械鬥，閩客紛爭。後來這種移民身分區分，隨著日本殖民政權的出現而逐漸消失，取而代之的是外來者的統治與既在者被統治關係。不幸的是兩蔣時期，政府極權統治作風幾等於日據時代殖民政策的延伸；仍把既在的臺灣人民當成被殖民者，造成大陸遷臺的統治者與被統治的臺灣人民之間的族群隔閡，其結果使臺灣人民感受到外來統治政權雖不同，但非主體化的殖民作法則一。因而讓許多既在者，深深感到生爲臺灣人的悲哀。同時在威權恐怖統治之下，許多生爲臺灣人，也曾有過無法爲臺灣盡力的悲哀。這是一段無法否認歷史的見證。

二二八之後，省籍情結和族群問題以新的形式，長期困擾臺灣社會的融洽與整合。一方面外來政權的跟隨者獨享統治的特權與利益，而被統治者則在恐怖戒嚴的政策之下，只能逆來順受、苟且偷生。這時雖然有嚴重的族群分裂及隔閡的存在事實，但在威權統治之下卻不浮上表面。長期被壓制的不公與不自由，造成被統治的原居民心中不滿與反抗，也醞釀著矛盾對立的族群情結。

一九八七年解除戒嚴，一九八八年兩蔣時代告終之後，他大力推展民主政治改革，一九九一年廢除動員戡亂時期條款，一九九一年國大全面改選，一九九二年立法院全面改選，一九九六年總統直接選舉；舊時代政治結構所造成的族群隔閡，在民主演進中逐漸改變而似有些日益冰釋的跡象。但是一些舊時統治階級卻因深箇封建的法統思想及逐漸喪其失特權與既得之利益，而有無法適應或拒絕接受的負面反彈。身爲國家總統，他深知臺灣必須團結，國家前途才有希望。他因爲預感並憂慮到民主社會多元化，重新洗牌的結果，可能發生族群對立與分裂的衝突表面化，於是爲了緩解省籍情結以及適應未來，乃於一九九二年底正式提出生命共同體的理念，繼之又於一九九五年提出具有社會公民意識的社區共同體的概念；希望經由社會改革與心理改革，打破封建思想與舊社會體制，呼籲來自不同省籍、不同地區的人要凝聚一個堅強的居民共識。事實上，他可以說是最早關切此一問題而希望促進族群融合的第一人。

然而由於政治利益考量以及大中華主義情結作祟，每逢選舉或政局變動，族群情結便被有心政客媒體煽起利用，動員族群對立，導致以族群劃分的人造區塊，惡化到帶有敵我矛盾性質的對壘、針鋒相對，對於臺灣政局穩定造成極大傷害。一九九八年市長選舉時，爲了消弭族群分裂的危機，他再度特意揭櫫新臺灣人的使命以凝聚共識；不幸卻又被政客扭曲利用，媒體庸俗污蔑化。二〇〇〇年之後，族群問題因政權轉換而加劇，加上中國存在的因素，新臺灣人主義也逐漸淡化，後來終至銷聲匿跡。

不過他認爲不管怎樣，歷史的傷痕終須療癒，他說我們不需要把歷史悲劇的責任，過度地擴大到所有外省人身上，而希望大家應該以相互的愛心與寬容走出陰影。他說本省人要能體諒外省人被驅離中國的生存焦慮，外省人要能體諒本省人在歷史中形成的主體意識，彼此能夠從此化除疑忌，讓二二八不再是悲情的哭牆，而是鏡子，也是警鐘，時時提醒跨越悲情，爲了臺灣的未來攜手同心、彼此疼惜、徹底融合。他認爲在臺灣，族群問題只有用民主的方法才能徹底解決。我們必須建構尊重個人自由意志的民主社會，充實主權在民的實質內涵，深化民主而不能只是停留在投票行爲及選舉運動而已。進而以公民意識與社區意識，打破傳統的地緣和血緣，取代劃地自限，消極保守的族群情結，集合自由意志的個人，以民主方式團結臺灣。臺灣不僅要成爲民主共和國，更要成爲民主人共和國，徹底實現主權在民的理念。

他提醒大家注意到，歷史上臺灣在一六八四年到一八九五年的二百餘年期間，曾經與中國同為「清」國的一部分（清國於一六四四年併吞中國，一六八四年併吞臺灣），《馬關條約》之後早已分道揚鑣。一九五一年簽署舊金山和約，臺灣主權未定，臺灣從未屬中國。所以有人說臺灣是中國的一部分是虛構的。臺灣是臺灣，中國是中國，臺灣不屬於中國，是無庸置疑的。而事實上，對岸的中國人也把所有來自臺灣人民全部視為「臺胞」。所以他認為所有臺灣居民，大家共同生活在臺灣這麼多年，臺灣才是大家感情的歸宿，認同臺灣是歷史的必然，也是應該的。對所有居住在臺灣的臺灣人民而言，臺灣早已從他鄉變成為故鄉了。他呼籲大家，不分來臺先後，都應毫不遲疑地認同這塊土地，揚棄被宰制一個世代的漂流意識，並且把臺灣意識逐步化為實體，當家作主，自由決定我們自己的政治地位，並自由謀求我們自己的經濟，社會和文化的發展，經營臺灣，開創新局。

他認為對於臺灣不同階段的歷史過程，包括不愉快的殖民經驗，都是構成臺灣之所以為今日臺灣的要素及推動力。對之既要有批判也要有超越悲情的肯定，不應也不必予以全盤否定。他還提醒大家面對臺灣的未來，不能單以主觀抽象模式進行思考，而必須遵守客觀理性的規律。他認為以中華民國為名的臺灣，是歷史演進的特殊場所，也是我們自歷史承擔的不可逃避的生存空間與過程。不過，時代的任務已經完成，最近民意測驗顯示、越來越多的人自認是臺灣人，這種認同不以族群省籍爲區分，而是基於與人們息息相關的共同生活場所—臺灣這個地方。這是大家應當認知接受的。

他認爲我們是一個確確實實有別於中國，禍福安危休戚與共的生命共同體。因此臺灣不必談論與中國進行所謂統一（作者註：他在武士道書中曾提及：我個人至今其實都沒有說過絕對反對統一之類的話），而應該依據主權在民，民主自決的原則，將認同臺灣的意志轉化爲正名，制憲的動力，勇敢開創臺灣的新時代，完成以臺灣爲主體的正常國家。還有，他認爲臺灣已經通過民主改革成爲民主國家之後，沒有任何具有說服力的理由，還要走回民族國家的建國道路。他說「民主的寧靜革命」也證實比「脫殖民化的臺灣民族運動」論述更爲有效，臺灣的共同體意識，必須是「民主的」而不是「民族的」。因爲以臺灣民族主義與中華民族主義抗衡，力量懸殊；但是以民主臺灣與封建中國對抗，就完全不一樣了。臺灣今天應當像美國一樣，（作者註：只有美國人而沒有美國民族），不需要再去建構臺灣民族，我們是在民主，自由，多元，開放社會中自由結合的狀態，在民主制度之下，公民是基於對民主理念的服膺而選擇共同生活於此地的，而非以地緣，血緣等非民主因素隨機或勉強湊合的。

最後，他認爲現在是發揮不認輸、不怕苦的臺灣精神，建構超越內部矛盾的「新時代臺灣人」的時候了。他說的新時代臺灣人是現今所有實際生活於臺灣的人。這群居民，大家對生活目標擁有主觀理性需求，追求自由的意志，從事心靈改革，更新意識思想，經過融合凝聚而逐漸形成認同並具有臺灣意識的主體覺醒。所謂臺灣意識是建立在臺灣人民歷史生活經驗與精神互動的結合，然後加上民主的公民意識、社會意識，結晶成爲以臺灣爲主體出發的思維方式，並認知以臺灣生命共同體爲優先考量的精神。他期望由此可以激發國民內心的覺醒，產生對臺灣這一土地的愛心與責任感，凝聚爲共同福祉奮鬥的信心與意志。

他反對刻板地以來臺先後作爲判別臺灣人的標準，而以認同這塊土地，維護臺灣優先，認同民主價值，來定義新時代臺灣人。新時代臺灣人不用依人口比例作主從之分別，也不以人口占多數的族群爲主建構臺灣民族，而是一視同仁，平等看待所有成員的公民身分。新時代臺灣人以人爲起點，確立以臺灣爲主體的奮鬥意志，以臺灣爲中心，自我肯定開創新文化，進行教育改革、社會改造、行政革新、文化提升，以期健全社會架構重建社會倫理、建立慈悲的資本主義，以公平正義深入社會底層，重視弱勢族群，重現民主、自主、多元、開放、充滿人文關懷的和諧社會。使人人享有國家主人的地位，讓所有公民都具備起碼的生活安全和人性尊嚴，大家同心建造完全屬於自己的公平正義的民主社會，和美麗的自由家園。

他的結論是，經過四百多年，臺灣意識不應再是移民社會無助的寄託，而是具體生活經驗激發的家園意識、社會意識、國家意識；像南非一樣，我們想自己當家做主，是沒有什麼不對而且是應該的。今天在臺灣，不論先來後到，大家都是承擔這些歷史遺緒的新時代臺灣人，大家都是移民，占有同樣重要的位置。我們要有當家作主的責任感，迎接臺灣未來多族群、同命運的時代，共同建立有尊嚴、有文明的國家。

這時候，談話已經約近兩個鐘頭，快下午五點了，意猶未盡。蔡醫師暗示應該結束告辭，雖然李總統說不要緊，後來我因爲考慮其他侍從人員的不方便，眞想開口問說可以不可以讓我請吃晚飯，終因顧及可能造成不便而沒有提出。臨行，他老人家還送我約十多公斤的書，包括他自己的著作及一些群策會的研究報告。

Napoleon: The heart of a statesman must be in his head. 他老人家博學睿智，信念堅

定，高瞻遠矚、憂國憂民，就像一座燈塔，也像警鐘。我個人認為很多人沒有眞正地了解他，甚至還誤解他；所以決定不厭其詳地寫了這篇文章。我衷心的希望臺灣人民，尤其泛藍人士以及所謂知識份子，能夠理性而且耐心地讀他有關的著作，從而了解李登輝的人生觀以及他的政治理念。

哀哉臺灣公投！

眞正的權利不是由他人施予給你的，而是沒有人可以從你奪走的。

A right is not what someone gives you, it's what no one can take from you.

——Ramsey Clark

筆者個人深深地相信「沒有公投，就不是眞正的民主」。攸關臺灣前途最重要的，也是代表人民最基本的自然權力的公投法，竟然一而再，再而三地被擱置、被否決，換句話說，被剝奪將近六十年，直到二十一世紀的今天仍然無法落實還權於民，臺灣能算是眞正的民主國家嗎？臺灣人民能不憤怒嗎？

幾年來一直頑強反對並想盡辦法阻撓公投的國親兩黨，前陣子突然來個一百八十度的改變。逆向操作，轉守爲攻，主張七月立法、八月公投，並威脅規定公投結果與政府政策不符時，行政首長應下臺。迫使民進黨一時進退失措，以臺灣已經是主權獨立的國家，不須統獨公投來回應，真是令人啼笑皆非。接下去的演變，更是把公投當兒戲一般玩弄，這次泛藍集團從完全反對、誓死阻撓到全部贊成，然後又從加碼設限到全面撤簽、回歸原點，這種出爾反爾、一變再變、做戲拆戲的行徑，清楚地暴露其自始至終根本反對以及懼怕公投的心態，他們只是利用公投法做為權謀運作而已。公投的嚴肅性竟然被泛藍玩把戲一樣地踐踏。他們自持國會多數，以為可以隨意自行訂定公投的議題與方式而操弄結果，竟敢公然挑釁。而泛綠雖有推動公投的決心，卻缺乏擔當的勇氣，畏首畏尾、臨陣退縮為自我設限的防禦性公投，導致朝野雙方虛情假意，相互掣肘、陰奉陽違，公投立法因而再度被擱置，實在令人痛心。臺灣人民看在眼裡怎能不怒火中燒呢？相信臺灣民主思想的進展，總有一天會讓這些玩法的政客遭到玩火自焚的結局。

公投是基本人權，沒有公投權，就沒有真正的民主

公民投票是民主國家的人民表達全民意志極為重要的機制。公投可以說是「人民主權」、「人民意志」之最直接的表現。一般間接民權方法難免有時會忽視或扭曲或強奸

或抹殺眞正的民意，因此這種全民直接民權參與政治的方式，正可以用來彌補間接代議制度的缺失與不足。歐美國家經常針對國家或地區的重大議題進行公投，這是民主政治的常態。

《憲法》十七條明文規定人民有罷免、選舉、創制、複決的權利。除了對人有選舉罷免權之外，人民對於修改憲法或制定法律，有提出議案的權利，而對於議會制定的重要法律或憲法等也是有投票表決取捨之權利。創制及複決都是由行使公投決定的，可以說是公投的一種。創複公投法對於化解政治紛爭，建立共識、穩定政局具有正面的功能。要知道，國會的意見是代表「間接民權」，而多數人民的意見則屬於「直接民權」，所以直接民權本來就可以推翻間接民權的，而其行使是要透過公投來表達。國會有時會訂出違背民意的政策或法規，所以眞正民主國家的人民，必須有權否決或改變政府或國會的政策來制衡，所以公投法是絕對必要的。

因此，當面對一個對地方或國家，影響巨大，極具爭議的公共議題或政策之時，可以由政府或人民提案，將此一與地區或國家中每個居民有關的公共議題，交由這個社區或國家的全體居民直接投票來決定。當然其後果由全體居民承擔，這是每個參與的居民必須告知清楚而充分瞭解的。公投是經由全體人民投票表達他們的意志，所以也是民主政治的最後一道防線。換句話說只有公投結果的多數才是眞正代表最新的主流民意。也就是說，沒有公投權，就不是眞正的民主政治。

臺灣公投的阻力

自從古羅馬有公投制度以來，公投權即被視爲天賦人民之最基本的自然權利。事實上，它非由立法而產生，並無需另立所謂法源。公投權決不是執政統治者或者民代，或任何政治黨派集團或人物的特權或私產。此一人民基本的權利絕對不需要任何統治者或民代的答允，施捨或批准的。不要忘記，公投權原就是憲法規定，賦予人民，不容剝奪的權利。民主國家，均以此維護主權在民的基本精神與觀念。

臺灣立法院於 1984 第一次提出公投法案以來，迄今已經被擱置三十次以上。臺灣公投法在國民黨的統治之下，一直被少數政治人物以及集團所壟斷，他們蓄意將公投法錯誤定位，用種種方法曲解、推託、威嚇來誤導民眾或強奸民意，以少數人立法來箝制剝奪全民的天賦人權。在臺灣，大多數人在選舉時只選人而不會考慮到公共政策。很多立委及政黨只爲自己或者黨團的利益而不顧國家人民整體的利益，他們所制定的公共政策及法律，往往不符合人民的意願，人民卻無從制衡。臺灣人民經過外來國民黨政權的極權統治，從來未被教育告知或了解民主政治下的公民投票權爲何物。國親新等泛藍集團更利用反智教育與欺民媒體愚弄人民，惡意把公投描繪成造成毒害，避之不及的洪水猛獸。

在這種情況之下，可憐臺灣人民多年來一直習慣於依賴政府與政治人物，或是不知道自己已經是主人，或是不知道如何作主，才會讓自己選出來的政客奪走了自己應該擁有的權利而不自知，不去爭取反抗，以至於直到今天，臺灣人民仍然沒有公投的權利，實在是一件可悲的事。那些反對或阻擋公投的政客不是明知故犯，就是愚昧無知，這種篡權的行爲，老實說，不僅不配擔任國家公職，更是人民的公敵。

公投不應有排除條款

公投是針對任何一件特定的核心政策或議題表達直接民意，決不應該有任何排除設限或附帶加碼條款的。只要是攸關全體居民的議題或政策，都可以經由公投表達人民眞正的意志，尤其是沒有共識、久懸不決，影響巨大而具極大爭議性的政策與議題，包括國號、國旗、國歌、修憲、制憲、統獨等問題在內，更是需要公投來決定，因爲沒有什麼比人民眞正的意志更崇高尊嚴的了。任何排除或附帶條款不只侵犯主權在民的基本精神並且模糊焦點，等於取消了公投法與創制複決權的實質意義和作用。全世界除了「非眞正」民主的國家之外，大概只有臺灣的泛藍統派份子才會有如此的想法與作法。

公投有助於凝聚共識，解決重大紛爭

歷史上，公投實例不勝枚舉，譬如 1804 年，法國公投同意拿破侖做皇帝。1935 年，居民公投決定薩爾斯盆地歸德。乃至最近 1989 年，俄羅斯公投制訂新憲法。1991 年，波羅地海三國，立陶宛、拉脫維亞、愛沙尼亞，公投脫離蘇聯而獨立。2002 年，瑞士公投加入聯合國，東帝汶公投獨立。2003 年車臣公投接受新憲法，匈牙利公投加入歐盟等等。無論修改憲法、獨立建國、統一加盟都可以經由居民公投來解決的。

爲什麼臺灣需要統獨公投

臺灣現狀是否要改變，取決於全體二仟三百萬的臺灣居民的意願；不是任何一個國家，任何一個政府，任何一個政黨，任何一個人可以替我們決定。

大多數的人都同意臺灣必須對內主體化、對外國際化，才能有生存的空間。根據《聯合國憲章》對於人民自決以及住民意願優先原則看來，臺灣存續與否，對國際社會而言，最有效並且最能發生影響力的方法就是臺灣人民舉辦公民投票，來表達自己的意願。無論公投結果如何，都會得到國際社會的尊重，這是十分重要的。假如臺灣人民經由公投主張自決，明確地向國際表達獨立建國的意志並脫離一個中國的架框，讓全世界知道臺灣願意成爲一個國家而不屬於中國的話，臺灣問題將成爲國際問題，而不再是中國所謂的內政問題了。。

幾年來，泛藍統派份子一再利用民眾恐共心理，一天到晚以公投會遭致中共動武，或會造成族群對立，朝野對抗，政局不穩，社會不安來恐嚇威脅臺灣人民。事實上，他們自己懼怕公投，因爲公投是民意最直接具體的表現，讓人民自己決定自己的選擇。尤其假如公投的結果是正名臺灣、反對統一或贊成獨立的話，那麼他們多年來所持有的一切理由與種種特權，包括什麼法統、優越感全都消失而不存在了。臺灣也可以因此凝聚共識，成爲眞正的生命共同體，開創屬於自己的未來。

泛藍統派份子既然認爲並一再宣稱臺灣主流民意贊成統一反對獨立的話，爲什麼害怕統獨公投，而且想盡辦法阻止、反對呢？這不是等於害怕眞正民意而強奸民意嗎？同樣地，中共方面每次都振振有詞地對外宣稱，臺灣同胞絕大多數都贊成統一，只有一小撮份子搞獨立，既然如此，那爲什麼不敢讓臺灣人民舉行公投選擇決定自己的前途，而要以武力威脅、反對臺灣公投呢？。

幾年來，臺灣政治人物不只壟斷了公共政策和事物的決定權，而且因爲集團利益、統獨意識、族群情結、國家認同，天天吵鬧不停、爭執不休。一方面又反對或阻止，不肯或不敢舉辦公投讓全體居民去決定，以求達到共識、解決爭端，才使整個國家社會陷入經年累月的紛亂，不必要的耗損國力，而且永無止休的惡性循環，讓臺灣一直往下沉淪，實在令人憂心不已。

臺灣存續唯靠人民公投，政治先決

目前臺灣對抗中共以求生存的情勢與處境，可以從軍事，經濟，及政治三方面來分析。軍事方面：近年來，由於軍事科技的大幅進展，中共的飛彈以及潛艦戰機的質與量不斷地改進，已經使所謂天然塹屏的臺灣海峽變成毫無作用的馬其諾防線了。整個情勢已開始呈現一面倒的狀況，就是再花大筆錢去軍購飛機坦克等武器，也沒有什麼用。更何況昂貴的軍費競賽，顯然已非臺灣經濟財力可以持久負擔下去。就是一對一，百分之百有效，臺灣擁有愛國者飛彈的數目仍然遠低於對岸對準臺灣的飛彈，實際上，已經成爲只有挨打而幾乎無法防禦的局勢。

經濟方面：臺灣在大陸六佰到一仟億美元的投資，臺商設廠十萬家，長住中國的臺商約四、五十萬人，更有很多不法臺商，錢進大陸，債留臺灣，只有越陷越深，所謂有效管理，只是口號空談，終究有去無回，有一天將成爲只有任人宰割的局面。中共的磁吸效應，不管是否違背人權的奴工制度，大前研一預測過分依賴出口的國家，就連日本也將會成爲中國的十分之一實力的周邊國

這幾年來，臺灣的經濟以及軍事情況，已經明顯地逐漸從優勢轉爲劣勢，今天的臺

灣，可以說幾乎毫無經濟與軍事的籌碼在手可言。目前臺灣的存活看來唯有依靠攻治的運作，也就是以公投定位國家而在國際社會立足，使臺灣問題變成不是中共所謂的國內問題，而是國際問題，讓中共無法隨心所欲，予取予求。除此之外很可能別無選擇。今天的情勢，經濟軍事已經不可以持，公投自決顯然地已經成爲臺灣存續的唯一憑藉了。

統獨公投的迫切性

依照目前兩岸局勢快速轉變看來，統獨公投有其迫切性的存在：

1. 中共一直以武力威脅併吞臺灣，近年來軍力大增，更以大量飛彈對準臺灣，大有準備隨時動手攻臺的態勢。
2. 由於大陸強力的磁吸效應，造成臺中經濟的情勢巨大轉變與快速惡化，日本未來學學者大前研一預測中共將於 2005 年經濟併吞臺灣，而最遲在 2008 年奧運之後，更將會有動作。
3. 這次煞滋（SARS）大流行，臺灣仍然被國際社會認定是中共的一省，而非主權獨立的國家，因而再度遭世界衛生組織排除在外的窘境。

4.申請聯合國屢次被拒，始終無法擺脫臺灣是中國內政問題的框架。

5.統獨不解決，國家定位不確定，臺灣一直生存在恐懼，紛爭與不安的陰影之下，無法繼續維持現狀下去，被統一是遲早的事。

不是筆者有意唱衰臺灣的情況，事實上，越來越差，與大陸相比，彼長我消，形勢越來越不利。尤其在中共武力威脅之下，最可怕的是臺灣居民居然毫無危機意識，對於國家認同與定位，始終無法達成共識，導致無法團結對外。不僅如此，由於族群情結、統獨意識一天到晚爭吵不停，內鬥、內耗、內損不已。再加上島內統派集團存心聯共賣臺，臺灣的存亡可說在旦夕之間。要知道萬一下次總統大選，泛綠不幸失敗，那麼不管是要統要獨，臺灣人民將永遠沒有機會表達全民自己眞正的意志了。因此在所有公投議題之中，沒有比統獨以及國家定位更重要、更迫切的了。

防禦性公投

防禦性公投？先行立法暫時不用，等到中共有所威脅動作或不宣而戰，直接以四、五百枚飛彈打過來的時候，才來舉辦公民投票？想想這次伊拉克的戰爭，美國以

Decapitation（斷頭）、shock and awe（休克與戰慄）等戰術先發制人，讓對方連喘氣的機會都沒有。我們想叫暫停（time out），中共就會暫時停火，同意讓臺灣舉行公投嗎？這種不合邏輯的思考方式，不是等於自慰自欺的阿Q精神嗎？這種不敢面對現實、避重就輕，逃避問題核心的做法與拒絕公投只差五十步而已。

臺灣已經主權獨立？沒有統獨的問題？

說臺灣已經主權獨立，沒有統獨問題是一個海市蜃樓，自我陶醉的天方夜譚。就像國王的新衣一樣，別人都看不見？以前泛藍統派一直以此為藉口，強力阻止任何公投法的通過，今天反而變成民進黨用來抵抗國親操弄公投把戲的理由，眞是可笑而令人難以置信。臺灣眞的是一個主權獨立的國家嗎？這種睁眼說瞎話是過去國民黨為了維護其政權，用來對內宣傳的謊言，政權輪替之後，阿扁政府還繼續這種說法，眞是莫明其妙而令人失望。誰都知道一走出去臺灣，事實情形就完全不是這樣。我們可以視而不見、聽而不聞、咬文嚼字、自圓其說，但事實擺在面前，不只中共一再宣稱臺灣是屬於他們的，而且全世界絕大多數的國家，包括美日在內，都承認且接受這一說法、不要說聯合國，就連世衛組織都認爲臺灣是中國的一部分，這也是我們一直進不了聯合國，世衛等國際組織的主要原因。別的國家就是不認爲我們是一個主權獨立的國家。更何況法理上，所謂中華民國早已不存在了。誰都知道，宣稱臺灣沒有主權及統獨的問題是一種一廂情願、自我認定、自欺欺人，不僅不切實際而且不負責任的說法罷了。

目前臺灣最大的問題是國家定位與認同。這個根本的問題沒有解決，拼什麼經濟都沒有用的。逃避或拖延問題的存在並不能解決或緩和問題。視而不見的鴕鳥心態只會累積更多的誤解與對立，最後反而造成問題的惡化。統獨問題不解決，主權獨立不獲承認，臺灣不僅無法凝聚共識而形成一共同體、擺脫族群情結、團結對外，而且在中共威脅日增之下，恐怕只有早晚被瓦解併呑一途了。。

臺灣人民到底在想什麼？

臺灣人民到底要不要一個眞的完全屬於自己的國家？臺灣人是不是眞的想要一個「完全屬於自己的國家」？事實上，沒有人知道。不要說中共，美國、其他國家就是連臺灣人自己都不知道。唯一的正確答案只有來自公投，別無他法。這是今天臺灣面對的最基本也是最迫切的問題。假若答案是否定的話，那麼一切免談，也不必再談，所有的爭執都沒有意義，應該讓塵埃落定。假若答案是肯定的話，臺灣只有不惜代價，拒絕統一走向眞正的獨立。臺灣這幾年的混亂已經夠了，筆者認爲所有居住在臺灣的人民都有權利，也有義務去得到正確的答案。

我對統獨公投的看法

由於時代思想潮流的不斷演變，世界上，國與國之間合合分分，並非少見，最近如蘇聯的瓦解、歐盟的成立都是時勢所趨，尊重人民意志的自然結果。筆者雖然強烈主張臺灣應該獨立建國，但是有些時候，也懷疑我們這一代是否有絕對的權利，不顧一切、不惜代價來決定我們子孫的未來，尤其在中共可能隨時翻臉動武的威脅之下。二十一世紀的今天，雙方最好盡力尋求避免戰爭而兩岸均可以接受的途徑來解決統獨問題。因此筆者主張，臺灣應該首先舉辦以「要不要一個擁有絕對主權而眞正屬於自己的國家」爲議題的公投。假若答案是「要」的話，那麼最好的方法應該是爭取在國際組織（如聯合國、歐盟）的監督保證之下，雙方簽定條約：中共承諾撤除飛彈，並保證不以武力攻打臺灣，而臺灣則承認一中為中華人民共和國，中華民國已不存在，但是臺灣目前自主，不屬於中國（一臺各表），並答應以未來五十年為期，每十年舉行統獨公投一次，作為交換條件。假如當時大多數人贊同統一，那麼臺灣必須尊重民意，也就是自然而然地接受合併。否則臺灣繼續維持現狀，以獨立國家的名義參加國際社會組織。兩岸以國與國之間的特殊的關係，繼續經濟合作，無須為統獨相互扭曲民意，進而因此軍備競賽，徒然消耗彼此國力，從而可以各自發展，積極建設各自的國家以提高各自人民生活水準。從而彼此認識對方、消除敵意。五十年後，是統、是獨？塵埃落定，不用再爭執。

臺灣人民的冷漠

臺灣公投運動中，最令人失望而且不能理解的是臺灣人民對這公投問題的冷漠態度。有人說，這是臺灣人天生怕死又不知死的表現。諾貝爾獎得主德蕾莎修女曾經說：「愛的相反詞不是恨，而是冷漠。」蕭伯納也曾經說過：「人類最可怕態度的是冷漠。」冷漠表示缺乏愛心、不關心。冷漠不止傷害到個人、社會，對於國家前途的漠不關心，尤其是有關國家的重大政策與公共議題，將會嚴重地影響國家的命運．

臺灣一直無法完成立法公投的理由，固然在於朝小野大國會情勢，但更重要的關鍵是人民冷漠的態度，無動於衷、漠不關心，因而無法聚成民眾或輿論的壓力。在野立委有恃無恐，膽敢一再阻擋擱置，卻不見人民像香港五十萬居民走上街頭抗爭示威。臺灣人民的勇氣在那兒？臺灣人民數百年來當奴隸一直被外人管，現在自由了，可以當家作主，卻還不知覺醒，仍然是膽小怕事的查某嫺仔心態，眞是可悲。

結論：眞正的民意不須害怕被誤解

回顧當年國民黨爲了維護其統治特權，有辦法一直反對及阻擾公投，剝奪了這一人民最基本的權利，而老百姓也可以接受而不去抗爭，是讓筆者極爲不能理解與十分失望的事。臺灣好不容易經過政黨輪替之後，照理應該是臺灣人當家作主的時候，但是受到國民黨白色恐怖的戒嚴鐵腕統治過後的臺灣人民，仍然創傷猶在，餘悸猶存，不僅沒有做主人的擔當，膽量與勇氣，也不知道如何當起國家的主人，負起決定自我前途的權利與責任。如今民進黨執政三年多，公投法案仍然無法上路推行，實在可憐。臺灣除了中共威脅當前之外，還有一股少數但卻強勢，居住在臺灣，卻一直否定臺灣，誓死反對臺灣人當家作主的力量存在，如何喚醒並建立臺灣人民的自信、自立、自強、自主與自尊已是當務之急了。眞正的民意是不怕被誤解的。如果臺灣公投還需要看中共或美國的眼色的話，公投也就失去了眞正的意義。要知道，彼長我消，保持原狀是不可能的；更不利的是時間並不站在我們這邊。大部分臺灣人仍然不了解公投的重要性及迫切性，只擔心引來的麻煩。白樂崎說過：「原則上，任何改變臺灣政治現狀的決定，都應得到臺灣人民的同意，而堅持此一原則遠比可能爲臺灣帶來的任何困難與災難的挑戰更爲重要，不是嗎？」比起六四事件的北京學生、反抗惡法的香港居民，臺灣人民的意志何在？怎能讓政客們胡作亂爲而坐視不動？臺灣人民勇敢地站起來、走上街頭吧，讓我們明確地表達我們自己的意願。公投法是我們人民的基本權利，我們絕對反對被那些政客奪走！

（7/29/03）

反駁紀剛的「弔詭思維」

莫須有的指控

最近讀到一篇紀剛先生刊登在今年一月二十二日《明日報》上的文章，題爲：民進黨選舉勝利，共產黨統戰成功——兩岸關係的一個弔詭思維。其結論竟然是意指影射李登輝乃中共對臺統戰策略中，所摻的最大砂子。也就是說李登輝乃是中共滲透布局，派在臺灣臥底顛覆的最重要人物，中共有一天會因此而建立一個紀念館來感謝這位「千古功臣」。讀完之後，心中感慨萬千，乃至於失望與憤怒，連紀先生這位有名的文人（《滾滾遼河》的作者）都會有這種荒謬的「弔詭思維」方式，難怪許多外省族群（或所謂新住民，或自稱臺灣久客），因爲不正確的資訊，而有錯誤的觀念，始終無法放棄族群情結、認同臺灣並融入臺灣人民社會，願意當「新臺灣」人，而爲臺灣的未來一起打拼奮鬥。紀先生的說法，有如秦檜以莫須有的罪名，誣告岳飛通敵一般，污蔑一生爲臺灣以及臺灣人奉獻的一代巨人，實在太不應該了。紀先生不只言重而且言差矣。由於一段交情，本來希望有人會出面為文指正這種極端不當，充滿偏見、誤導大眾、分化離間所有臺灣人（住在臺灣的人民）的說法，兩個月過後，竟是不見動靜，尤其最近看到李登輝夫人，又遭受馮謝等血口噴人的惡意污蔑，以及這批小人，萬般狡辯、敢做不敢當的無恥作風，我不得不站出來提筆反駁：紀先生，得罪了。

謠言殺人不見血

古人說：「讒人似實，可浮石沉木，使聽之者惑，視之者昏。」雖說謠言止於智者，但是大部分群眾乃非智者，在一而再、再而三的媒體文字暴力洗腦之下，很容易被牽著鼻子走，要知道「流言沒有翅膀，卻比有翅膀的飛得快」。魯迅在《謠言世家》裡說得好：笑裡可以藏刀，自稱酷愛和平的人，也會有殺人不見血的武器；那就是造謠言。友人說：「紀剛非小人也，何逞鼓舌之能，做維厲之階乎？」

前朝遺老的心態

紀先生的爲文深深地表露了一種頑冥不化的前朝遺老的心態，雖不像梁肅戎、夏功權等舊時權貴，完全不顧臺灣人民的感受與願望，卻也有意無意地忽視了時代的變化與演進，以及民主自由、人權至上的潮流趨勢。他的說法，好像沒有中國國民黨就沒有臺灣，也沒有大陸一樣。老實說，沒有國民黨，大陸、臺灣還會繼續存在下去，不用他來擔心。也許沒有它更好，海峽兩岸也不會有今天這種局面了。

紀先生自承他曾有三次想用這個題目寫篇東西，每次都是民進黨勝利而國民黨一再挫敗之際。顯而易見的，每次本土派抬頭、臺灣人民出頭天，都讓他有些承受不了的感覺，而必須說些話。（雖然民進黨並不就等於臺灣人民）紀先生，您不須憂心，這只是民主政治下，民意的自由表現而已；誰知道下次選舉會是如何？最受不了的該是那些舊時擁有持權及歧視觀念統治階級，對他們而言，好像是以前的奴僕，應該永遠是次等的，怎麼可以爬上來做主人？他們對於本土意識的崛起充滿敵意與不滿，甚至於仇視而無法接受。我想沒有人會否認這群人的存在吧？

紀先生說這次選舉的結果，海內外論者都是從結果的表象發表評論，只有他認爲

（才知道）這些都在北京最高的祕密戰略的設計之中。姑不論北京不瞭解臺灣，或民進黨不瞭解中共，紀先生未免也太低估臺灣人民，在民主人權之下，自由選擇的智慧。把所有的專家都當成笨蛋，只有他才知道、他才了解眞相，難道紀先生有特別的管道可以直通中共當局？不然，不是太過於主觀、自以爲是、自我膨脹了嗎？

國民黨成爲中共統戰的工具

中共對於臺灣獨立懼恨入骨，不惜以武力威脅。長久以來，千方百計多次表明不讓具有強烈臺灣意識的人士當選，以免臺灣走上臺獨之路，是大家都知道的。難道江八條是胡說八道？難道威嚇打壓李登輝、陳水扁都是裝腔作勢？就是最近所謂歡迎民進黨，還是特意排除臺獨意識人士在外。中共當然希望中國國民黨繼續執政，以便統戰運作，回歸統一而不致分離獨立。君不見，在國民黨執政當年已經有不少失意大老政客退將黨員，接受招降一再赴京朝覲，現今更是明目張膽投奔靠攏，連楊世緘、焦仁和、章孝嚴之流，都先後走上旋轉門媚共助共去了，還有很多呢。

閉門造車，走火入魔

紀先生所謂「抛石頭，挖牆腳，摻砂子」誰都知道是很簡單的兵法運用，也不是中共的專利。中國國民黨更是箇中好手。只是腐敗的中國國民黨在大陸吃了中共的虧，才會念念不忘，用來隨便戴帽子懲制異議份子，厲行戒嚴、一黨專制、白色恐怖之統治。紀先生身知其害提出見解，本無可厚非。但是您我都是學醫的，該是有多少證據說多少話才對。假若閉門造車、自由心證、胡亂推論而致走火入魔則另當別論了。想來有人譏諷文人異想天開，莫以此為甚。《論語》：「君子於其所不知，蓋闕如也。」憑空指控，就像欲加之罪，何患無詞一樣，紀先生不是馮謝之輩，何為致此？蘇東坡：「事不目見耳聞而臆斷其有無，可乎？」司馬光更提醒：「任已則有不識之蔽，聽受見則有彼此之偏。」請紀先生慎思之。

臺灣問題不是國共問題

紀先生說，面對臺灣，中共最懼怕、最引為心病的是中國國民黨和國民政府（早已不存在），必須將其消滅、斬草除根。說來他也未免太過分抬捧國民黨了。假若如此，中共應早早消滅在大陸的國民黨，徹底殺光才對。很多在美的大陸人，從電視觀察，都瞧不起連戰、看扁國民黨。假如中共還介意國民黨的話，只不過是想利用其剩餘價值做爲統一、統戰的工具罷了。看來紀先生似是依然沉浸於反共及反攻大陸的陳舊幻夢之中，說什麼國民黨將會再度逐鹿中原，是中共未來的敵人，並以帝王封建思想，說什麼任何一代中原之主都不會容忍分裂國土的邊疆地區獨立。容忍不容忍是一件事，要不要獨立是另一回事。獨立與否應取決於居住民而非土地，更非局外之人。臺獨運動的起始與持續可以說是因爲國民黨帶來的惡政惡習以及它成功地把中共妖魔化的結果。更重要的是，臺灣人民承受到特殊的歷史、外來因素衝擊的影響而產生自我意識的覺醒所致，與中共統戰絕無關連。

中共對外聲稱臺灣爲其叛亂的一省，是內政問題，外人不得干涉。因此臺灣廢省正是最好的對策，使其師出無名，臺灣地位從此提升而不是如紀先生所言自我矮化，從此一邊一國、互不相擾，有何不對之有？有心人士以此大做文章、大吵大鬧，其司馬昭之心該是路人皆知吧。老實說，廢省成了精省，尾大不掉，爲德不卒，十分不該。

臺灣統獨，唯靠公投

臺灣民意到底是可統可獨、不統不獨，或是現在不獨、未來不統，或是今日不統、未來不獨？任何猜測妄語都是不正確的，只有付諸公投來決定，才有眞正的答案。這一國家認同與國家定位的大事，才是最需要全體住民公投來決定的。國民黨以及統派人士卻是一直反對，不是不知民主政治的眞諦，就是不敢面對事實眞相，只會利用假象民調強姦民意，執政時如此，如今在野，還想堅持排除條款，臺灣何其不幸，到今天連自由表達自己眞正民欲的機會都沒有。公投之後要獨要統，少數服從多數就是了。

紀先生只提到「假若今日臺灣仍在國民黨統派主政維持現狀，那是今日不統、未來不獨，這樣則使中共無後顧之憂，可以忍耐、可以等待。」這不是跟前言「中共最懼怕的還是國民黨。」所以必須把國民黨消滅淨盡、斬草除根互相矛盾、自打嘴巴、不合邏輯嗎？可見其希望國民黨或統派當政之心，表露無遺。像一群大中華主義的統派份子一般，紀先生也忍不住唱衰臺灣，說什麼兩岸對弈、民族牌、民生牌，臺灣都居劣勢，民權牌也是有名無實，只剩下「和平統一的殘局」。可憐說來說去，好像天下只有國民黨的三民主義。要不是今日臺灣人權自由，紀先生可能還需要擔心像蔣經國派來的特務暗殺呢。十年河東，十年河西，臺灣就算處於劣勢，也不一定只有統一一途，堅持獨立也未嘗不可，能夠和平解決最好。所謂人各有志不可強也，人民的意願應該被尊重而不可強奪，不是嗎？紀先生您不認爲這樣嗎？

推論離譜，不合邏輯

紀先生最後提問：「什麼人以什麼力量把臺灣搞到這種境地？」紀先生問得好，我可以答回說：臺灣之所以落到今日的困境，最大的原因，是因爲臺灣居民對於臺灣的國家定位與認同沒有共識，無法一致對外；有些人就是死也換不下褲子，有些人極其用心地分化族群，有些人吃裡扒外，更與中共裡外唱合，準備隨時出賣臺灣之故。紀先生您說對不？可悲的是，臺灣由於非常特殊的歷史、地理、政治、經濟等因素，住著不少因爲意識型態作祟而心底內不愛臺灣且唯恐臺灣不亂的人，他們從反共、親共、媚共、助共到投共，從保臺、反臺、吃臺、害臺到賣臺的心態與作法，把臺灣搞到內鬥不止，內耗不盡的慘況。這該是大家心理有數吧。我實在無法了解聰明飽學的紀先生會無中生有，憑空捏造、污控李登輝是中共其摻在臺灣的最大砂子？是不是他太熱愛臺灣，不惜

代價保衛臺灣？是不是他太優秀，喚醒了臺灣人民的自信、自主、自尊的意識？是不是他百折不撓，讓臺灣人終於出頭天進而自我肯定，是不是他使過去舊統治階級喪失了不該擁有的特權？要是紀先生的推論是對的話，那麼蔣經國選任李登輝爲其副總統，是不是可以說，蔣經國配合中共統戰？連戰把國民黨搞壞成在野黨，是不是可以說：連戰是中共派來挖「牆腳的」。宋楚瑜推李登輝爲國民黨主席，讓他掌權12年之久，是不是可以說宋楚瑜才眞正是中共摻入的「最大砂子」？紀先生這種根本毫無證據，不合邏輯的推論，很可能造成誤導分化，挑撥離間的後果，不知紀先生有沒有想過會有人懷疑他的動機何在？

君子愼言乎？

《詩經》：「匪言勿言。」又說：「斯言之玷，不可爲也。」要知道，「舌端之孽，慘乎楚鐵。」我想身爲文人、知識份子，決不能逞一己之私或一時之興，而快一時之論，因爲「一犬吠形，萬犬吠聲」，一傳虛、萬傳實，不可不愼。紀先生以封建時代的意識觀念以及思維方式，憑空推論臆斷，難免不負責任、弔詭異常，其結果自是荒腔

走板，可想而知。孔子家語說：終身爲善，一言破之，君子愼言乎！請紀剛先生再愼思之。（註：紀剛：作家；著有《滾滾遼河》）

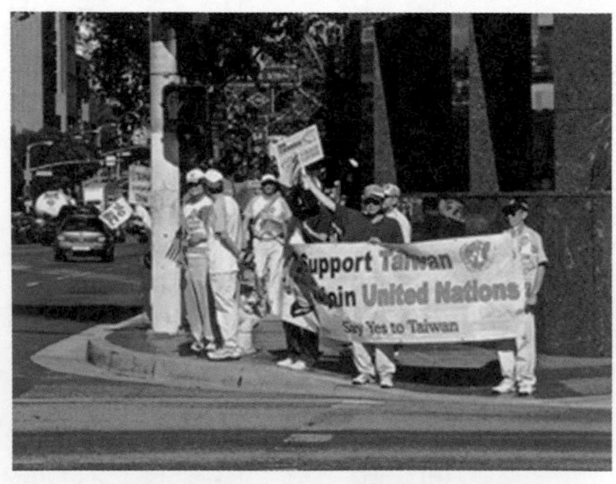

誰是作家？

大雨過後，難得一日放晴，南鄉子躺在後院松樹下吊床中，對著太平洋養天地之正氣，什麼也不想。正是「松靜人閒冬日長，野鳥忘機來作伴，地老天荒浮生短，白雲無語漫相留。」拿起新發賣、仍然冰凍的統合咖啡一飲而盡，一時心曠神怡，寵辱皆忘。

「嘿，嘿，嘿」忽然傳來娘子的聲音：「你看報上有人說，這次返臺開會，你們不是作家……」

「做假？我們是玩眞的，」南鄉子轉過頭來：「我們又不是新新聞的資深媒體人士，總不能沒有通聯記錄或錄音帶，硬說人打電話，做不實的指控，我們是貨眞價實，做假包換，不信，叫他們打電話，問呂秀蓮……」

「嘿，嘿，我說的是作家，不是『作假』，是拿筆桿兒的，老胡塗，聽清楚沒有？」

南鄉子聽了跳起來，滿臉通紅，什麼？那一個愚蠢的傢伙說的？眞混蛋，一點兒都不知道尊重他人？

「嘿，你老先生不要忘記，受人之侮，不動於色，須冷眼觀物，勿動剛腸的古訓，Take it easy！否則氣死多划不來！」

南鄉子搶過報紙，不禁大搖其頭：「這些人一定是吃飽傷閒，眞可惡，怎麼可以隨便污蔑人家，竟然有人看不懂臺文，就說人家狗屁不通，眞夭壽，根本就是井底之蛙，不知天高地厚，只知南北，不識東西。」

「這種不識東西、搞不清楚方向的人，怎麼能知道誰是作家、誰又不是作家呢？」南鄉夫人很好奇。

「他們和我們一樣，全都是名不見經傳，你問我，我問誰？不過聽說他們都有一張證書掛在牆上呢，是大華99發的。」

「以前不是提到瘂弦說：拿起筆來，你就是作家嗎？我一直用毛筆練字，我也算是作家囉？」夫人有些得意：「我眞想一筆橫掃天下垃圾，管他是不是作家！」

「算了吧，那句話只是用來騙唬小孩子的，不過借來洩洩他們的霸氣是夠用了。因爲有一些人自以爲寫了一堆廢話，加入作協就算作家，別人就不算，文人相輕至此，眞是可笑。《莊子》中齧缺問王倪：『子知子之所不知邪？』自己都不知道自己不知道的就下斷語，只徒暴露自己的淺視無知，眞愚不智了。」南鄉子不太高興。

「但我還是搞不懂到底什麼是作家，是不是應該請求大法官釋憲說明，讓大家不要再吵下去，動搖國本？」

「還好作家非作家，不是國家重政策，不然臺灣大法官還是脫不了政治掛帥考量，每次釋憲都是和稀泥，不敢得罪，面面俱到卻自相矛盾，結果成事不足、敗事有餘，將會引起更大風暴，不如不釋，要嘛，上電視去請 Judge Julie 判決算了，省錢省事。」

「對呀，只因爲你沒有看過我的文章，就說我不是作家，我沒有讀過你的書，就否認你是作家，是多麼浮淺可笑。尤其看不懂別種語文，就胡亂批評，更是無知可憐至極！還有，他們認爲你們不是華人作協會員，怎可配稱作家呢？」

「這又是莫名其妙的邏輯，譬如說，我沒參加中華胸腔學會，就說我不是胸腔專家嗎？我不參加洛杉磯臺大校友會，也不能否定我是臺大校友，再說你雖然沒參加中華獅子會，也不能說不會做獅子吼呀！對不對？」

夫人一聽，河東獅吼，嚇得南鄉子趕緊隔空抓藥，給予鎮靜，這才平息下來。夫人接著很感嘆地說：「可惜他們不懂『勿以己之長而形人之短，勿以己之拙而忌人之能』的道理，還說你是教授，怎麼還會是作家？」

「唉，連想賺些外快兼一點差也不行，人曰：『上智下愚可以論學，中才之人難於下手，良有以也。』難道作家是他們的專利？事實上，作家不作家沒啥了不起。」

「說的也是，我只知道作家有好幾種，好作家、壞作家、大作家、小作家、愚笨的作家，還有胡說八道的作家，爲什麼一定要說別人不是作家呢？」夫人特意提醒。

「是的，我認爲不管寫多少本書，若沒得到諾貝爾獎，你我他都一樣，還是鴉鴉烏。不然的話，就是能寫下千古絕句，像李白的『高堂明鏡悲白髮』像杜甫的『冠蓋滿京華，斯人獨憔悴』，像韓儂的『而髮蒼蒼，而視茫茫。』像曹植的『相煎何太急。』等等，否則五十步笑百笑，只不過龜笑鱉無尾，鱉笑龜厚皮罷了。」

南鄉子說著，抓起臺都牌餅乾咬了一口，呑嚥似乎有些問題。夫人見了笑說：「這也難怪，他們說你們都是臺籍作家，什麼臺美人，分明在搞分裂、搞臺獨！笑話，他們簡直是意識型態作祟，中毒太深。從臺灣出來的人不稱臺籍稱什麼？可憐來了美國這麼多年，依然頑固不靈，還是沒有學到民主自由的眞諦，臺獨有什麼不對？臺獨有什麼罪？臺灣能獨立於共產政權之外，有什麼不好？你說他臺獨，他說你統毒，不是一樣嗎？我們筆會包括一群來自臺灣的美國人，不分族群、不分語文，我們自稱 Beautiful Taiwanese 有什麼不對？我們是搞團結，而不是搞分裂，不像他們。」說完口乾，喝一口葡萄汁。

夫人聽了霧煞煞：「這次到底爲什麼會發生這事件？」

南鄉子長嘆一聲：「都是葡萄惹的禍！」停了一下：「當初開會時，我建議以史坦利貝克的葡萄成熟時爲討論主題，僑委會還特地準備了許多巨峰葡萄，甜的，酸的，我們都吃得一顆不剩，早知如此，應該留下幾粒，就是酸的也好，這樣一來，也就不會鬧得雞犬不寧，吠叫不止了。」

「我看不是那麼簡單，項莊舞劍，志在沛公，他們污辱臺籍作家，想藉機打擊臺人新政府呢。」夫人另有高見。

「也許你對，是可忍，孰不可忍，余豈好辯哉，余不得已也，就是程序有瑕疵，也用不著藉題發揮，傷透臺灣作家的心情。要不然誰是作家，Who Cares！以後不要再提

『長鋏歸來，食無魚就是了。』」

「你是說鯊魚的『魚』還是愚蠢的『愚』？不瞞你說，我從來認爲你是我心目中的丈夫作家！」夫人試著安慰。

「謝謝你，其實人家說文章是自己的好，老婆是別人的好，我都一直認爲文章是別人的好，老婆是自己的最好呢。管他誰是不是作家！」

迷湯一灌，夫人心花怒放，想吼都吼不起來了。

諾貝爾獎得主高行健，在《靈山》一書中，結語說：

「我就只好不懂裝懂，

裝做要弄懂，卻總也弄不懂，

我其實什麼也不明白，

什麼也不懂，

就是這樣。」

一切就像廬山煙雨浙江潮，天下本無事，「愚」人自擾之！

膚淺的邪惡——再論「深度」

退休之後，無所事事，最近順手拿起兩本六十年前讀過的書《禪與生活》、《哲學的趣味》，重溫舊夢或說溫故知新。發現裡面畫線加註，密密麻麻，但是都已記不得了。唉，讀聖賢書所學何事？換句話說，可以說都是白讀了！如今想來，可能是當時用心深度不夠。

西諺有云：LIFE IS MEASURED NOT HOW LONG, BUT HOW DEEP. NOT BY LENGTH, BUT BY DEPTH. 我在《景福醫訊》（臺大醫學院校友通訊月刊）中曾經提出「深度智慧，正人君子。」期許景福人，我現在想進一步解讀深度觀念，希望臺灣青年以成爲深度人物（MAN WITH DEPTH or PROFOUND MAN）爲目標而不致淪爲膚淺或淺層人物（SUPERFICIAL MAN or SHALLOW MAN）。

二十世紀末期天文學家 Carl Sagan 警告說：「人類正以空前的速度在地球上奔馳，

卻不知，也沒有想到將往何處去！沒有深度智慧，我們將無從得救。」當今人類享有前所未有的物質文明之際，是否同時有跡象顯示不知覺中逐漸忽略了精神文明的傳統價值？我想這是一個見仁見智值得重視的問題。

鈴木大拙在《禪與生活》中，提到王爾德（1887）在獄中寫的信 de Profundis，他在獄中歷經身心痛苦煎熬而重新認識了自己，從輕挑、不檢點、傲慢膚淺轉變成謙卑、有深度的藝術家。另外，梵谷在寫給他弟的一封信中，也提到他想要在畫中表現他內心深刻的焦慮，不只是情緒及悲傷發洩而已，他希望看到他的作品的人，會覺得作者的感受是如此敏銳而有深度。這裡所講的深度，指的是人類文明的深度，簡言之就是社會群體或個人的人文深度。也就是整合內涵智慧的程度；對個人而言，是一種不易衡量卻令人可以感受到格調氣質。

早在十八世紀，德國大哲學家康德（Immanuel Kant）曾經感慨地說過：「今日，大量的知識被聚集，我們的生命太短，無法去消化這麼多眞的不需要而且沒有用的知識。」尼采（Friedrich Nietzsche）也說：「很多事情我不想知道，包括知識在內；因爲那只是浪費我的時間和腦力。」托爾斯泰（Leo Tolstoy）進一步指出：「空有知識，而無深度智慧，無法有效運用得體。最重要的知識是知道什麼是重要必須深入學習，什麼不是。」比起當年，今天可以說才眞正是知識充斥超載的時代，尤其高速網路科技的發展，以及智慧手機之演變，日新月異，許許多多未經思考整理的資訊已經多到難以吸收消化的程度了。如今面臨網路科技逐漸取代人類大腦的時代，深度的概念與養成顯然更形重要，而需要我們深入思考探究。

臺灣四百年來，從開始就一直缺乏整體並長期有規劃性的文明建設註一。加上近百多年，更先後經歷日本以及 KMT 的殖民統治，尤其後者惡質的醬缸文化，統治六十年，利用戒嚴操縱司法、教育，扭曲眞相、控制思想，長期洗腦而污染社會土壤的結果，愚民弱智鄉愿苟且文化生根茁壯，造成人民忽略人文價值觀，只顧追求利益，重視財勢而不談理念理性的社會。尤其這幾年來，文憑導向的風氣，臺灣已經變成幾乎人人都是大學畢業，擁有高學歷的國家。註二照理說國民人文素養應該可以明顯地提升而達到一定的水準，但是事實上，一般印象卻令人感覺失望。今天，臺灣民眾因爲人文深度不夠而普遍缺乏獨立思考認知辨別能力，在不少領域中，一般顯示臺灣仍是有教育卻缺乏教養，有文化而沒有文明，有知識而不夠智慧的社會。

另一方面，今天臺灣這麼小的地方卻有百家以上的電臺、電視臺。尤其近年來網路狂潮來襲，衝擊席捲整個社交媒體的情況前所未有；而目前網路傳訊快速發展，更是改變了現代人的生活型態。雖然無可否認高科技提供了許多方便，但同時也造成許多未經查證的信息流言以及評論傳聞到處泛濫；資訊垃圾一大堆、謠言滿天飛，往往誤導民眾盲目跟從，被風向操弄而不自知。

這些網路上的訊息通常快速簡易又淺薄，無形之中不需大腦過濾整理沉澱；當人們習慣這樣的速食思維模式之後，逐漸喪失了認知內省以及理性邏輯分析的能力，而被迫洗腦或被程控化，進而極有可能變成直接反射的動物了。人類以前知識不足，容易被人利用；現在資訊太多，反而變成機器人；顯然兩者均造成喪失大腦深入反覆思考養成深度見解的機會而被奴化了。尤其近年來手機幾乎已成爲身體不可或缺的一部分，其高度進化的結果，加上跟著而來的人工智慧（AI）以及大數據的運作，似乎已取代部分大腦的功能；從而資訊智識的取得變成相對容易，而需要進一步的心力付出才能獲得的智慧與深度的培養，則逐漸且迅速地被忽略或放棄而消失了。根據最近一項研究，愛用手機傳訊沉迷網路的人，較不容易做深層的思考，通常顯示比一般人膚淺，因而缺乏內省的能力與深度智慧，容易陷入虛擬世界而迷失了。

一般而言，臺灣由於長期忽略優質前瞻性文明建設，加上經歷一段弱智教育的影響之外，如今又遭逢網路狂潮亂象，民眾對於淺碟速食惡質文化的問題似乎已經習以爲常而近乎無感，以致於忽略深度智慧的重要性，造成整體社會格局陷於低俗，見解趨於膚淺的現象；譬如注重顏質外表而忽視內涵氣質、追求財富權勢而拋棄傳統價值，能混就混、能撈就撈，相信命理風水、沉迷表演綜藝，不少人對於各種觀念或物質時尚風向的追隨，可以說是亦步亦趨，崇拜明星偶像幾近瘋狂。一般忽視理性認知，造成許多人獨立思考薄弱、文化素養貧瘠乃至於物慾掛帥、黑金橫行，到處充滿欺騙、倫常敗喪，就連學界政壇也不例外。人民喜愛資訊消息傳播遠勝過知識收集與整理、探討及研究，更遑論智慧深度的培育了。結果民心浮躁盲目，乃至於社會亂象橫生，甚至國家動蕩不安。註三

深度的定義與重要性

古人說：「觀形不如觀心。」

愛因斯坦說：It's thought that counts.

也就是提醒世人：「深度」代表看不見的內涵智慧遠比外表重要。

什麼是深度？深度代表般若，也就是終極的內涵智慧。深度是智慧的呈現，而智慧可以說是深度的結晶，兩者相輔相成。簡單地說，深度就是內涵有多少的程度，不同外表，是看不見或不易直接目視測量的。指的不單只是面積，而是容積。不只是二度，而是三度空間的合成，不只是多廣而更是多深；就如小池與大湖之異，沼澤與海洋之別。莊子《消遙遊》說：「山不厭高，海不厭深。」又說：「水之積也，不厚，則其負大舟也無力。」指的是高深才能莫測，深厚才能承擔重任。深度是一種內心智慧呈現出來的素養，修行、氣度、特質予人之感覺、整體的感受不易單靠外觀目測衡量。相反地，沒有深度或深度不夠就是膚淺、缺乏敏感度、同理心、價值觀，及欣賞與判斷的能力。孟子說：「觀於海者，難爲水，遊於聖人之門者，難爲言。」又說：「登東山而小魯，登泰山而小天下。」由於各種不同的時空背景、不同的角度，可見深度有別、因人而異，有如冰山底層見不到的部分，其感受該是相對直覺的。

所謂人文深度一般呈現胸墨深奧成熟，心靈充實厚重，見識宏觀細膩，見解深入獨特，價值眞善良美；心胸大器、虛懷若谷、心平氣和、神閒若定、穩如泰山，曖內含光、謹言愼行、潔身自愛、自信自尊、知微見著而能洞燭機先，觀物自得而能收放自如，眞空不空而能在世出世，是具有與眾不同的格調氣質及靈性修養，非泛泛之輩；令人折服，景行仰止。相對而言，有深度代表不膚淺庸俗；也就是不空洞幼稚，不輕浮愚蠢，不迷信迂腐，不輕率躁進短視盲從。不自我膨脹傲慢自誇，不囂張張狂目中無人，進一步而言，有深度的人了悟人生的意義以及永恆的精神價值而能夠獨立觀察思考，進而有獨特具體的見解而有能力分辨是非正邪對錯；也因此隨時自我反省、覺悟、批判，保持清晰、冷靜理性的自我，於是決不不分是非對錯，人云亦云、隨波逐流、見風轉舵、同流合污。

從外表到內涵，從膚淺到深度，有人空有外表只餘影子，而毫無內涵有如白丁；莊子說：「綆短者不可以汲深。」有些人（譬如同是教授醫師也有深度淺庸厚雅之異別。）缺乏深度，表面博學卻內涵膚淺幼稚，空洞庸俗乃屬淺層人物，容易露餡，一挖見底，腦肚空空。這些人又稱「表層人」，有如坎井之蛙，淺不足與測深，愚不足與謀智，不可與語東海之樂（荀子）。卡夫卡說：「智識份子不該讓沒有深度的那群人引導社會國家，良有以也。」總而言之，就如看書不能只看封面而不讀其內容，深度的觀念提醒我們必須記住衡量、批判一個人不能只靠外表而不顧更多在表層下面看不見的內涵。

深度的培育與養成

You can't do anything about the length of your life，but you can do something about its width and depth. —— Evan Esar

荷馬 Homer: IN YOUTH AND BEAUTY, WISDOM IS BUT RARE!

另外，James Howell 指出：SOME ARE WISE, AND SOME ARE OTHERWSE.人有天資之異不足爲奇。今天由於過分倚賴網路科技的結果，看來我們正走向趨於接受表層外貌而缺乏深度培育的階段。要知道，深度的人格特質不是一天造成的，它需要長期追求與培育，把表層膚淺轉成內涵深度，說比做容易。

艾略特 T. S. Eliot（1880-1965）：「在收集資訊中我們失去了知識；在追求知識中，失去了智慧迷失了深度。」人文深度的養成，除了博學、審問、慎思、明辨、篤行不斷吸取消化知識而外，進一步配合人生歷練、生活體驗、自我反省挖深思考的心路歷程更爲重要。根據自然經驗以及邏輯法則，加入常識，時空衡量，取捨判斷，經常不斷的綜合分析，去蕪存菁、過濾吸收，進而產生自主獨立的思維、見解、態度與修養。孔子進一步指出說：「學而不思則罔，思而不學則殆。」深度的培養需要反覆思慮、挖深加厚、日積月累，才能達到深不可測、奧不可思、妙不可言的地步。所謂智慧根深方蒂固，功力水到渠自成。反過來說對於一件事情沒有深入思考、探討、研究、整理，則難以造就深度。

《史記》：「淵深而魚生之，山深而獸往之。」人深而智慧得之。一般學養豐富，識多見廣之後，還須經過薰陶提升，修心養性，深刻體驗，充實心靈，昇華成爲識多見廣學養豐富，滿腹經綸身心力行，思慮衡量超凡入聖，爲人誠摯坦蕩，處世落花流水，成爲具有與眾不同，有眼光、有前瞻、有遠見、有高度的格調氣質。

深度智慧的境界也可以說是一種「悟」，其養成需要有獨自沉思反省的修煉，有如靜觀看破，靜思斷念，靜坐忘我，升入「竹影掃階塵不動，月輪穿沼水無痕」的禪覺。反覆思省融會貫通，薰陶昇華而達大智若愚，睿智的靈性境界，進而成爲追求或擁有眞善美的價值觀的人。

有如禪宗，從見山是山，見水是水，到見山不是山，見水不是水，又回到，見山是山，見水是水。徹見眞性，心月開朗；而能悟覺「本來無一物，何事惹塵埃」，畢竟深度有異，眼界不同。更進一步則如莊子所言：「養志者忘形，致道者忘心。」養心致道，深藏若虛，而能晉達「水流任急境常靜，花落雖頻意自閒」的境界。

結語

目前正值二十一世紀人類文明以及生活方式經歷急劇改變之際，一般世人似乎沉迷於追尋表面速成，正快速地棄離傳統深度價值觀念，而逐漸失落於虛幻之中。尤其所謂「AI世代」即將全面到來，臺灣目前的狀況，令人擔憂。我個人的看法認爲大學教育應該著重於爲國家社會培育在智識、思想、見解、做人處世多方面有深度的人才。伏爾泰（Voltaire）說：Cultivate your own garden. 深度的養成需要靠自己培育！期盼景福校友除了學術之外，能夠個個成爲有「深度」而非表層膚淺人物。希望整體臺灣往有深度內涵的方向進展，達成充滿理性、智慧、眞善美的價值理念，進而有朝一日成爲「談笑有鴻儒，往來無白丁[註四]」的社會。若能如此不亦樂乎！

註一：荷蘭人幾乎同時抵達台灣及美國(台南—1624，紐約—1614)，但四百年後，命運截然不同，差距很大；主要原因在於文明建設之異。

註二：有人譏稱:博士到處有，碩士滿街走，大學生多如狗。

註三：就如抖音跟六十分鐘（CBS)之別：抖音可以逗樂，逗笑，逗趣等等一時的快感，六十分鐘則深入分析讓你知道來龍去脈而進一步了解事實眞相，兩者完全不同。可惜的是抖音只帶給你淺層的感覺與信息而缺乏提供深入的探討；一般人很容易變成淺層的人物而陷入受騙而缺乏認知分辨的能力，其與無知之別，在於錯誤的認知可能帶來更多甚至可怕的錯誤結果。有些時候膚淺人比無知更爲危險可怕，帶來不只是錯誤判的危機，而且可能是邪惡的結果，這是最令人憂心的事情。譬如2024大選。

註四：白丁在此亦包括白目之徒；是有眼睛卻故意或無意看不見眞相的人。

CHAPTER 5 海月詩選

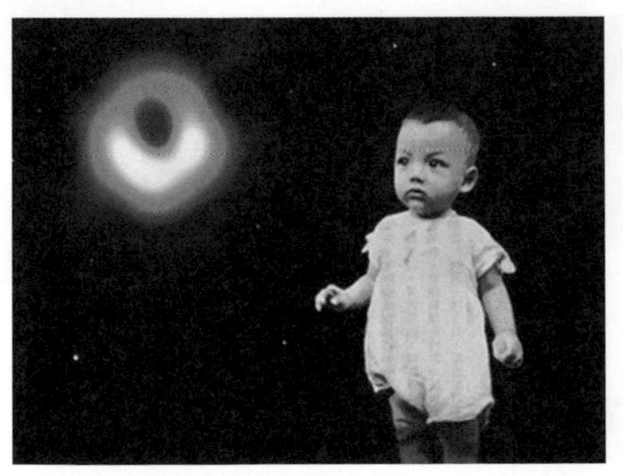

末日的獨白

多少歲月，多少世紀
是誰把我遺棄在這兒
是誰點燃了我心中的無名怒火

幾千年，幾萬億年
讓我孤懸在這死寂的太虛中
像被放逐遙遠的囚犯
無處申訴
像飄泊異鄉的遊魂
無家可歸

我不知從來何方，也不知
從去何處

「我是誰？誰是我？」
我憑憤地大聲嘶喊
像墜入無盡無底的黑洞
眩暈消失，無聲無息
毫無回響，沒人應，也沒人管

告訴我，什麼是父母、兄弟、朋友？
什麼是愛與恨？
什麼是生、老、病、死？悲、歡、離、合？

噢！查拉圖斯特拉，告訴我
你是如何一個變成兩個的？
告訴我，到底什麼是意義？

這裡是何處？宇內或宙外
是碧落抑是黃泉？
無垠無限，無限無垠
永恆靜寂

難道眞的天外有天？
爲何星斗億萬，我卻孤獨至極
誰是這裡的主宰？是我？
阿波羅已死，除了我自己還可能有誰？

我為何存在？
我存在何為？
難道是在夢中
為何徘徊於此浩瀚的空無？

我熱情奔放，耀眼逼人
熔灼一切，化成雲煙
沒有東昇，西下
無所謂旭日，夕陽

我就是我
滾滾火球，等候爆炸
有誰能比我更瞭解我自己？
有誰能眞正透視我的心思？

我不冀求讚美、阿諛
更無法忍受嘲弄、輕蔑
誰說我滿腔熱誠，甘願照亮他人
抑或愚蠢地燃燒自己
只因是我的宿命

什麼是百代之過客，萬物之逆旅？
是誰編造了西西法斯的神話？
是誰撰出了飛行荷蘭人？
那些自鳴得意，不知天高地厚的傢伙
狂妄地自稱萬物之靈
多麼荒謬可笑

他們怎能眞正體會
「渺小」與「永遠」的眞諦

戴奧尼色斯呀！即使瞬間也好
帶給我盡情的狂歡吧
在套上悲劇枷鎖之前

讓我變成浴火鳳凰，飛沖出去
像彗星一般，迤邐著火花四濺的尾巴
在穹冥無極的黑牆上
劃下一道無可替代的灼痕

夸父呀！你何苦死命地追我
難道不知終是一場徒然

我好累喲！有如天涯倦客，很睏想睡
誰能幫我拉上天幕
讓我閉眼一下
像李伯一般，做場大夢

沃！普羅米修斯，你又爲何盜取火種
你可曾想到再生的痛苦？
你可嚐夠了不死的煎熬？

我原可放棄一切，一走了之
或者乾脆讓我逝去吧
我並不害怕死亡，卻無法不畏懼——
永遠的消失

然而，顯然地
又受不了重覆不斷
存在的折磨

後悔當初不該閃躲后羿的最後一箭

造物者啊，假若眞的有你
就幫我解脫吧
我寧願抱擁刹那
也不想等到焚化灰燼

我知道，縱使傾瀉所有銀河的水
也將無濟於事
只有你那憐慈，恕諒的淚滴

才能冷卻我胸壘中
焚熔激情
萬丈烈焰

啊！引爆我吧
讓燦麗無比的火雨漫天飄落
讓我的死去美得無法忍受

也許只有那一刻
才能揭開我的謎底

一九九五・五・二十四

歐滋海默的遐思

是誰
開玩笑，
潑墨在我的腦海
黑色的波浪，逐漸散開
終於思潮染遍

從此
視而不見，聽而不聞
似乎是進入了

另一個世界，
心路離斷了

什麼時候開始的旅程？
忘了
忘得一乾二淨，無始無終
腦汁絞盡，試圖回憶
殘留的竟是空白一片

長久的歲月，
並沒有留下一絲痕跡
除了那遙極的地方
偶爾爆炸殞滅而消失的伙伴

霎時間，驚醒，若有所思
轉過頭來，卻又迷失了方向
仍然無路可走？

我到底是誰？
我已不再是過去的我？
也不是現在的我？
是未來的我？

難道是浮士德的化身？
爲何在我心裡產生了
兩個世界？

不是說過

我寧貌似癡愚
只要我的謬誤
讓我歡欣陶醉
也不願成爲賢哲
憂愁悲悽

是我變了？
不，世界變了
人家說我又愚又癡
我笑了，又傻又苦！

註：歐滋海默症候群即是老年癡呆症。

一九九四・十一・二十八

《楓橋夜泊》有感

月落烏啼霜滿天，
江楓漁火對愁眠，
姑蘇城外寒山寺，
夜半鐘聲到客船。

家中收藏字畫不多，卻有兩幅唐代詩人張繼的千古絕句《楓橋夜泊》。一是俞樾寫的，刺繡在掛氈上。另一則是名書畫家張錫卿伯父所贈的行草書。當然除了喜愛那蒼勁挺拔，韻味十足的筆墨字跡之外，讓我憧憬良久，縈懷難忘的是那首詩帶給之絕俗幽深的意境與空靈無窮的感受。幾十年來，每當看到、讀到、想到這首詩，腦海中自然而然地浮起了一幅異常熟悉而長久藏在自己心中的景畫與一種無法言喻的境界。似乎我已經到過，停留過那兒多少次了。

昨夜又是夢迴神遊，恍惚間我變成了千年前仕途落第，散髮弄舟的張繼了。夜已深沉，雪花亂飄，寒意逼人。我因憂愁如焚，獨自坐起，無法入眠。殘月西落，烏啼悽愴。外面江邊枯楓凋零，對岸漁舟燈光微明。此刻，萬籟俱寂，我卻心緒重重。突然間，鐘聲鏗然響起，邃遠傳來，直入我心靈深處。震撼心弦，盪氣迴腸。一時心湖裡，浪潮澎湃洶湧，有如驚濤擊岸，捲起千堆雪！心想在此冰冷雪夜，是誰在撞敲那老刹古鐘？何以引發了我心中如此強烈的回響？驀然或疑，難道這陣陣鐘聲特為我而鳴？

難道月落、烏啼、江楓、漁火都是因我而存在？還有那滿天霜雪！「我到底是誰？此時此刻，何以孤自於此？」鐘聲已歇，默然無語。我卻心懷激動不能自己。敲吧！繼續敲吧！撞更重些，敲撞個雷鳴震耳，敲醒大地上所有昏沌的人類吧，擊碎那靜寂的永恒！刹那之間，幡然憬悟，深深感到既然緣起，就無法輕易緣滅。我乃一凡夫俗子，一生執著，往往囚牢自己於人性枷鎖之中，無法飄逸灑脫。也許，這就是我的人生吧！

我孤燭獨醒，徹夜未眠。

今早，因感觸良深，提筆寫下了不成熟的詩句，題曰：「神遊張繼寒山寺有感。」

寒山拾得烏月愁，
千載還君楓漁情，
瀰天飛雪漫飄落，
鐘聲無語爲誰鳴？

原想幾年之後，也許能身歷其境，親蒞一遊。卻怕是否會如張繼晚年舊地重遊時的感受一般：

白髮重來一夢中，
青山未改舊時容，
烏啼月落寒山寺，
欹枕仍聞半夜鐘。

沒有滿天霜雪，沒有江楓漁火，沒有愁眠，味道已失，意境也就差多了，其實，楓橋夜泊的極美景緻意境均早已深深地刻印寫意在我心中。時空已異，境界已非，如今想來，不去也罷。

絲路詩旅

這次回臺掃墓之後，兄弟一起做了一次絲路之旅。由烏魯木齊往東走，路過吐魯蕃，哈密，敦煌，酒泉，張掖，往南到西寧，青海湖，然後再轉北回蘭州，經西安返臺。共十二天，沿途遊覽不少名勝古跡，撰寫下幾首短詩，願共享之。

天池

天池海拔三千尺
靜寂不似瑤池痕
清澈無波王母鏡
不見我影見我心

天池距烏魯不齊一百二十公里，古稱瑤池，相傳是西天王母娘娘沐浴，蟠桃盛宴之處。又說是王母娘娘之梳妝用鏡。湖水清澈，雪山相映，有如明鏡天懸，四周碧山環抱，雲霧飄浮，靜謐幽寂。

吐魯蕃

高昌城内懷唐僧
蘇公塔底思回王
人生際遇原是夢
葡萄火焰覓姑娘

吐魯蕃爲葡萄盛產地，西遊記中的火焰山就在附近，王洛賓的達扳城的姑娘的達扳城也離此不遠。高昌古城廢墟距吐市約五十公里，傳係公元前一世紀由當年漢家軍後裔屯建而成。惜於公元十四世紀毀於戰火。唐三藏曾經路過而講經於此，與高昌國王有一段相見如親的交情佳話。蘇公塔爲一維吾爾回教古塔，回王感恩建於清初。

大漠

烽火臺上望鄉關
閒雲千載意難猜
忽聞鼙鼓起大漠
疑是單于捲土來

塞外

千里迢迢奔大漠
塞外風雲已變色
可憐千里尋夢客
猶爲昔古吟詩歌

戈壁

浮雲無意傳子意
落日不爲故人留
人生畢竟難滿百
何須盡談千歲憂

敦煌

絲路精華屬敦煌
千載文物藏莫高
塑繪建修人何在
西風吹沙鳴似簫

莫高窟俗稱千佛洞，位於敦煌東南二十五公里，處鳴砂山東邊的懸崖峭壁，從前秦到元代的一千年間，鑿有上千洞窟，建修不斷。內有塑像，繪畫，爲東方藝術寶庫。二十世紀初，因西方人來此偷經，而重現於世。鳴沙山爲一沙漠山，因沙動有聲而名之。

隴西李氏

隴西李氏曹夫人
敦煌莫高壁畫現
似曾相識源流遠
祖墳碑上千百年

家祖墳碑上，刻有隴西李氏，不知與敦煌壁畫中的隴西李氏曹夫人有何關係？間隔約一千三百年。

酒泉

天滴酒香霍驃騎
共享全軍暢懷飲

地湧甘泉李太白
千古詩情萬世吟

酒泉公園中的井旁有石刻「天若不愛酒，何以有酒仙，地若不愛酒，不應有酒泉。」相傳漢將霍去病征戰多年，打敗匈奴之後，在此以酒滴入井中，犒賞將士。

酒泉夜市

市井雲集熱翻天
人潮洶湧吃喝在
開價還價又殺價
笑問客從何處來

與內人逛夜市，賣攤老婆得知我們來自臺灣，特送內人一小禮物。

嘉峪關上

祁連白首古今同
戈壁已無戰殺聲
龍城飛將今安在
夜光杯裡葡酒傾

嘉峪關位於敦煌與酒泉之間，南座礽連，北面黑山，是長城西部終點。自古爲兵家必爭之地。號稱天下第一雄關。秦漢以來，均在此修關設防。城墻保留完整，想起當年，鐵馬金戈，鼙鼓雷鳴，醉臥沙場君莫笑，古來征戰幾人回。

張掖大佛寺

人生皆苦如是説
涅槃最樂如是聞
一睡千載如是去

佛心萬世如是來

大佛寺建於公元1098年，內有中國最大的室內臥佛，木胎泥塑，長34公尺，是釋迦牟尼涅槃像，涅槃經說人生皆苦，涅槃最樂。

寺門有一對聯：睡佛長睡睡千年長睡不醒，問者永問問百世永問難明。

馬蹄寺

馬蹄寺中尋馬蹄
鳴沙山上聽沙鳴
千佛萬佛觀自在
不聞不見盡歸空

馬蹄寺石窟建於東晉，約公元 1500 多年前，以寺中地面有馬蹄印而得名。千里而來，卻因正逢修建，竟不得其門而入，甚感失望。

烽臺廢墟

摩天高樓起戈壁
白祁黑山覽無遺
匈奴遠眺無蔽處
莫怪烽臺成廢墟

唐南古道

白頭祁連千百歲
此道艱危聞古今
文成公主音塵絕
青塚無言泣黃昏

日月山

唐皇有權締姻緣
公主無力可回天
日月山頂棄明鏡
回首訣別天人間

唐太宗以文成公主下嫁藏王，相傳文成公主經此道入藏。路過日月山，回首大唐彊界，悲從心來，感慨萬千，留下日月寶鏡，從此一去不回頭。

青海行

塔爾寺內傳聞多
青海湖中皇魚躍
青藏風光壯麗行
萬苦千辛嘆路遙

塔爾寺近西寧市，是宗喀巴黃教喇嘛發源地，青海湖是中國最大的鹼水湖，內產皇魚，據說皇魚見光會躍出水面而就捕，由張掖入青海，穿越祁連山，風光壯麗，卻很辛苦。

蘭州黃河

黃河母親難認同
族群情結追源由
問君感受何如是
一江黃水向東流

告別西安

咸陽古道今安在
壩陵傷別成古談

秋風不忘吹渭水
塵霧依舊落長安

如廁難（打油詩）

如廁難，如廁難，如廁之難難於上青天！黃河之水地下來，滾滾東流不復返？

長途旅遊眞辛苦
排泄問題隨時在
穿越絲路得經驗
畢生難忘且道來

中國公廁古來稀
踏破鐵鞋無覓處

上窮碧落下黃泉
毛坑茅房來充數

文明旅客叫唱歌
實爲内急需解放
切莫洗耳恭聽去
否則定會大失望

勇敢提膽唱歌去
跌落舞臺成悲劇
看你憋氣能多久
隨影附身永不去

口罩不敵毒瓦斯

忍氣吞聲搗鼻行
不呼不吸幾斷氣
贏得毛房壯士名

尿屎人權無人理
戒急用忍行難通
一字排開萬箭發
回饋自然頓輕鬆

摩天高樓幢幢起
高速公路條條建
羞愧骯髒自難免
文明標語到處見

奴工經濟賺夠錢
公廁臭氣沖破天
毛坑政策不改變
文明落後五十年

如廁難，嗟吁哉，如廁難兮，歸來去兮。

輪迴

天堂地獄，早已客滿
憂慮死後猶如
憂慮生前
同樣地，愚蠢可笑！
浮生短暫
宇宙無涯
既得生，何必死
既得死，何必生！
生命眞的有意義？
死亡眞的值得畏懼？

誰說
死亡是長眠不起
死亡是惡夢初醒？
誰說
死亡是因緣斷滅
死亡是脩然解脫？
誰說
死亡是輪迴轉世
死亡是永遠消失？
也許因爲
不知生，焉知死
也許更因爲
不知死，焉知生？
我不記得曾經來過

又怎能保證我會再來？
前世之我不可知
來世之我不可尋
五十萬年前　我存在過？
五十萬年後　我在何處？
不可思議　無從相信
難道這是我第一次的到臨？
我該是我，我又不是我
沒有你的見證，怎知眞象
前世的我　也不一定是今生的我
今生的我　也不一定是來世的我
假使周遭都已改變　連我都不認識自己
再來的我　是不是我　又何干係？
也許記憶不夠長久

不知是否已經來過？
也許時間眞的沖淡一切
就是再來也不記得！
假使輪迴轉世，無跡可尋
那又何必多此一舉
假使只是基因的傳遞
最多也不過是非我的複製人
假使不知來世的我　會是眞的我
再入苦海又有何意義？
不是千年之前
也不是萬年之後
我爲何在此？　今天
轉瞬之間　即將消逝！
像風中的殘燭

像夏日最後的玫瑰
我知道有一天
終將熄滅，凋落，
從此告別，消失永遠
我想
我與宇宙
該是
同年同月同日生
宇宙與我
該是
同年同月同日死

憶慈母

天涯落紅日
海角飛白鷗
蒼穹染晚霞
孤雁點黃昏

滄洋弄潮汐
巉岩舞花浪
幽壑傳松濤
遊子懷育恩

浮雲追往事
餘暉憶慈母
親情猶腼腆
叮嚀忘髮斑

疼惜入骨肉
愛心藏玉壺
悵惘傷無限
緣盡哀千古

反哺空有意
欲報已太遲
耿耿多少事
愧憾在心坎

鏗鏘松子落
堪驚生死別
感念自咽哽
悠悠獨淚潸

先母往生一年，只覺音容宛在，路過灣區十七里路，想起小老婦人的身影，慈祥的顏貌，關愛的叮嚀，令我不禁傷情而落淚！（12/7/2000）

國家圖書館出版品預行編目資料

三對外科醫師的手／南鄉泰著. --初版.--臺中市：白象文化事業有限公司，2024.04
面； 公分
ISBN 978-626-364-273-7（平裝）

863.4 113001656

三對外科醫師的手

作　　者　南鄉泰
校　　對　南鄉泰
發 行 人　張輝潭
出版發行　白象文化事業有限公司
412台中市大里區科技路1號8樓之2（台中軟體園區）
出版專線：（04）2496-5995　傳真：（04）2496-9901
401台中市東區和平街228巷44號（經銷部）
購書專線：（04）2220-8589　傳真：（04）2220-8505
出版編印　林榮威、陳逸儒、黃麗穎、水邊、陳媁婷、李婕、林金郎
設計創意　張禮南、何佳諠
經紀企劃　張輝潭、徐錦淳、林尉儒
經銷推廣　李莉吟、莊博亞、劉育姍、林政泓
行銷宣傳　黃姿虹、沈若瑜
營運管理　曾千熏、羅禎琳
印　　刷　基盛印刷工場
初版一刷　2024 年 04 月
定　　價　450 元